ZHONGGUO XIAOSHUO
100 QIANG

中国小说100强（1978—2022）

奥达的马队

阿 来 著

北京联合出版公司
Beijing United Publishing Co.,Ltd.

图书在版编目（CIP）数据

奥达的马队 / 阿来著. -- 北京：北京联合出版公司, 2023.9
（中国小说100强）
ISBN 978-7-5596-7081-6

Ⅰ.①奥… Ⅱ.①阿… Ⅲ.①中篇小说－小说集－中国－当代 Ⅳ.①I247.5

中国国家版本馆CIP数据核字（2023）第117926号

奥达的马队

作　　者：阿　来
出 品 人：赵红仕
出版监制：张晓冬　范晓潮
责任编辑：龚　将
特约编辑：和庚方　张　颖
封面设计：武　一

北京联合出版公司出版
（北京市西城区德外大街83号楼9层　100088）
北京兴星伟业印刷有限公司印刷　新华书店经销
字数202千字　650毫米×920毫米　1/16　19印张
2023年9月第1版　2023年9月第1次印刷
ISBN 978-7-5596-7081-6
定价：58.00元

版权所有，侵权必究
未经书面许可，不得以任何方式转载、复制、翻印本书部分或全部内容。
本书若有质量问题，请与本公司图书销售中心联系调换。
电话：010-65868687

中国小说100强（1978—2022）丛书

编委会

丛书总策划

  张　明　　著名出版人
  张　英　　资深媒体人

编委主任

  吴义勤　　中国作协副主席
  　　　　　中国小说学会会长

编　委

  吴义勤　　中国作协副主席、中国小说学会会长
  宗仁发　　《作家》杂志主编
  谢有顺　　中山大学教授、中国小说学会副会长
  顾建平　　《小说选刊》副主编
  张　英　　资深媒体人
  文　欢　　作家、出版人

总　序

"中国小说100强"（1978—2022）是资深出版人张明先生和腾讯读书知名记者张英先生共同策划发起的一套大型文学丛书。他们邀请我和宗仁发、谢有顺、顾建平、文欢一起组成编委会，并特邀徐晨亮参与，经过认真研讨和多轮投票最终评定了100人的入选小说家目录。由于编委们大多都是长期在中国文学现场与中国文学一路同行的一线编辑、出版家、评论家和文学记者，可以说都是最专业的文学读者，因此，本套书对专业性的追求是理所当然的，编委们的个人趣味、审美爱好虽有不同，但对作家和文学本身的尊重、对小说艺术的尊重、对文学史和阅读史的尊重，决定了丛书编选的原则、方向和基本逻辑。

从文学史的角度来说，1978年以后开启的新时期文学是中国当代文学的黄金时代，不仅涌现了一批至今享誉世界的优秀作家，而且创造了许多脍炙人口的文学经典，并某种程度上改写了20世纪中国文学史的版图。而在中国新时期文学的经典家族中，小说和小说家无疑是艺术成就最高、影响力最大的部分。"中国小说100强"（1978—2022）就是试图将这个时期的具有经典性的小说家和中国小说的经典之作完整、系统地筛选和呈现出来，并以此构成对新时期文学史的某种回顾与重读、观察与评判。呈现在读者面前的这套丛书是对1978—2022年间中国当代小说发展历程的一次全面、系统的整体性回顾与检阅，是中国当代文学经典化的重要成果，从特定的角度集中展示了中国新时期文学在小说创作方面的巨大成就。需要说明的是，与1978—2022年新时期文学繁荣兴盛的局面相比，100位作家和100本书还远远不能涵盖中国当代小说的全貌，很多堪称经典的小说也许因为各种原因并未能进入。莫言、苏童、余华等作家本来都在编委投票评定的名单里，但因为他们已与某些出版社签下了专有出版合同，不允许其他出版社另出小说集，因而只能因不可抗原因而割爱，遗珠之憾实难避免，而且文学的审美本身也是多元的，我们的判断、评价、选择也许与有些读者的认知和判断是冲突的，但我们绝无把自己的标准强加于别人的意思。我们呈现的只是我们观察中国这个时期当代小说的一个角度、一种标准，我们坚持文学性、学术性、专业性、民间性，注重作家个体的生活体验、叙事能力和艺术功力，我们突破代际局限，老、中、青小说家都平等对待，王蒙、冯骥才、梁晓声、铁凝、阿来等名家名作蔚为大观，徐则臣、阿乙、弋舟、鲁敏、林森等新人新作也是目不暇接，我们特别关注文学的新生力量，尤其是近10年作品多次获国家大奖、市场人气爆棚的新生代小说家，我们禀持包容、开放、多元的审美立场，无论是专注用现实题材传达个人迥异驳杂人生经验、用心用情书写和表现时代精神的现实主义作家，还是执着于艺术探索和个体风格的实验性作家，在丛书里都是一视同仁。我们坚信我们是忠实于自己的艺术理想、艺术原则和艺术良心的，但我们并不认为自己的角度和标准是唯一的，我们期待并尊重各种各样的观察角度和文学判断。

当然，编选和出版"中国小说100强"（1978—2022）这套大型丛书，除了上述对文学史、小说史成就的整体呈现这一追求之外，我们还有更深远、更宏大的学术目标，那就是全力推进中国当代文学"经典化"的历程和"全民阅读·书香中国"建设。

从 1949 年发端的中国当代文学已经有了 70 多年的发展历程，但对这 70 多年文学的评价一直存在巨大的分歧，"极端的否定"与"极端的肯定"常常让我们看不到当代文学的真相。有人认为中国当代文学达到了前所未有的高度和水平。王蒙先生在法兰克福书展上就说：中国当代文学现在是有史以来最繁荣的时期。余秋雨、刘再复甚至认为中国当代文学的成就远远超过了现代文学。也有人极端否定中国当代文学，认为中国当代文学都是垃圾。他们认为现代文学要远远超过当代文学，中国当代文学连与现代文学比较的资格都没有。比如说，相对于鲁（迅）、郭（沫若）、茅（盾）、巴（金）、老（舍）、曹（禺）这样大师级的人物，中国当代作家都是渺小的侏儒，根本不能相提并论，两者比较就是对大师的亵渎。应该说，与对中国当代文学的肯定之声相比，对当代文学的否定和轻视显然更成气候、更为普遍也更有市场。尽管否定者各自的角度和出发点不同，但中国当代作家、作品与中外文学大师、文学经典之间不可比拟的巨大距离却是唱衰中国当代文学者的主要论据。这种判断通常沿着两个逻辑展开：一是对中外文学大师精神价值、道德价值和人格价值的夸大与拔高，对文学大师的不证自明的宗教化、神性化的崇拜。二是对文学经典的神秘化、神圣化、绝对化、空洞化的理解与阐释。在此，我们看到了一个非常有趣的悖论：当谈论经典作家和文学大师时我们总是仰视而崇拜，他们的局限我们要么视而不见要么宽容原谅，但当我们谈论身边作家和身边作品时，我们总是专注于其弱点和局限，反而对其优点视而不见。问题还不在于这种姿态本身的厚此薄彼与伦理偏见，而是这种姿态背后所蕴含的"当代虚无主义"。这种"虚无主义"的最大后果就是对当代作家作品"经典化"的阻滞，对当代文学经典化历程的阻隔与拖延。一方面，我们视当下作家作品为"无物",拒绝对其进行"经典化"的工作,另一方面又以早就完全"经典化"了的大师和经典来作为贬低当下泥沙俱下的文学现实的依据。这种不在同一个层面上的比较,不仅毫无意义,而且只能使得文学评价上的不公正以及各种偏激的怪论愈演愈烈。

其实,说中国当代文学如何不堪或如何优秀都没有说服力。关键是要进行"经典化"的工作,只有"经典化"的工作完成了才有可能比较客观地对当代的作家作品形成文学史的判断。对当代的"经典化"不是对过往经典、大师的否定,也不是对当代文学唱赞歌,而是要建立一个既立足文学史又与时俱进并与当代文学发展同步的认识评价体系和筛选体系。当然,我们也要承认,"经典化"问题是一个非常复杂的问题,并不是凭热情和冲动一下子就能完成的,但我们至少应该完成认识论上的"转变"并真正启动这样一个"过程"。

现在媒体上流行一些对于中国当代文学经典化冷嘲热讽的稀奇古怪的言论,其核心一是否定中国当代文学有经典、有大师,其二是否定批评界、学术界有关"经典化"的主张,认为在一个无经典的时代,"经典"是怎么"化"也"化"不出来的,"经典化"是一个实实在在的"伪命题"。其实,对于文学,每个人有不同的判断、不同的理解这很正常,每一种观点也都值得尊重。但是,在"经典"和"经典化"这个问题上,我却不能不说,上述观点存在对"经典"和"经典化"的双重误解,因而具有严重的误导性和危害性。

首先,就"经典"而言,否定中国当代文学早就不是什么新鲜事,对当代文学的虚无主义态度在很多人那里早已根深蒂固。我不想争论这背后的是与非,也不想分析这种观点背后的社会基础与人性基础。我只想指出,这种观点单从学理层面上看就已陷入了三个巨大误区:

第一个误区,是对经典的神圣化和神秘化的误区。很多人把经典想象为一个绝对的、神圣的、遥远的文学存在,觉得文学经典就是一个绝对的、乌托邦化的、十全十美的、所有人都喜欢的东西。这其实是为了阻隔当代文学和"经典"这个词发生关系。因为经典既然是绝对的、神圣的、乌托邦的、十全十美的,那我们今天哪一部作品会有这样的特性呢?如果回顾一下人类文学史,有这样特性的作品好像也没有。事实上,没有一部作品可以十全十美,也没有一部作品能让所有人喜欢。在这个问题上,我们应该明确的是,"经典"不是十全十美、无可挑剔的代名词,在人类文学史上似乎并不存在毫无缺点并能被任何人所认同的"经典"。因此,对每一个时代来说,"经典"并不是指那些高不可攀的神圣的、神秘的存在,只不过是那些比较优秀、能被比较多的人喜爱的作品而已。从这个意义上说,当今中国文坛谈论"经典"时那种神圣化、莫测高深的乌托邦姿态,不过是遮蔽和否定当代文学的一种不自觉的方式,他们假定了一种遥远、神秘、绝对、完美的"经典形象",并以对此一本正经的信仰、崇拜和无限拔高,建立了一整套关于中国当代文学的伦理话语体系与道德话语体系,从而充满正义感地宣判着中国当代文学的死刑。

第二个误区,是经典会自动呈现的误区。很多人会说,是金子总是会发光的。但对文学来说,文学经典的产生有着特殊性,即,它不是一个"标签",它一定是在阅读的意义上才会产生意义和价值的,也只有在阅读的意义上才能够实现价值,没有被阅读的作品没有被发现的作品就没有价值,就不会发光。而且经典的价值本身也不是固定不变的。如果一个作品的价值一开始就是固定不变的,那这个作品的价值就一定是有限的。经典一定会在不同的时代面对不同的读者呈现出完全不同的价值。这也是所谓文学永恒性的来源。也就是说,文学的永恒性不是指它的某一个意义、某一个价值的永恒,而是指它具有意义、价值的永恒再生性,它可以不断地延伸价值,可以不断地被创造、不断地被发现,这才是经典价值的根本。所以说,经典不但不会自动呈现,而且一定要在读者的阅读或者阐释、评价中才会呈现其价值。

第三个误区，是经典命名权的误区。很多人把经典的命名视为一种特殊权力。这有两个层面的问题：一，是现代人还是后代人具有命名权；二，是权威还是普通人具有命名权。说一个时代的作品是经典，是当代人说了算还是后代人说了算？从理论上来说当然是后代人说了算。我们宁愿把一切交给时间。但是，时间本身是不可信的，它不是客观的，是意识形态化的。某种意义上，时间确会消除文学的很多污染包括意识形态的污染，时间会让我们更清楚地看清模糊的、被掩盖的真相，但是时间同时也会使文学的现场感和鲜活性受到磨损与侵蚀，甚至时间本身也难逃意识形态的污染。此外，如果把一切交给时间，还有一个前提，那就是对后代的读者要有足够的信任，要相信他们能够完成对我们这个时代文学的经典化使命。但我们对后代的读者，其实是没有信心的。我们今天已经陷入了严重的阅读危机，我们怎么能寄希望后代人有更大的阅读热情呢？幻想后代的人用考古的方式对我们这个时代的文学进行经典命名，这现实吗？我不相信后人对我们身处时代"考古"式的阐释会比我们亲历的"经验"更可靠，也不相信，后人对我们身处时代文学的理解会比我们亲历者更准确。我觉得，一部被后代命名为"经典"的作品，在它所处的时代也一定会是被认可为"经典"的作品，我不相信，在当代默默无闻的作品在后代会被"考古"挖掘为"经典"。也许有人会举张爱玲、钱钟书、沈从文的例子，但我要说的是，他们的文学价值早在他们生活的时代就已被认可了，只不过很长时间由于意识形态的原因我们的文学史不谈及他们罢了。此外，在经典命名的问题上，我们还要回答的是当代作家究竟为谁写作的问题。当代作家是为同代人写作还是为后代人写作？幻想同代人不阅读、不接受的作品后代人会接受，这本身就是非常乌托邦的。更何况，当代作家所表现的经验以及对世界的认识，是当代人更能理解还是后代人更能理解？当然是当代人更能理解当代作家所表达的生活和经验，更能够产生共鸣。因此，从这个角度来说，当代人对一个时代经典的命名显然比后代人更重要。第二个层面，就是普通人、普通读者和权威的关系。理论上，我们都相信文学权威对一个时代文学经典命名的重要性，权威当然更有价值。但我们又不能够迷信文学权威。如果把一个时代文学经典的命名权仅仅交给几个权威，那也是非常危险的。这个危险表现在什么地方呢？就是几个人的错误会放大为整个时代的错误，几个人的偏见会放大为整个时代的偏见。我们有很多这样的文学史教训。在这个问题上，我们既要相信权威又不能迷信权威，我们要追求文学经典评价的民主化、民主性。对一个时代文学的判断应该是全体阅读者共同参与的民主化的过程，各种文学声音都应该能够有效地发出。这个时代的文学阅读，最理想的状态应该是一种互补性的阅读。为什么叫"互补性的阅读"？因为一个批评家再敬业，再劳动模范，一个人也读不过来所有的作品。举个例子：现在我们一年有5000部以上的长篇小说，一个批评家如果很敬业，每天在家读二十四小时，他能读多少部？一天读一部，一年也只能读三百部。但他一个人读不完，不等于我们整个时代的读者都读不完。这就需要互补性阅读。所有的读者互补性地读完所有作品。在所有作品都被阅读过的情况下，所有的声音都能发出来的情况下，各种声音的碰撞、妥协、对话，就会形成对这个时代文学比较客观、科学的判断。因此，文学的经典不是由某一个"权威"命名的，而是由一个时代所有的阅读者共同命名的，可以说，每一个阅读者都是一个命名者，他都有对经典进行命名的使命、责任和"权力"。而作为一个文学研究者或一个文学出版者，参与当代文学的进程，参与当代文学经典的筛选、淘洗和确立过程，更是一种义不容辞的责任和使命。说到底，"经典"是主观的，"经典"的确立是一个持续不断的"过程"，"经典"的价值是逐步呈现的，对于一部经典作品来说，它的当代认可、当代评价是不可或缺的。尽管这种认可和评价也许有偏颇，但是没有这种认可和评价，它就无法从浩如烟海的文本世界中突围而出，它就会永久地被埋没。从这个意义上说，在当代任何一部能够被阅读、谈论的文本都是幸运的，这是它变成"经典"的必要洗礼和必然路径。

总之，我们所提倡的"经典化"不是要简单地呈现一种结果，不是要简单地对一个时代的文学作品排座次，不是要武断地指出某部作品是"经典"，某部作品不是"经典"，不是要颁发一个"谁是经典"的荣誉证书，而是要进入一个发现文学价值、感受文学价值、呈现文学价值的过程。所谓"经典化"的"化"实际上就是文学价值影响人的精神生活的过程，就是通过文学阅读发现和呈现文学价值的过程。可以说，文学的经典化过程，既是一个历史化的过程，更是一个当代化的过程。文学的经典化时时刻刻都在进行着，它需要当代人的积极参与和实践。因此，哪怕你是一个对当代文学的虚无主义者，你可以不承认当代文学有经典，但只要你还承认有文学，你还需要和相信文学，还承认当代文学对人的精神生活具有影响力，你就不应该否定当代文学经典化的重要性。没有这个"经典化"，当代文学就不会进入和影响当代人的生活，就失去了存在的意义。每一个人，哪怕你是权威，你也不能以自己的好恶剥夺他人阅读文学和享受文学的权利。

从这个意义上说，当代文学的经典化当然是一个真命题而不是一个伪命题。在一个资讯泛滥的时代，给读者以经典的指引是文学界、出版界共同的责任，而这也是我们编辑出版这套书的意义所在。

最后，感谢张明和张英先生为本套书付出的辛劳，感谢北京立丰天文化传播有限公司、北京金圣典文化有限公司的资金支持，感谢全体编委和北京联合出版公司各位编辑，感谢所有对本套丛书的出版给予大力支持的作家和他们的家人。

是为序。

吴义勤

2022年冬于北京

目 录
Contents

奥达的马队____1

宝　刀____62

孽　缘____115

遥远的温泉____164

鱼____235

奥达的马队

一

我只轻轻呼哨一声,稀疏的桦树间那几匹牲口都竖起了耳朵,停止啃食青草。

我又轻轻地叫一声雪青马的名字,它立即发出咴咴的回应,抖动着漂亮的鬃毛奔下山坡。它的嘴脸在我的粗布衣服上蹭磨。我又一次出神地看着它那光波欲溢的眼眶中我的身影。其实我只对那凸状的眼球晶体上扭曲的身影瞥了短暂的一眼,就用迅疾的动作给牲口挂上笼头,并把嚼口系得不那么紧巴巴的。

牲口乖觉地绷紧了缰绳准备起步了,我才发觉自己并不知道应该去哪里。我们昨天晚上才卸下牲口背上的农药、化肥以及预防冰雹的一大堆土火箭。休息两天之后再启程。

还有两天。我想,只好折下一根树枝替我的雪青马拂去叮在身上的牛虻。这些家伙不断地惊飞又不断降临。它们低沉的嗡嗡声令人心烦意乱,粗笨的身体上一对翅膀轻盈地扇动,被阳光透耀成为一个个闪烁的金色光斑。我手中的枝条在马背上不断拂弄，漠然地看牛虻们落向我衣服的皱褶间徒然寻找吸血的孔道。

"喝吧。"我好容易才掀动嘴唇。山野浩渺的静寂中，要是没有一个同伴首先开口说话，自己想要发出声，总要花费相当的力气。

"喝吧。"我又说。

它机灵地抖抖耳朵，凝神谛听。我也凝神谛听。我的声音在四周的浓绿中没有回响，而长长的驮运路上，我们都领受过的恩情的女人们的声音没有出现。我跟我的宝骑说话，就是因为一个女人的叮嘱。"马就是你永久的女人。"她说。那天，她把我和牲口送出很远，但又拒绝了我再次要亲近她身子的要求。第二天，她就远嫁了。

雪青马终于把嘴小心翼翼地探进水中，喉咙中响起了有节奏的咕咕的水声。它用明亮清澈的眼睛注视我，长长的睫毛像女人令人动心的睫毛。它的鼻翼两侧出现两个小小的漩涡，岸上清晰倒映于水中的景物，纷纷在那笑魇般的漩涡中破碎，然后沉浸。漩涡平复后，呈现在眼底的却是一堆清晰而纹理鲜明的石头，杂然散布于河底。我又一次俯视马眼中我奇形怪状的身影。"达芝布。"我带着一种对世人的恶意，对自己的身影说。这是岷山、邛崃山河谷中藏族嘉绒部族方言对私生子的蔑称。以达芝布来称呼自己，是我在这支被称为奥达的马队中排泄心中郁闷的方式。而少年时我却不堪这个字眼所包含的耻辱，中途辍学加入了由四人组成的有二十多匹牲口的马帮。

注视着平稳水流的表层被牲口鼻息吹出细碎的波纹，眼前却又闪过那难忘的场景。他跑出中学新砌的大门，门外停着一辆卡车。汽车的反光镜向这个十三岁矮小的少年照来。他止住了脚步，从那镜子的凸面上看到一个头有拇指蛋大小，腿脚像蝼蚁的寸许长的家伙。一个通红的烟头进入镜底，那截纸烟傲然地烧掉了镜中那家伙。他伸伸脖子，把一口发苦的口水和徘徊在牙齿背后的求情的话吞进胃里，他决然走上通向家乡的公路，没有回头。那辆车启动了，慢慢在他后边的上坡路上跟了好一段，才加速前进了。他被沮丧地裹在一团尘土中，却感到这样很好，前一晚上同宿舍那个大个子同学摸着他的脑袋，说，达芝布啊达芝布，把他像一个土偶一样任意摆布。他顺手把一把小刀戳进了那家伙的屁股，直到一个钟点前被叫上学校那个高高的土台上听候宣读处分决定时，他还感到得意非凡。校长宣布解散时，下面并不像往常一样爆出一声"杀"字，起码有整整两个班的人齐声呼喊：达芝布！这样，他便奔上了这条空荡荡的道路。他觉得自己像一条狗，一块破布一样被抛弃在浮尘中间。而汽车疾驶过几道山弯之后，再也不见踪影，马达的轰鸣也渐渐转低转弱。

雪青马已经从水中抬起头来，惬意地转动双眼，阳光在皮毛上流动，闪烁出丝质的高贵光彩。我回忆少年时代，仿佛那不是我自己，而是另外一个不相干的人的一段经历。我平静地中止了回忆。在奥达马队的近二十年的驮脚汉生活给了我强大的自制力。我可以随时中断这种回忆。被畅饮的牲口搅乱的水面很快平稳下来。

"走吧。"我拍拍牲口脖颈。

前面河岸的台地有一群穿白衬衫的女人在麦地中锄草。斑鸠不时被女人们的笑声惊起，低飞一阵，又安然藏身于如绣的麦地中间，人们的说话声像背后河上的浪花一样泛起，又在耀眼的明媚春阳中消失。河上的清风吹在背后，一些记忆、一些意绪又飞鸟一样轻捷无声降落在心田里，我挥挥手把它们赶走。

牵着牲口从麦田中高高的土埂上走过。我用青青的柳枝敲打靴筒，装出心不在焉的样子从她们面前走过。

我终于放慢了步子，"呸"一声吐掉口中咀嚼的青草。我看到那个叫作若尔金木初的美丽女子。她在大嫂及姐妹友善的戏谑声中随着我的脚步扭动那优美颀长的颈项。在这片风霜雨雪年年肆虐的土地上,她的皮肤那样晶莹洁白,第一次见面时,我以为她是上界的神仙。

那是一个夕阳灿烂的傍晚,满山峡是流泻的夺目的蔚蓝阳光,她背着水桶来到河边,我正在那里饮马。

我请求她准许我用桦皮瓢替她舀水倒进水桶。水很久才舀满,我把水桶放上青石砌就的石台,她把绳圈套住桶腰,又横勒上自己肩胛时,我们的目光相遇了,彼此眼中都充满欣喜和健康的欲望。我就着她背上的桶沿贪婪地啜饮,眼睛却落在她绒发丛生的颈窝上。我大着胆子向那里吹送灼热的气息。她微微屈膝,周身止不住地战栗,最后,是她一侧身子,把一些水倒进了我的脖颈。我敢说:那浸凉的水贴肉流下直到脚背已变得温热了,她回眸一笑,便背着水桶碎步走出河滩,钻入炊烟拉起的一道淡蓝帐子。自始至终,我们没有说过一句话。

这时,悠长的杜鹃的啼鸣响起。

"叫了,今年的第一次布谷鸟叫!"

"布谷鸟叫啦!"

女人们欢呼起来。当地百姓相信:第一次听见布谷鸟叫时的境况将决定人一年的境况。这时,他们在新秀的麦地中间,欢笑戏谑。在明媚的春阳下劳作,这一年必然会是风调雨顺了。

"奥达马队的汉子,听见布谷鸟叫,你就看到我们漂亮的女子了。"

"驮脚汉怎么在平地上迈不开快步了!"

我差点就要告诉这些友好的女人,三天前在那个地方就听见那鸟叫了。那时,一封信把我折磨得十分苦恼。在那封突然收到的信里,那个在加拿大的侨民说他是我父亲,而且,公路已经把我们压迫到这条最后的山沟。我已预感到命运将又一次改变。这样,我克制自己不要再向若尔金木初投去目光,把目光投向一个如此美丽姣好的女子,难免流露出欲求。我艰难地走过了那处麦地。感到那美丽女子的目光伤心地从我背上滑下。

我已经习惯了与道路、牲口、流水、蜿蜒的山脉、变幻的四季为伴,结识了许多心胸坦诚的汉子,结交了许多忧喜交加的美丽而善良的女子。稍事休息后,又将踏上穿山越岭的驿路。

你第一次踏上驿路那种忧惧已经消失,但最初那种激动却保持着,像第一次在那个转运站上一样。

那天阴雨绵绵。一条水毯披在肩头,我看护着牲口。我斜跨在木桥湿润腻滑的栏杆上。低头看到一个女人撅着屁股捶打一堆衣服。抬头时,看到伞一样撑开的鹅掌楸肥厚的叶子绿光闪烁。汇聚在树叶上的雨水滴落下来,把松软的泥土砸出密密的小坑,驮帮的领头人奥达脸上也布满同样的暗红色的圆坑。远望一条灰白的驮路在山腰的云雾中蜿蜒,你的脑子里空空如也。

桥头那片空地被牲口和在掉头驶回某县县城的汽车糟践成一片烂泥。被雨水冲刷干净的石头和马背泛着一种奇异的光亮。你木然听着牲口的嚼铁与铜铃的声响。

你感到困惑不解的是麻脸矮子奥达,那么容易地把你引到这条道路上来。像他的氆氇大氅从草丛中粘走几粒草籽一样,你十三岁,穿着奥达用一块汽车篷布做成的坎肩。紧盯着洗衣的女人撅起的屁股,那有节律的颤动引你想入非非。她那被细雨淋湿的耳廓苍白得令人心悸。她终于站起身来,你这才发现她竟是一个将近临产的孕妇。你才十三岁。你对你身上最初的冲动感到恶心。

你像别人那样骂自己。达芝布感到非常解恨,就像不断吮吸顺着头发、脸腮流下的雨水就能冲淡心中的烦恼一样。

奥达终于出现在桥头，对你晃动一只磨光了漆的旧水壶。他已在其中灌满了烧酒。在以后漫长的生活中，你终于学会了不在这种情况下感到惊讶，因为他总能在需要什么东西的时候找到这种东西。

他再举举水壶，蜷缩在木房檐下的两个驮脚汉也起身了。穹达把那串乌木佛珠绕上手腕，抢先夺过酒壶。他伸出舌头把胡须上的酒滴舔进口中，说："啊，好，等一晴了，我要替小伙子观观星象。"

瘦长身子的阿措总是佝偻着腰背，偶尔一挺直，步伐便显得摇摇晃晃。他未曾接过酒壶就说："多谢啦、多谢啦。"阿措那低三下四的样子使你大模大样地举起手，踮起脚来才拍到阿措肩膀。你那大模大样在长者肩上妄自拍动的手，被奥达不客气地拉下来。

"你还不到时候。"他说。

这就轮到阿措抬手来拍拍你的肩头，他抬起的那只大手青筋毕露。

你窘得想哭。

那是1968年秋天，你十三岁，现在你已经三十岁了。

二

那封信和写有外文的封套一起对折着深藏在贴身的衣袋里。

我端坐在山脊上，看着夕阳把我的身影直投射到河滩中央。

我想象我用马靴敲打麂皮鞣制的靴筒，不顾会践踏倒多少麦苗，走到锄草的若尔金木初面前，深吻她那勾人心魄的颈窝。只要她回报一个同样的吻，我就把这封信撕成碎屑，迎风撒开。

那天路上遇到的半月一趟的邮差交给我那封信。那阵子我们正在侍弄两匹被肚带磨破了皮肉的牲口。奥达转过脸来,我假装没有看出他眼中的询问,把没来得及看完的信塞进口袋。我的心止不住地狂跳,想回想一下信中的内容都不能够,脑子像一只翻过的牛胃,连一根草屑也抓不出来。手却仍能熟练地涂抹药水。涂完了,我注意到一抹晚云特别红艳,而整个长天因而显得特别空荡。奥达拍拍牲口背说:"去吧。"

我俩目送那两匹疲惫的驮马消失在灌木丛中。这一夜,我们谁都没有说话。压抑的气氛感染了两个伙伴。阿措的额头上这时更堆满了皱纹,眼中却闪动着晶晶的亮光。平时,他的眼珠像绵羊眼睛一样灰暗,只有担心什么事情时,才这样难以抑制地兴奋。

穹达则煞有介事地仰起脸。一次又一次从我们露宿的杉树底下仰观天河。他说:"啊,啊……"这时要是有谁瞟他一眼,他就会马上说:"这事该观观星象了!"若是没人理会,他也只好作罢。十几年过去,这个做过几年小和尚的家伙总是这样,但叫人不禁要可怜的是:我们从来没见过有人求他以星象卜算任何一件事情。

我把手伸进怀中,想把那信掏出来念给同伴们听。

"我说……"我好容易才掀动了被唾液粘连的嘴唇。夜色也像一团鲜嫩的奶酪颤动了。

阿措却误解了。他急忙打断我:"还是别说公路的事吧。"

十几年来,我们在岷江上游各条支流的崇山峻岭间被四处无情伸延的公路所苦。我们不得不离开一个个货源丰富、气候适宜的地区,向人烟稀少而贫瘠的地区转移。眼下,整个岷山据说还有三支专事运输的马队。各自占据着最后一条山沟。我们这条长不到三百里的山沟已住进了公路勘探队,这就等于宣告:三五年后,我们这支以奥达为名字的马队就将消亡了。

奥达脱下靴子，说："睡吧。"

"睡。"穹达说。

在愈益暗淡的火光中想一阵子心事。我把毛毯拉到颌下，漫长行程积下的困倦袭来。合眼后，最后还嗅到一些湿柴燃烧时特有的辛涩味。还仿佛闻到腥膻的鞍鞯的气息，看到牲口身上的气息袅袅上浮，跟树林里清新的松脂香混在一起。

夜夜，我们都躺在澄明的大气里。

正是这样，一旦有人替我备下一个洁净松软的床铺，我的骨头却感到痛苦。相爱的女人会精心地用植物碱、棉布的气味把你包裹起来用她肉体的芬芳使你陶醉。但我这堆骨头会把我赶下床铺，因为我是一个贴地睡眠的驮脚汉。

而在这座沉静的小山冈上，只有我忠实的坐骑迎风站在我身边。我怦然心动，搂紧它的脖子说："雪青马呀。"风扬起长长的马鬃，在我脸上肆意扑打。

我把那封信看完后，仍固执地叫了自己一声：达芝布。

那封信是一个在加拿大的侨民回国时通过统战部转送我的。这个原先的藏军小头目、现在用英文写信的机械工程师，竟是我父亲，我竟有这样一个父亲。他在已译成中文的信中说：那时你母亲很美丽，我们有了你。但关键是没正式成婚就出逃了。

他还在州银行存入了一笔钱，要我买一辆载货卡车。"家乡的公路多了，但路不好，险，开车要小心。我老了，你要想我。"他写了这样一些话。

随信寄来的政府特许的卡车提货单握在我手里，我想撕掉，但终究没有。我虽然愤愤不平，但那封信还是又装回到贴身的衣袋里了。

夜凉如水。我想呼喊死去的母亲。

奥达在岔路口等我。

他站起身来时，膝关节发出清晰的咯咯声。在火堆旁坐下后，我注意地看他花白的鬓发。山坡下就是那片麦田，麦田中央是一群泥顶的石头寨楼。某幢寨楼上有一个女人苍劲的声音穿透夜幕。寨楼脚下晒场上勘探队的帐篷灯火辉煌，并传出恢宏的乐声。

"这些家伙又追上来了。"穷达说，"追吧，那些流沙、尘土都难以附着的悬崖正伸出老虎牙齿，好撕碎你们。"

一块火星子"噼啦"一声从劈柴上爆起，崩落在谁的茶碗中，嗞嗞地熄灭了。

"做人不要负心才好。"奥达突然说，"那是一个好女子。"

"奥达师父。"我说。

"那女子在你饮马的地方哭泣。"

"我没有……"

"要有才好。山里的女人过不上几天幸福日子，这件事情不要叫她们也伤心。"

"命数。"穷达说。

"十八年前你在这里对我举起刀子，那也是命数？"奥达阴阴地一笑。

穷达摸摸光光的额头，并不感到窘迫："那阵为这个女子的姨妈我和奥达动了刀子。她要奥达晚上去，奥达去的时候，她门也不闩就跟我睡了。"他亮出手臂上那道紫亮的伤疤。

马队里的汉子总有许多激动人心的记忆深藏在心底。每当静静地默对一段水流，一角青空，一团野火，那些引人遐思的回忆便涌上心头，它们把神秘的力量重新灌注进我们疲乏的身体，使我们能够满怀热情与信心投入早晨澄明清新的大气，踏上露水润湿的道路，驿铃荡开，目光的斜瀑溢满山峡……我们这样威武地走过了好多地方！

而我会告别这自由自在、使我成为一个真正男子汉的生活吗？不能。我对自己说。但又小心地把那张卡车提货单塞进包袱中新衬衫的口袋里。

夜声从四方响起又从八方消弭。

三

卡车绞起的尘柱崩散了。

空荡荡的大路像一条旧腰带扔在少年的脚前。河穿过空旷谷地中一丛丛荆棘，几块巴掌大的玉米地像几块破陶片闪烁着绿光，在裸露的层层岩石中间。前方几乎无人道。

阳光在灌木丛、石岩、水面上刺眼地闪烁。

他拖着短短的身影踏上了滚烫的铺满浮尘的道路。

蓝天高远。

又一辆卡车驰来，他扬扬手臂，卡车疾驰而过。他扬手投出手中的石块，尘土又一次把他吞没，随即听到货厢上发出"哐啷"一响。但那声音远不如汽车的喇叭声响亮。

尘土散尽之后，他重又回头打量身后的影子变短一些没有。时间并没有过去多少。

"懒狗。"他骂影子。

"懒狗。"

我催动胯下的牲口。

回程我们只驮了些药材。大捆的麻黄与五加皮在驮鞍上窸窣作响。轻快的蹄声混杂着三个伙伴呷呷哦哦的吆喝声。奥达逆着阳光斜跨在马背上的身影显得十分威武有力，风鼓起他杏黄色的宽大衬衫的后背，那顶细呢的宽檐礼帽，那只不提缰的手放在宽大的刀鞘上。

其余的两个同伴也一样把帽子前扣，露出后脑勺，身躯有节奏地耸动。

一个村小的教师和一个勘探队的女医生和我们同行。

女医生马骑得很好。

老师竭力装出骑惯牲口的模样，做作地在马背上颠动着身子。

老师高叫一声："啊哈……"牲口轻轻一颠，他就咬伤了自己的舌头。

穹达大声说："知道吗？原来那个高所长的女儿都生孩子了。可那个所长还年轻得很哪！"

"多快的日子！"奥达在队首说。

"老了！老了！"阿措感叹道。

"那年刚进村，就在溪边那溜核桃树下碰见他了，不是吗？"

"他是我们在这里相识的第一个人，对吧。"

"对！"

"哦呀呀，时间这个东西！"

洪亮的对话声在静寂的谷地上与杂沓的蹄声、鞍鞯的咕吱声混在一起，在阳光中旋舞。我们走过一条道路，三五趟后，我们就不得不去寻找新的货源，但我们只要很短的时间就能结交一些朋友，然后又平静地分手。老在一条道路上你不容易感到宝贵的时光流逝。但在三五年以后，回到一条旧貌依然的老路，总有些人事变化使我们感到许多时光风一样飘散了。

空气变得燥热了。

空旷的河谷中突兀起一座岩石嶙峋的小山峦。掀开心中的思绪，我下了马对付脚下的道路。灼热的空气像石头一样梗塞在喉头，牲口的两肋很快被汗水濡湿。我把绾着漂亮花结的马尾交到女医生手中，她在雪青马的拽动下加快了步伐。她转脸对我露出感激的笑容。

一条银蛇躺在岩石上，一下弹开盘缠的身子，钻进岩缝去了，大家的眼光都落在石缝中潮湿的泥土上。

只有老师忍不住频频回头。望着被我们抛在身后宽阔浩荡的水流。周围的岩石上热浪起伏，牲口的蹄铁在岩石上叩击的声音，再强烈一点儿，就会引爆轰轰作响的空气。

那个大家都想着的字眼，终于由老师说了出来："水。"

这个字眼若是由女医生说出来，必然会得到更多的照顾。这个家伙这一来，可就完了。我们都加快了步子，脸上露出鄙屑的神色。

爬上山顶，河水又奔入眼底："多美的一条河！"我说。我想戏弄一下这个懦弱的男子汉。

医生远望一阵，看看我，眼神分明是说："是的，是一条美丽的河流。"

"审美的功利性。"老师对医生说的话我一点不懂。

一只鹰在晴空平伸翅膀滑翔，那巨大而稀薄的影子在短暂的一刻笼罩住我们全部，人，马匹和邻近的几块巨大岩石。

穹达举起双臂，抖擞着，长长的衣袖对空挥舞："你呼唤风！你！禽中之王！"

"风！"老师叫道。

"风。"阿措也低低咕哝着。

那巨大的鹰的影子移到一块平顶的石岩上方，那岩壁上凿出的佛龛中供养了一尊小小的铜佛,以及一段很少有人明白意思的经文。穹达举着双手旋转几圈之后,在佛前跪下。

我、奥达、阿措只是近前几步脱下帽子。

老师仍眺望河流。

女医生眺望鹰。

最后两个同行者的目光都落到穹达的后背,他开始出声祈祷,祷词中可以听到辽远的路途、财源以及粗壮的牲口等字眼。他光光的脑袋深深地垂下,下巴抵到粗大的喉结上。等他站起身来,他突然又说:"山上能建房,可是个好地方。我看了,河水正往门首涌。那可不是水上的阳光,那是银子。"

"有公路就好了。"老师说。

"快了。"医生说。

"公路,"奥达一拍鞍鞯说,"你们的公路都像驮队一样爬上这石山!"

女医生犹豫一下,说:"打一个两里长的隧洞,或者把公路用桥引到对岸的山脚。"

尴尬地沉默一阵,牲口颈上的铜铃在下山道上悠然荡开。

很久以来,我们都在为公路勘探队运送物资,得到了相当优厚的报酬。奥达却难以接受在他面前提起公路这个字眼。

女医生却仍像穹达念祷告词一样,说得入迷。"……公路哪里需要上这山,顺河绕弯,多美的一个弧线,翻晒图纸时你看那道蓝色线!"关键是她那样子并没有引人反感。相反,我对我们的奥达隐怀了一点怜悯。这条公路一修通,穹达就要回到他原先学法的庙里做一个取水的和尚。那庙在草原上的一个县城。庙里缴了五百元,请自来水公司安了水管。但水送到三天,就断了。再说吃素吃得味觉特别灵敏的老和尚也受不了漂白粉的味道。阿措多病的老婆已经亡故。女儿长得像一个男人，她购置了一台拖拉机，大半年还清了贷款。那笔钱超过我们四条汉子和二十匹牲口全年的收入。女儿早就要阿措回去养老了。我则打定主意跟定父亲一样的奥达。但那个侨胞的出现，打乱了我内心的平静。而我不知道是不是因为这个才怜悯奥达。

继而我又陷入了深深的自责。当初是他把你的命运投入这使人傲岸的马背生涯，把你塑造成一条能够热爱，能够痛恨的硬汉，养育了你自由的天性。

回望下山的道路，笼上身来的树影又十分清凉。仿佛刚刚走过的是另一条道路，而不是眼下这一条。

刚一上道，奥达就把口还很嫩的雪青马交到我手上。

"要毫不容情地把它压在你胯下。"

筛过茂密树叶的雨水沉重地坠落在头顶和青幽幽的石板上。稀薄的雾气在粗壮的树干间游动。

雪青马昂头跺蹄，亢奋地喷出粗重的鼻息。这是一匹从撤销的军马场买来的军马。奥达花了一千元买进这匹牲口，爱不释手。每天出去遛道、洗刷、调教步伐。

后来，我们宿歇于一个叫作色尔米的村子时，晒场的晾架上挂着电影银幕，许多人告诉我们还要再放一次骑马打仗的故事。

"我们的小伙子骑的也是战马！"奥达把我推到人堆中间。雪青马和我并排站在一起。

一个小孩突然说："那个骑马的官打了败仗。"

"他是好人。"另一个小伙子低声呵斥。

"反正他败了。"

"好人怎么会打败仗。"谴责声群起。

奥达看看雪青马，又看看那孩子，这二者之间有什么东西触发了他的心事。他怔忡的目光恍惚游移，不愉快地皱紧了眉头。

穹达又开始装疯卖傻。他伸出两只手背，"好人？"他翻腕，把手掌朝向人群，"坏人？"

见众人茫然莫解，他开心地哈哈大笑，后来电影机换片时，他把双手合拢，举到幻灯那一束光明中，变换手指，做出叫驴的形象，吠狗、啼鸣鸡的形象，自己在轰然的笑声中紧绷着面皮。

散场后谁也不说话。

"冷冰冰的铁。"只有阿措说。

但你知道大家眼前又呈现出那些骑手英武、马匹矫健的骑兵队在钢铁机器的碾压下陈尸累累的惨景。那个英勇的马上将军的尸首被扔进装甲车的钢铁躯壳下，消失于初春萧条的茫茫雪原。

"那是外国。"你安慰同伴们。

奥达变得怜惜牲口了。使你感到妒忌的时候，他总要把一把草料亲手喂到雪青马口中。你几乎忘了这匹马是奥达所赠，你的感觉像是一个自己钟爱的女人被人染指。

等你理解了奥达这种特别的感情，已是马队被公路追击，被迫离开苟尔达、冲、玛卡牟尼等富饶的河川地区之后了。你们转入了贡布、阿古卡玛和嘎博等贫瘠的山沟。这时，只要回首望望铺满腐叶或积雪茫茫的来路，心里都会潜进一种无边无际的悲凉与豪壮。

这是一种苍鹰凛然翱翔于冬日，翱翔于冬日晴明而寒风凛冽的天空所能勾引起来的那种情愫。

即或如此，最初的那段路途仍使你感到幸福。在你家里，你和奥达并躺在地铺上。他那平稳的呼吸声使你心情平静，使你生出美好的想象。从他赭色额角上刀切一般的皱纹，以及那坚定的下巴下开始联想。你不断想到的是胯下的马匹,和缠在腰带里的金钱。突然,梦幻一样传来一个女人低低的婉转歌声,这调子是熟悉的,是你家乡柯洛地区打场时对歌和麦子收获后,即将临盆的妇人和即将上马远离家门的男人的歌谣。但我从未听过母亲唱歌。她只是终年憔悴着。奥达睡到母亲那边去了。母亲继续歌唱。入梦后,我还听到隐约的啜泣,以及奥达笨拙的安抚牲口那样的呵呵声。

早晨,母亲为你挂上香符,奥达把你扶上马背。

只过了三天,他把雪青马的缰绳交到你手里时,他说:"我是你师父了,师父像父亲一样,你要向我学许多东西。"

"赶牲口?"

"还有其他事情。"他严肃地说。

穹达嘻嘻地说:"女人。"

奥达师父说:"道路。是的。还有女人,还有男人,我们辽远宽阔道路上居住或流浪的男人与女人。"

阿措扯扯你的衣角,你赶紧说:"是,师父。"

"你要毫不容情地把它压在你胯下,它是你命里该有的一切,你要记住。"

"你要记住。"

"你要记住。"

阿措和穹达都严肃地重复了他最后的话语。

奥达有力的大手最后一次扶你上马,并拍拍你并不结实的膝盖。细雨在肥厚的核桃树叶上汇积成硕大的水珠,啪啪哒哒沉沉坠落。你们仿佛是在一个没有尽头的黄昏中穿行。这时,你非常想透过树叶与雾气眺望到将要翻越的第一个山口。

我在树影中搜寻奥达的身影,并对适才对他产生怜悯而感到愧悔。

我的眼光和女医生探究的眼光碰到一起。笑容出现在她脸上，跟着我的脸上也露出了笑容。

"我以为赶马师傅都不苟言笑。"

"那你们修公路的呢？"

"我们，说得太多，不然，这条公路或许都通了。"

"哦哦，"我说，"可别对奥达说这些话。"

"奥达，你们的头头？"

"我们的头儿。"

"我以为你是。"

"我不是。"

"干部年轻化，你们没有搞吗？"她自己已忍俊不禁，失声笑了起来。

我实在不明白这有什么好笑。

"谁是奥达？"她问。

我正要告诉她，她却说："不要告诉我，我会认出来。"

四

女医生固执地想自己认出谁是我们的头领，我想她认不出来。外行人怎么可能领会到我们内在的精神气质。

她的骑技倒还娴熟，她催马到穹达身边。穹达振臂指向青幽山峰夹峙的一线青空："什么首领？我会叫我们结为兄弟。我们感谢上天。谁会倾心于一种深受制约的生活？我们只有一个兄长——奥达！"穹达经过精心修饰的话滔滔涌出。我走马在他们中间，把话翻译给医生听。心里却想到：他只是强调了道路人的自由天性的招引，而隐去了生活本身无情的催迫。他也忘了，他告老归宿的寺院只是要他去做一个取水的和尚，并受制于各个血肉之身的大小喇嘛，他把奥达尊为兄长却令我感动。

在一片茵绿上休息片刻，我们又打马上路了。

女医生催马到阿措身边。阿措做出一副傲然的神情躲开了。他闭紧嘴巴，两条岩缝一般的皱纹笔直地从嘴角竖起，掩入鬓角，那一脸苦相显得更加明显，也更加令人敬畏了。他其实是害怕女人。山里直率热切的女人们总是使他感到惶恐。

一次，我们到麦玛河边接运物品，看到阿措的女儿戴着一副油污的白手套和一个男司机走在一起，阿措吓坏了，赶紧躲了起来。他害怕任何一个已经成熟的女人。相反，那些黄毛小丫头总能得到他尽情的爱抚和馈赠。等到他们走远了，他才敢从藏身处出来。晚上，阿措也才敢到旅店去看望。他听见那个男司机还在和女儿谈笑。门虚掩着，窗上没有帘子。他害怕突然置身于那方明亮的灯光中间，看到女儿薄薄的衣衫下无所顾忌隆起的胸脯，以及那个男人眼中流露的别样的目光。一阵风吹来，他在门的"吱呀"声与屋里人起身的响动中奔下楼梯。

女医生问道："他是奥达？"

"奥达怎么了。"奥达一点不动声色。

"我不能告诉他一件事情。"

"哦。"

"我是公路勘探队的。"

"哦……哦。"

"那个年轻的赶马师傅告诉我的。"

我涨红了面孔,奥达抬眼看看我,又看看年轻的女医生。

"噢……噢。"

"你也别告诉头领。"她叮嘱道。

"我就是奥达。姑娘,我们的道路是蹄铁的道路,你们橡胶轮子的钢铁机器是多么蛮横无理啊!"

说完,他策马率先登上一道小山梁。他的侧影一动不动。他的坐骑并不是特别高大的那一种。他的个子也并不高大,只是给人一种精悍敦实的感觉。渐近的杂沓的马蹄声终于使他回过头来,敞开的衣襟被一阵陡起的穿谷风所掀起。我和女医生策马到他面前,他的目光却越过我们肩头。他的鼻梁尖削而挺括,眼睛细小狭长而眼窝深陷。他的目光专注于对面河岸边的巨大滑坡,那是公路勘探队为勘探地质情况实施大爆破而造成的。

任何人休想从他脸上琢磨到他内心活动的丝毫影子。

我只能想象他内心的忧虑。想象有一朵乌云飘游而来。那忧虑是一只翅膀不断扇动的飞鸟。

前方峡谷中稀薄的雾气颤动着,从河面以及各种植物群落腾起。阳光闪烁得明丽耀眼。在千里岷山的腹地中,河谷地带的地形都是极其相似的。这道山谷也就像那个孩子在十余年前走过的那道山谷。再过三五年,在同样的烈日下,会有同样的散发浓烈汽油味的卡车,在同一时间疾驰而过,车尾扬起长长的一带尘土。

我不知道的只是那些尘土会不会再抱住一个孱弱而孤独的身影,充塞在他脑中的已不是学校灌输的种种有用无用的思想。而是水、食品、家、阴凉这样一些字眼。这些字眼如水珠般从晴朗的长天泻入胸中,激起回响。

那辆抛锚在山弯的卡车是他上午没有搭乘的那一辆。他不顾干裂嘴唇的刺痛，咧嘴笑了起来。路转入一个山弯，那辆车便从他的视野里消失了。如此数次。他再看到那辆车时，司机正对着车胎小便，一个女人从路边的树丛中走出来，那辆车就开走了。

他疲惫地走到停过卡车的地方，灰土中只有几圈淡淡的油迹。尘土散尽后，阳光刺眼地以更大的劲头扑向地面，那个扔在草丛中的塑料袋吸引了他的目光。等他躺倒在柔软的草地上，袋中的饼干粉末已全部倒进了口中。他费了很大劲才用唾沫把这些饼干粉溶化，吞进了胃里。这是一块从路上不易望见的低洼草地，被几棵酸枣树所遮掩。洼地里铺开一条麻袋和几张报纸，居中那张报纸整面只有一篇文章，小段小段错落间杂的黑体字也不能使那张纸显出一点生气。一群苍蝇麇集到报纸中央，苍蝇忽起忽落的翅膀下，是一摊鼻涕一样的东西，他一下便领悟了那是什么。所以，又很容易地看到那个女人屁股留在报纸上的汗迹，以及麻袋下面被蹬乱的一些绿草。头晕目眩。他口渴得更厉害了。他不知自己怎么就跑到公路上去了，念叨着学校在这方面给予他的唯一一个字眼：黄色小说。黄色小说。他顶着骄阳，轰轰作响的燥热地气从脚下蒸腾起来。他感到口渴难忍。

他转身又走进那小小洼地。看到苍蝇已经被几只蝴蝶赶走。他记得母亲就十分爱怜花间的蝴蝶。它们扑扇着美得难以形容的翅膀扑向那团黏液。

他想痛快地呕吐，但肚里却空空如也。

他走在空荡荡的干旱的河谷中。水、食物、报纸和蝴蝶这些字眼交替着飞蝗般向他扑击。

身影渐渐拉长。

迎面似乎有风，风中有股泉水的气息，潮湿的泥土与石头上青苔的气息。一只什么鸟在谷中响亮地啼叫。他追踪而去，却是一个腐臭逼人的泥沼。

想着心事，我离马队掉得太远了。

我的卡车将专门搭乘这种无助的孩子。或许还有他们善良的母亲。不知不觉，在想象中我已跨进了那辆只存在于纸上的卡车驾驶台，连我自己也吓了一跳。那是和奥达以及我们大家的马队不能并存的东西。你难以想象成队的卡车飞驰于这道山峡时，你们的命运将会如何，我不愿想象。我们不能像电影里那个英勇的骑兵上校，尊严而平静地迅速走近死亡。在自己与坐骑一起涌流血液的汩汩声中眼望着天空，双手交叉，放在心跳渐渐微弱的胸口，这是一个和平年代。事情本身悄悄显现，带着一种毫不容情的力量。我们不能找到那样的公式把自己变成英雄。我们只能为自由生活的丧失而哀悼而痛苦。

我把父亲的来信攥到手中，拉直了缰绳，我要告诉奥达这一切。我将从女医生他们勘探队打在路旁的标桩理起。

这些木桩的距离恰好是我们马队首尾相接的长度，它们被牢牢地揳进泥地或石缝。揳进时被砸坏的都重新换过了。一块石头边就扔着几根坏了的标桩，在漂亮的木纹上涂抹的红油漆十分引人注目。

女医生不理会老师的殷勤，兜转马头对我说："你们那大个子老头心脏肯定有毛病。"

"阿措？"

我向她讲述了阿措几次突然犯病的情形。我说得非常详尽，说老实话，这并不就等于是相信这会给阿措带来什么好处，只是因为路还长。我以一株野生樱桃出现时的时间开始，在心里估算出走到树前需要的时间，我依据的不是钟表，而是雪青马颤动的频率。当我折下那结果最繁的一枝时，我的叙述恰好结束。

我把这枝樱桃递到女医生手中。

她郑重地说:"心理对病人有很大影响,你不能告诉他。我们队里得心脏病的人要送到你们马队来。你们无忧无虑,啊……"

"你吃樱桃。"我赶紧说。

穹达勒了马在前边等我。

"啊,"穹达说,"除了女医生,你是不是还能听听我说话?"

我说:"你要说什么屁话就说吧。"我注意到老师也在找寻樱桃,女医生只给了他很少几颗。

"那家伙还想吃到甜樱桃。"我又说。

俗话说:三趟马跑过的地方不会同时有三株甜樱桃。我们的同行者把那枝樱桃扔到远处。

"我嗅到一种气味。"穹达压低声音说,"你要相信我另外那一只鼻子。"

"那只鼻子在哪里?"

"血。我已经嗅到那气味了。"穹达两眼望天,身躯在颠动的马背上古怪地扭动。他摇晃着脑袋再次向我俯过身来,强烈的口臭令人作呕,我真想挥拳捶陷他那粗笨的油光光的鼻梁。

"啊,"穹达说,"公路所带来的忧患与艰辛所赐予我们的疾病!不是吗?一个医生,一个老师,有一个地方,不祥的乌鸦已经在群集了。"

"我要在今天夜观星象……"

我重重地一拳把他打下马。他抹掉牙根上的血,恶狠狠地与我对视一阵,他放在刀把上的手慢慢松开了,我在马上,脚尖正对他的胸膛。

"我宽恕你了,只愿这血能代替那血。"穹达狠狠地说。

女医生挥动着那鲜嫩的樱桃枝。

五

雨淅淅沥沥不停。

你最初的感觉却并不是对于道路，对于天空，对于缥缈云雾的感觉。在鞍鞯的咕吱声、各种皮革绊带的咕吱声中，泥浆在牲口蹄子四周汩汩地翻涌而出。你感觉到的是大腿内侧紧贴着的几根马肋骨清晰有力地前后滑动。马脊背两边那整束的肌肉，马首俯下时张紧，马首抬起时松弛，张弛之间马背富于节奏地耸动着，一路前行。

好像你对坐骑咕哝了些什么。还记得那马的耳朵乖觉地耸动。

"我和你在一起了。"你说，"雪青马。"这样，就给自己的坐骑取下名字了。

"给你的马取下名字。"奥达说。

"雪青马。"

"这是一匹青鬃雪蹄马。"他用教训的口吻说。

"雪青马。"你固执地说。尽管你心里害怕他手里那截多余的缰绳会落上脸颊。

你等待着。

"很好的脾气。"他冷冷地说，一把抹去脸上的雨水，"随你的便吧，小伙子。"

穿行在柳林深处的溪水的巨大声响令人难以置信，雾慢慢从肩头流过。一种尖厉的机械声从头顶呼啸而过。

"飞机！"我喊起来。

阿措说:"听错了吧。"

"没有,飞机!"

穹达哈哈大笑:"伙计们,逃学的汉人学校的学生给我们送飞机来了。"

我踏着脚镫,直起身子倾听那声音,奥达的鞭子落在我腰上,我才落下屁股,"你是在折磨你的牲口。"他冷冷地说。

"这是老师教的开飞机的坐姿吧。"穹达说。

"啊,夺朵,想飞的人还会热爱崎岖的道路。"

我险些哭了,任阿措把手放在肩上抚弄。

那啸声再次响起时,我看清那只是从一根钢索上滑下的新伐的大捆原木。

直到下午,我们才翻上山口。眼前:山环紧扣山环,连接着浩瀚的林海向天际蔓延。夕阳在好几个地方冲破云缝,投射在一碧如洗的森林上,明媚的阳光中间有鹞、山鹰旋舞,更低的林子上盘旋着闪着银光的成群的野鸽。

"玛鲁查卡!"奥达喃喃地说。

他们郑重其事地告诉你:玛鲁查卡是一个早已湮灭于这片浩渺森林中一个部落的名字,部落的名字也用以为这片森林命名。这森林中间有三条河流的源头,向东、向东南、向南流淌,在群山地带,孕育了上百个古代部落。

"查卡是源头的意思。"穹达说。

"是母亲。"阿措说。

"是脐带。"奥达说。

而你只是想大声呼叫,想到这里,那林海似乎已经在你的啸声中动荡起来。

"站到高处。"奥达伸手把你推上路边一块顶部平坦的方正石岩。你放开喉咙呼喊。林海依然非常平静。只有你的声音回荡几次后,便在远方消失了。

太阳渐渐沉落。

我们忙着升起篝火。

十多年的生活中,我没有回忆眷恋什么。只是在托人捎一笔钱给母亲时,才回忆起一点温暖的东西。那时,我也是一面把七零八碎的货物,装成均匀而稳妥的驮子,一面向别人说,请捎给俄居里日沟汇入梭磨河那弯月状平地的最深处那个人家。我还能以淡漠的语气告诉别人:实在对不起,我也不清楚母亲眼下该是什么模样了。

最后有一百元钱被一个挖虫草的汉人归回到我手中。

"那个老太太已经死了。"

我用其中的十元钱打了酒,零头买了纸烟,款待了带来消息的人,并当着他面把那九十元钱烧了。

穹达还强迫我对空展拜。

远处,夺路而出的河流轰轰作响。最后一抹阳光在树林上空闪烁得如在河上一样。

我面前是一汪清洁的泉水,我从泉眼中观看傍晚天空中变幻的各色云彩,穹达的脸幽灵般从我背后浮现。

"太糟了,你知道,血。"

"那气味不是血,你也知道,"我的语气非常冷酷,"是钢钎和铁锤,是炸药,是机器的油料。"

奥达过来趴在泉眼上痛饮,起身时他说:"钢铁、橡胶、油漆的气味都是魔鬼的气味。你们都入魔了。"

谁都没有再说什么。三双男子汉的眼睛在今天,只能通过泉眼相互注视。无所顾忌地流露出心中的隐忧,以及忍受这种隐忧的痛苦。粗重的呼吸盖住了泉水的泄流声。我们这些驮脚汉总是过于自尊过于骄傲。从提上马缰,横披上毡毯,就无可更改地充任了只流传于古歌中的那种英雄。

我们抬起头来时,脸又变得像是三块粗硬的黝黑岩石了。

晚饭是破水壶里面的白酒佐下几大块邦硬的连麸面馍。老师和女医生在缸子里冲好果汁,他俩把白面馒头烤得焦黄,一层层细心剥下,细心咀嚼。

"老师啦,"奥达突然说,"国家是一种什么东西?"

"哦,国家,列宁说……"老师的嘴角出现了轻蔑的笑纹,而奥达蒙眬的醉眼仍紧盯着他,他有些害怕了,又说道:"列宁说……"

女医生低声说:"他醉了,别惹他。"

"我知道。"奥达说,"不是吗?国家修公路,运来白面,白面谁吃?穹达,阿措,我奥达?不会。小伙子奇朵也没份儿。公路,公路把我们送上山成为修行的猴子。而牲口们解去重负和蹄铁,牲口是幸福了。"

我想不仅是我,连两个跟他同路更久的伙伴,也从没见过这个人如此颓唐地唠叨。我能穿过十几年风霜雨雪,都是他有力的沉默给了我信心和勇气。如今,我已从一个多愁善感的懦弱少年,出落为一个见过世面的硬汉。奥达却一下变得这样颓丧。不禁令人黯然神伤!

"阿爸奥达!"我叫道。

他抬起头,犹疑地看看我。他垂下斑白的头,说:"给我铺床,我累了。"

说完,他便盘膝退到阴影中间。

我们环绕在火塘四周静听他辗转反侧的声音不断传来。

女医生起身走开，背后的树丛中传出解裤带的声音，尿溅在草上的声音清晰可闻。而那一记耳光的声音简直够得上声震四野了。我们这才发觉是老师尾随着去了。

回到火边时，女医生想摆出一副若无其事的样子，所以她的两手不停地交替着抚弄额发。老师回来时说："今晚是晴天。"

穹达把火堆中红红的灰烬摊开。信手投到其中的几颗黑石英恰好是北斗七星的位置。他用剔骨尖刀给七星图画上一个多边的框子。

"好的，晴天。"穹达自得地说，"晴天的星象图中那气味才好闻哪！"

"八卦吗？"老师怯生生地问。

"干吗要你们汉人的八卦。星象，啊。兆示万物的星象。"穹达的眼睛完全翻白，头像折了颈骨一样摇晃着。

我把残茶泼到那星图上，腾起的灰烬落满了穹达和老师的面孔。

"要不是有女人，我撒尿在你的头上。"我咬牙切齿地附耳对穹达说，脸上却露出动人的笑容。

女医生躺在睡袋里，就着火光看书。

我从我这个角度能看到那书封面上的书名：《阿坝藏族自治州地理概貌》。

她念道："查普河起源于松潘草地的沼泽地带，顺岷山西坡折入大渡河。和它起源于同一地方的有，流入黄河的……"

"玛曲。"我说。

"有流入岷江的……"

"黑水。"我又说。想到那些河流穿过广阔群山给我留下的不羁的印象。人们在河岸驻马时只看到一段寂寞。一段沉稳的力量。一段富于珍珠般泡沫的河道。青黝黝的光滑和不光滑的岩石遍布河流两岸。

"像河岸上的岩石一样啊!"

女医生合上书本,看看我,我说:"那些河岸边世代居住的人。"

"我看的是地理书,不是小说。"她又打开书本。

我把脸转向老师,用藏语问他:"阿罗,你说是这样吧?"

他假装根本不理会我说的是什么。但他那黑水河岸边,在山腰平台上种植洋芋、青稞以及苦荞的那种人特别具有的颧骨,暴露出他的族别,尤其是那双绵羊般的淡灰色眼珠。

我久久不能入睡。

思绪老是在那个石头的比喻上缭绕。石头,各种颜色,各种形状,包孕着各自从时光中获取的秘密与哲学,走向各自被风化为粉末的大限。我们是众多崩落自地层的石头中的哪一块?奥达是其中的哪一块?于是想到奥达一生中一些零碎的故事,却总不能排列出一个清晰的秩序。作为这些故事的背景却十分清晰:那是群山中纵横如织的存在了万年以上的道路,奇特之处仅仅在于,在似梦非梦的状态中,那些道路上漾起时光老人皱纹般的水流。奥达的故事与一个终生驮脚汉都能经历的一样,他们都因为某种原因迫不得已背离了家乡的泉眼和水井。一生和几匹漂亮的坐骑结下深厚无比的友谊,和女人、和酒、和仗义的刀,因刀和一些强悍的男人成为朋友或者敌人,在去邦达丘克的路上,在去阿木错海子的路上,在去可洛寺院的路上,等等,等等。许多故事就这样生成……

我思绪纷繁。最后是一块石头压在我胸口,我挣扎许久。感到轻松时发现那是一本厚书而不是叫作奥达的石头,悬在我额前。我弄不清楚这是不是梦。书一页页翻动,缓慢然而不可以中止,我眼前掠过的只是一些词汇和丰富的插图。而所有这些词汇间都有表示汽车、火车,乃至各种飞行器的符号雄踞其间。这本书翻转一下,矗立在我胸上了。这时，遮障了天空的书页只是在河流深深的呼吸中翻转。最后的一页是几个骑马汉子的剪影和山峰叠合在一起。再看，就只有山峰坚挺的崖壁了。一些呐喊闷雷一般想突破大山的胸膛。这时，那书化为一座里程碑。许是一条公路筑向了天边吧，这座碑上那一串阿拉伯数字至少已到了十位数。那也是一串好看的锁链。

我大叫一声，醒了。

看见奥达端坐在火边。

"天快亮了。"

我整理了三次马具，天还没有亮。

"听吧，道路上野草在横行，在拔草。"奥达说。他的嗓音沙哑，脸上的皱纹刀劈斧砍一般。

我衷心地叫了他一声："阿爸。"

六

我们是在第五天走出折多峡谷的。

最初那宽广然而清浅的河流陪伴我们几天，现在便变得相当丰盈了。沉稳地在岩壁上撞出沉雷般的轰响，巨大的漩涡吞下许多东西，仅只吐出灰黑的泡沫。

当远远楸望见这条妇人般的河流和另一条叫作色的河流汇聚时水雾在阳光下映出的那一弯虹彩，我就知道我们将在那个地方解下钱袋去醉得天昏地黑。那时，奥达将朗声吟咏广泛流传的古歌中那些赞美善走的稳健坐骑、鞍鞯和绳索的诗句。这些诗句像赞颂女人的头发、眉眼和腰身一样赞美马匹的毛色、四蹄以及鞍上所有的柔软光洁的皮子，以及鞍鞯木料和银制的足镫的光泽。为了替吟咏击拍，我们踏断结实的长凳。奥达则挥舞那只被踩碎的酒壶划得鲜血淋漓的大手，高叫：

"飞吧，所有的龙驹！"

接着便跳起一些令人目眩的舞步。

"卡足地方的舞！"

"达维地方的舞！"

他灵活地变换舞步，喊着他到过的那些地方的名字。有一个地方的名字，他绝对不提。一次，他喊出那个名字，还没跳出舞步便号啕大哭，他说："伙计们，别劝我，让我为那个纯洁的姑娘而哭，她只看了我一眼，我甚至不能告诉你们她是什么模样。她像一只仙鹤，摇摇长裙就走开了。我想拉拉她的手都不能够。要是拉了，我就再不会触摸别的女人！"之后，他把那些一元两元的纸币硬塞到每个人手中，这是他整整一年艰辛辗转中的积蓄。也许正是这样，他总是率先得到某个女人热情的邀约，然后是我，穹达。阿措是不沾女人的，他的钱全部花在了多病的妻子身上。

总有女人把怜悯施舍给我们的肉体与灵魂，首先是肉体然后是灵魂，然后还有我们饱满的钱袋。

穿过一片峭拔岩壁的浓重的阴影，转运站上那片错落的马口铁皮或油毛毡铺顶的房屋出现了。随后，回族老板那竹席顶的小酒馆的特殊标记被我们找到了：那是一辆废弃的推土机的烟囱耸立在屋顶最高处。

柏油马路引起了女医生和老师的欢呼。

回族老板放下装着菜饭的碗，系上围裙，叫道："哈！"

"哼哼。"奥达说。

"哈哈！你们可不是来告诉我你们戒酒了吧！"

"要好酒。"奥达只是说。

我们每人喝下一碗，才去转运站卸下药材，安顿好马具，把牲口绊在平缓的北坡，然后又转身进到酒馆。

直到第三天我方才有些清醒了。回族老板替我们照料马匹，当然也非常尽心地照料了我们的钱袋。他的顾客就是我们这样的驮脚汉、猎手、伐木人和淘金者。门外那条叫色的河流的"色"，在本地方言中就是金子的意思。这实实在在是一个生活犷悍的下层人的酒馆。一般人是不屑也不敢进到这里边来的。曾经有一个画画的女人闯进来过，她想画一个汉子，要他脱光了衣服让她画，结果那汉子只透视了她三分钟，她就惊叫一声逃了出去。

那个被女画家扔掉的本子上仅画有半只眼睛。

白天我们靠墙坐着，不停地吃喝，经常招待一些进进出出的汉子，或由他们来招待我们。晚上，回族老板把马鞍塞到我们头下，并在我们身上胡乱扔几条毯子，并且绝对不会忘记在枕边放上几瓶据他说不仅解渴而且解酒的啤酒或香槟。

"真主保佑，醉酒的人不应该喝水。你们可是喝惯了深山圣洁林泉的神仙哪！这里林木被伐完，山泉已经干涸，看吧，那个女人到河边是为了去冲洗尿罐。"

回族老板又哈着腰说："看看，我这嘴，我说这些你们不在意吧？"

"哦，不介意。"奥达说，"你瓶中这爱冒泡的东西是甘露所酿。"

我的脑子已经不听使唤了。虽然我非常想从脑子里抓出一两个字眼掷进同伴们的酒瓶，但满脑子只是充满了越涨越多的啤酒泡沫。

后来回族老板告诉我们："我想你们可以上路了。"这就是说，我们的钱袋已经空了。

我们还在河口上盘桓了两天，等待货物。但是除了公路上的货物外没有别的货物。老师从县城回来时给我们带来一驮七零八碎的粉笔、课本以及一些长短不齐的尺子。大家都心情不好。我们忍受着酒醒后的剧烈头痛，等待奥达作出决定。穹达曾经摔裂过颅骨，他不时咕哝，那道缝肯定又裂开了。他把那条黑色的白毛巾死死缠在头上，在额前打了一个拳头大的死结。当初，为使那伤口闭合我们也是采用了这种办法。他在马背上晕晕乎乎过了十多天，才能自己下地站稳脚步。

我们等待奥达作出决定。

他说："不。"虽然他明明白白地知道，这比运送其他东西更来钱。因为付钱的是国家。我们无聊地坐在那水泥桥栏上听水声轰轰地在两山间徒然往返。

阿措靠近我说："夺朵，那个姑娘真是个好姑娘。"

穹达头痛得龇牙咧嘴，他狠狠地对我说："记住，你那天打了我一拳。要是我没死就算了。死了，我可就记牢了。"

我揉碎三支纸烟，裹在一片破报纸里，点燃，然后跳下桥栏。不可阻遏地想到若尔金木初那麦田环绕的寨房，房前白桦木筑成的美丽栅栏，以及栅栏边怒放的几丛红色罂粟。这些我都曾不止一次地眺望过。那布谷鸟的叫声更加悠然也是必定的了。

最后是从小货车上卸下两驮药品的女医生使我们解脱了困境。

我们趴在桥栏上看她卸车，她的动作不能不说是十分利索的。

她给穹达吃了止痛药。又给醉倒在大路上的淘金人打了一针。

她只是自言自语地说了一声："这些药品要分送给山里的赤脚医生。"

奥达说："我们驮了。"

我和阿措悄悄把余下的牲口赶到那座山洞仓库前，驮上炸药、汽油、风钻和一大堆塑料头盔。还有大米、饼干、罐头，外加大捆过时的报纸。

一切完备之后，我们都坐在酒馆门前那三级光滑可爱的木头台阶上，听牲口一边擦着铁掌一边摇得嚼口哗啦啦响。

我们上路时，我被回族老板拖住。他说："那天你醉昏了，那个书记，那个公社书记，当然是以前的公社书记，他上县城时，他说真想砸断你的腿。"他眨眨眼，"他还没有回来，他说他要带了警察回来。"

"是吗？"我耸耸肩。

斜射的阳光把一线人马的影子扔向对面山壁。

七

"隆洼寺庙的格达活佛给我的信！"穹达这才想起在回族老板酒馆里人家转给他的信，虔敬地把那页枯黄的纸片贴在额头、嘴唇和胸脯上。

奥达把信拿过来交给我："念念！"

信全是用藏文写的，我自然念不出来，山里的藏族汉子上学都是学习汉文，似乎只有它才算得上是国家的文字。虽然需要愧悔的并不是我，但我仍然感到汗水浸出了额角。

穹达接过信纸，叫道："哈哈！"穹达就是穹达，他又把信纸伸到老师和女医生的面前，在马背上摇晃着身子哈哈大笑。奥达横马立在他面前，他才规规矩矩地落到队尾去了。

笔立的山谷中轰轰的水声并不能驱除强大的寂静。几天纵酒，大家几乎都没有进食，在马背上颠簸一阵，肚腹里便空落落的让人难以忍受了。穹达的信虽然谁都读不出其中的内容，但结果是明了的，他将首先退出我们的行列了。

一等到达那条名叫江达的溪流汇入查普的滩口，我们就驻马扎下了帐篷。

阿措终于忍受不住胸口的疼痛，仰躺在灼热的沙滩上，两眼定定地注视架在溪上的木桥："它已经朽了。"他呻吟着说。不知是不是因为这片赭红沙滩上的阳光特别灼烈的缘故。他的眼角被泪水濡湿了。

而我们明天、后天以及再后天前半天的路，都在这灰白色和赭红色悬崖高耸的河谷中间，穿过炽烈干燥的风谷。

女医生给阿措吃了几枚药片。阿措把头枕在一块光洁灼热的卵石上，像一个临终的人一样微笑了："姑娘，我可不是一个好驮脚汉，啊，岩上那些雨燕飞得真高，它们啁啁啾啾飞旋河面时，雨就要来了。我从长长驮脚路上发现的欢乐太少了，我的三个伙伴却是能够的，我不能够。"

他把脸转向奥达，奥达别过脸，他就拉住我说："夺朵，你说是这样。"

我说不出话来，只好摇头。

阿措固执地说："是这样的，我知道你们怎么看我，我也知道自己是什么样子。"说完，他长长吐了一口气，闭上眼睛，泪水就流到耳朵眼里去了。

阿措就那样双手平放在胸上，在沙滩的一片赭红色中看那块青色卵石，背后是波纹鲜明的舒缓的水流。他又睁开失神的双眼，望着山峡上一线曲曲折折的青空。这时，在岩壁阴影与太阳光瀑的交接处，河上有许多蚊虫在飞舞。

阿措的面容平静了一些，但由此流露出来的疲惫恐怕是难以恢复了。

女医生守护着阿措。

奥达和穹达坐在不远的地方，把赤脚伸在能溅上水波的地方。

我跟老师用勘探队的手网打鱼。我撒了几次，都被网把自己缠住了。老师撒得很熟练，那网迅疾地映着阳光腾空、撑圆，稍稍悬空一下，便"噗"一声罩向河底。我们就打到好几条鲟鱼和无鳞鱼。医生把最好的一条放在瓷缸中给阿措煨成鱼汤。其余都被我们烤食了。

阿措慢慢地啜饮。放下缸子时，他说："它把我压垮了。"

"这些悬崖的影子吗？"

"不，道路。"

"道路在你脚下。"

"你说过地不过是一个圆石头。现在我信了。你说是鸽子蛋那种圆，那可是最漂亮最漂亮的圆了，是吗？它是圆的，那就说不清谁在谁上面了。"

他不慌不忙地又睡到先前在沙中压出的那个印迹上。

"到奥达那里去吧。"他说完，便大睁着眼一直睡到太阳偏西。

"夺朵，我让穹达上山去了，找海子边的喇嘛给他看信。"我站在他身后时，奥达说。

从这沟里进山，在一株被雷击拦腰斩断的老柏树左侧，有一条隐约的小路。顺小路快近山顶的一道平台上，有一个以一对形似人眼的温泉为源的海子。海子边的一片断岩上排开蜂巢一样的山洞。很久以来，都有苦修的僧人在那洞中盘坐以待坐化升天。最著名的是一个名叫伽尔冬的和尚，据传在十六年中只吃过他私生女儿奉上的一皮袋糌粑，这个魁伟的和尚坐化后据说只留下一个婴儿大小的身影，而且已石化于洞中。听说，不久前又有两个喇嘛惹出了一点麻烦事，便进洞苦修去了。

"你也去吧。"奥达头也不回地说，"回族老板说的话你忘了。让那个乡长带的警察见鬼去吧，带上火枪。"

雪青马好像也嗅到了熟悉道路的气味，在水边哝哝地嘶叫。我一跨上它的背，它便循着那条熟悉的小路走去了。

"你也明白回族老板的话吗？"它乖觉地耸动了几下耳朵。

我在这种时候总要抽烟。道路绕上那道山梁时，回头，我看见女医生和奥达正把阿措架进帐篷。老师在收晾干的网。牲口们站在没蹄的浅水中，张望远方。再走几步，山梁下就是那个山弯了，那片青青的杨树林首先进入眼帘，继而是林边的溪水，溪水上那屋顶长满青草的磨坊。我骑马穿过那边林子时，天已经黑了。我嗅到磨坊水槽上那滑腻的青苔气味。雪青马加快了步子。许多次，阿基就在这林边等我。我用方方的头巾包来的食物招待她。她则把全部热情倾注到我的坐骑身上，抚摸它，和它亲吻。最令我心动的是，她跪下身去，把脸贴在我的雪青马脸上，像祈求菩萨保佑一样请求它在那些漫长、陌生、险峻的驮运路上，好好驮载主人。她紧闭双眼，对牲口喃喃地祈求。

有些时候，她甚至会严厉地对我说："不论你爱上什么女人，她必须得像我这样疼爱你的牲口。"她也只是在这个时候，对我才是严厉的。

但我所爱过的女人也有的并不喜欢牲口。特别是年轻姑娘，她们甚至痛恨牲口。她们天真地以为，要不是牲口的四蹄，我们这些一无所有的汉子就会安心在同一块天空、同一条水流边上生活下去了。

那些碉状寨楼的平顶上已经有一些老妇人的身影在闪动了。这条沟和附近的八条小山沟以及二十几条岔沟，有它独特的风俗。这些老妇人在天傍黑的时候便登上楼顶向四方久久瞩望。天一断黑，她们就开始长声呼唤，声音深厚苍凉，久久回荡。阿基曾在这种时候把头埋进我怀中："我老了也就是这样呼唤你。"这些腿脚不便的老妇人的声音悠长而又响亮，我亲眼见过一个老妇人在呼唤时气绝而死。

我已经到了水沟边上。我不能往前去了。下马后，我拍拍雪青马的脖颈，说："去吧。"它高兴地蹶蹶蹄子，就迈开步幅准确的碎步穿过那片庄稼地。

我躺在草地上耐心等待。果然不久就听到了那猫一样轻巧的脚步。不等我起身，她就拉下头巾扎进我怀中。她用手，她用牙撕扯我的头发。我已好久没有亲近过女人了。

可是，她说："我在家里好好招待你。"

许多人家灯火熄灭之后，我们动身去到她家的房子。

坐下后，我开了一句关于床笫之事的粗俗玩笑。她十分严肃地看我一眼，我隐约感到事情不大对头。那架手摇充电的电唱机上唱片还在嗞嗞空转，显然，她是一见到牲口，便匆匆出门了。

我放回唱头，旧唱片上响起第五套广播体操音乐。她常常以此怀念她在县城的喧闹的学生生活。而我却性急地坐到那粗笨的床边动手脱靴子。

她猛一下冲到我面前说："不！"

我惊愕万分。她慢慢退向墙边说："不，我怀孕了。"我不是那种能够故意难为女人的人。我捏捏手指头，说："好。"

显然，谁都不明白这"好"字是个什么意思。

她迟疑一阵，才说："那晚，他在枕上痛哭，肚里的孩子就有了。"

她的腰身和脸都明显地变得丰润了。我很难想象一个孕期中的女子竟会如此美丽。说到那个尚未诞生的小生命时，她脸上闪烁出圣洁的光彩。是寺院壁画上常有描绘的满颊丰臀的女子那样的光彩。

可能是不忍看我绝望的模样，她过来抚慰我。而我被抚摸时的感觉已是早已陌生了的幼年时被母亲抚摸的那种感觉。

唱片又完了，唱针在唱片裂纹上嗞啦啦的划动声叫人毛骨悚然。

"你告诉我所有事情。"我说。

"我要对他好。现在的他不是以前的了，他很可怜，乡长已经被撤了。夺朵大哥，忘了我，我不是一个好女人。"她伏在我膝盖失声哭泣，"他以前对我那么刻薄，也算是报应了。他说了，我们夫妻要平平安安过日子了。"

我们亲吻，彼此的面颊和嘴唇都不如先前那样灼热滚烫了。我们相对默坐。

而她，只是山里无数善良女人中的一个，换上另一个，也必然对一个需要受到抚慰的男人爆发出难以置信的热情以及忠诚。由此，想到自己许多轻易得到的爱情，一定也是由于自己在天涯浪迹中，作为一个孤立无助的流浪汉得到女人的顾惜。

我感到痛苦，而生活为什么偏偏不肯让人早日参透这种无情玄机。一旦深入思索，眼前的痛苦一下就显得黯淡了。

她三次往方炉中投进劈柴，我面前的酒碗还是满满的，我坐到她也觉得我该离开的时候，我就离开了。

她最后说："你该把我驮到你老家，那样，我才真是你的了。"

"母亲死了。"我仰起头，这是阻止泪水流溢的最简单方便的办法。

我跨上马背时，没有过分沉溺于离情别绪中。你看到水流以下的东西，你是智者——这是三百年前诞生于此地的一个高僧的名言，这位高僧有一个长长的名字：阿底喜饶洛桑顿珠拉巴降措。

行文至此,我难以抑制地想告诉读者:我们的故事不过是唱给一些已经湮灭了踪迹的过客的挽歌。他们曾勒着坐骑在历史的黎明中显出身影。从此君临一个时代。而当黄昏,山风掀动马鬃与他们身披的黑色毡毯。这时,山峰的幻影再一次凸现,一切景象都已面目全非。粗粝蔓延的莽原已被机械的声响与新的悲欢际遇所笼罩。

被新拓的道路逼向山地尽头的驮脚汉的身影已命定地消失了。在许多个全新的早晨展开或是许多个充满往日回音的黄昏降临时幻化为一种隐约的旋律,带着我所亲历过的广大地区的岩石、河流、沼地、灌丛、草滩、庄稼地、畜群、男人和女人、森林边缘的寨子的气息,像日光一样辉煌,又像月色一样悲凉。

我想,一个人离不开回忆,就像离不开茶中的盐一样。

八

自你跨上马背那一天开始,同伴们眼中的忧郁就开始向你灌注。只是到了后来,这种忧郁的深广无限你是从浑然一体的天地间感觉到了。从那些被河水深深切割的谷地,大片被风雨剥蚀的山崖,满山庄严的松柏,以及山间狭长天空上横过的积云。

多少次,你骑在马背上,在走过一段特别崎岖或过于平旷的道路时,都习惯性地久久向远方瞩望。你清楚你并不是想明白辨认青苍的逶迤群峰远去时和青空的明确界限。这种时候,你通常的做法是引颈长啸,或者下马步行,直到疲累得眼睛只能盯着脚前一段隆起的树根,一道光滑的岩坎,一汪浑浊的雨水,就是这样你还暗自希望有谁无情地把牲口驮子压在你身上。一次,在一条下山路上你也是这样,奥达经过你身边时,他提着缰往后仰着身子,把脸朝向林梢间漏下的天光。阿措俯身看你,结果自己被颠下牲口,止不住步子的牲口踩断了他两根肋骨。

就此,你的那种总想意外遇到什么的侥幸心理,以及失望之余折磨自己的毛病就被根除了。

至于阿措,当时喝下了一些烧酒使他不大清醒。奥达从一株杉树上剥下两块筒状的整块生树皮,缚上他的前胸后背。第三天,树皮干缩,痛苦使他不能在马背上安坐。我们在一个叫作多玛的河口休息了三天,又用绳子把他绑在牲口背上三天,大家再也忍受不了他嘶哑的呻吟,提前一天解下了树皮。他伏在毡垫上吐出几块淤血。第二天早上自己又能翻身上马了。

也是从这个时候开始,我就是我了。想想以往的经历,真有隔世之感。当轮到那个在公路上逃跑的孩子和那个初上驿站的少年,我在心里就以他和你相称。仿佛我们不是同一个母亲在同一刻时间痛苦地生产出来一样。我总是骄傲地高踞于马背,注视那两个单薄的背影。他们时时对我转过憔悴而又敏感的脸。我和他们之间的唯一阻隔是午后的谷中一道飘满浮尘与蚊蠓的阳光的帘幕。

而这也是唯一能够使我感受到时光流逝的自然现象,而不是其他。

离开阿基后,我想到许多事情。眼前的道路忽而清晰,忽而又显得飘摇不定。所以,我不禁想到我的道路不过是一只神秘巨手随手舞弄的带子罢了。只是因为冰霜与泥浆飘忽得不那么舒展罢了。

月色昏黄。

而那时公路上的阳光却像是银箔一样夺人眼目。一股陡起的旋风绞起一柱尘土。越绞越高,并迅即向前游动。最后在一阵"噼噼啪啪"

的爆裂声中崩散开去。而又一柱尘土夹杂着树叶、草茎又被高高地竖立起来。

他穿过许多柱尘土之后，就只有眼睛和牙齿上残留下来一些湿润的光泽。

一路上，他还捡到两个司机啃过的梨子。他吃了，感到喉头滋润了一些。他开始不出声地哼唱一支在这里筑路的人留下来的歌。这支歌却是再早的修另一条公路的一支解放军所唱的。主要是说筑路的艰辛，但相信这种艰辛将给人民带来难以想象的幸福。结尾是唱筑路者精神上感到的无比自豪。

鬼使神差，那熟悉的车辙钻进一条小山沟时，他并不向偏向家乡方向的大路望一眼，就信步跨过了那道便桥。大概是被顺沟流出的风中的清凉气息所蛊惑。他恍惚觉得步子轻快了一些。

森林展现时，夜也就降临了。

汹汹的林涛使他心惊胆寒。团团树影和自己的脚步声吓得他大汗淋漓。

他闭着眼盲目前行，后来不知不觉间真的睡着了，但双脚还是像有魔法支使似的往前移动。最后，撞在卡车的保险杠上，他才猛醒过来。

一堆巨大的篝火是用倒塌房屋的木板堆搭成的。空气中充满茶、牛肉和某种烤得焦煳了的食物的气味。他大叫一声，便晕倒在地上了。

他们没费多大的神，奥达给他灌下一些酥油茶后，想掐他的人中。司机摇摇手止住奥达，他把几块酥软的蛋糕放在他口边。他的鼻翼就翕动得越来越剧烈了，睁开眼睛的同时，他已把酥软的蛋糕叼了三块在口里。司机拍拍手，就钻进睡袋里去了。

他又毫不客气地吃下许多食品，之后还不容人家问他什么。他就又睡着了。

早上汽车发动机把他轰醒,他揉了好一阵子眼睛说:"这不是那个汽车。"

驮队驮上从卡车上卸下的盐。卡车运走驮队卸下的皮毛。

他跟着他们上路时,看到蹄铁在岩石下迸射出无数火星,感到十分惊喜。

九

我走进帐篷悄悄躺下,谁也没有作声。疲乏像一张粗糙的牛皮裹上身来。

大家惊醒过来是听到女医生一声惊叫。穹达起身时,绊着了她的腿。穹达一声不吭地爬起身来,径自撩开帐篷帘子。这时,一镰弯月挂在山崖边上,新鲜的河水气息一下子涌进空气浑浊的帐篷中间。我们都挤到帐篷门口,看穹达从黑影幢幢的马匹中间笔直走向河边。他手脚的动作像木偶一样。上身把得板板正正向前缓缓游移。月光毫无声息地在他面前分开,又毫无声息地在身后合拢。他快走到水边了,也丝毫没有要止步的样子。

女医生又惊叫了一声。老师趁机握住她瑟缩肩头的手也不被她理会。

穹达就在这一声惊叫中迅疾一个转身,牙齿在月光下闪烁一下,便跌坐在沙滩上了。

"梦游。"医生镇定下来,瞥瞥肩头那只手,跨前一步,老师那手

"啪"一声无力地落在自己的大腿上。

穹达跪在地上,平伸的双手举向天空,一只衬衫的袖口已经裂开了,在舞动的手臂上飞扬。他那怪诞的身影投在背后碎银一般闪光的水流上,阵阵颤抖。

"奥达!"他手舞足蹈地高叫起来。

他又呼喊了一声。

然后,他仔细地侧耳倾听。我们也一样侧耳倾听。那喊声顺着河水流走的方向,撞荡于两岸岩壁之间,声音渐渐低沉,渐渐悠长。

穹达又舞动那只挂着破衣袖的手臂,他出手缓慢,收手迅疾,带动那片破布呼呼作响。

"奥达!你将要受到天罚。火闪的电光像鞭子一样抽你!像狂风抽打一条野狗,你流血了,我早就嗅到了那气味!"

奥达一拳砸在他肩上,他摇晃一阵,不但没有跌倒,反而站起身来:"不敬神明的奥达!你把驿路当成神,但驿路只是神用以折磨孽畜的造物。"奥达又一拳把他送到帐篷门口我的怀中,他颤抖得犹如一片风中的羽毛。但他又竭力断喝一声:"奥达,是神在对你说话!"

奥达劈手一下,穹达的手还没抬起,就被打了下去。奥达揪住他当胸的衣襟,摇晃他:"醒醒,穹达!"我从未见过奥达的脸相是如此狰狞可怖。他的眼睛几乎完全眯缝起来,在高高鼻梁的映衬下,越发显得深陷了。但那缝中露出的眼光却像两粒磷火一样噼噼作响,阴冷地窜动。

奥达把手伸向他胸口时,那手指像鹰爪一样蜷曲着:"你醒醒。"

"我醒了。"穹达瘫坐在地上,哭泣声响起来。

"我醒了,夺朵、阿措。我看见一只狼,他那尾巴鞭子一样竖起。招呼都不打一声,我们就狗一样跟在他身后,奥达是一只狼,你是一只不吭声的狼。但现在,我们完了!想想以往吧,这样的夜晚,好多股驮队聚在一起,从四面八方带来各种酒和各种消息。现在,这些人上哪里去了?老师教学生写的文章都说:修公路的炮声像春雷一样……"

一道寒光,奥达把一把匕首扔在他面前,穹达止住了滔滔不绝的话语,抬起那张顷刻间变得迷茫悲凉的脸。

奥达冷冷地说:"给你这个,刺向你所恨的人。怎么,要在屁股上踹你一脚你才能站起来吗?"

"我能站起来。"但他仍然没有动作。

"你不能像一条男子汉一样站起来,用我的血洗你那双手?"奥达的语气冷漠而忧伤,他仰起脸来,极目眺望黑黝黝地耸立的山崖,以及崖上盘虬曲折的千年古柏。他那粗大的喉结上下碌动,发出"咕咕"的声响。

我说:"穹达,你说你是在梦游。"

"我是梦游……不,我不是!"他跳起身来。

"那你拿起刀子。这就是我们九年前在那座古墓中挖到的那一把。穹达,你知道这是一把好刀啊,多漂亮的刃口。"

"不,我不能,奥达。"

奥达慢慢转过身,眼里喷出怒火:"那你求我饶恕。你把自己比成狗,奥达的马队都是铮铮铁汉,那么,你像狗一样舔我的靴筒。你把自己比成狗。奥达马队的人把自己比成了一条狗!"

"你杀了我也不。"穹达小心地把刀推回到奥达脚前,"啊,三五年后,我们到哪里存身?公路一通,那么多'条文'就跟着来了,打猎、猎鹿、捕麝,一条法令把你送进监牢。种地?你的土地在哪里?放牧,你的草场、羊群在哪里?你们让我哭,让我哭吧!"

奥达入迷地看着那刀。穹达的话他似乎一点也没听到。刀锋利的刃口上游着一丝麦芒般粗细的冷光。奥达伸出手指抚摸那迷人的光芒。穹达说完后，奥达哆嗦了一下，那刃口便划破了他的手指。

奥达举起手，振臂一挥，一道寒光掠过河面，奔上对面的岩壁。匕首没有坠落，想是在那一声响亮中已牢牢地揳进了石缝。

奥达返身进帐篷睡觉去了。

老师和阿措燃起篝火。我们围坐在火堆旁。河上的风渐冷渐紧。

穹达的头深深俯进双膝之间。

他说："知道吗？隆洼寺庙门前的自来水又在流淌了。我给他们背了六年水，从十岁那年开始。"

天亮了，女医生解嘲似的笑笑，说："我真蠢，我怎么觉得腿被蛇咬了一样。"

十

第二天的行程非常沉闷。

太阳正从我们背后升起。只有奥达打起精神，走在队伍最前面。他那矫健的身手在这时仍然令人入迷。他的粗大发辫高高地盘在头顶，晨风掀起他横披肩头的毡毯。

我们都着迷似的望着他策马吆喝着奔向前去。

虽然奥达已经对穹达说了："滚吧，你的心思我知道。"但穹达仍然远远跟在马队后面，我们中间有哪一个落在后边，他就仰起那张似乎对眼前的一切感到大惑不解的脸。他还有意没有揩去嘴角和鼻孔边干涸的血迹。

我只感到胸腹中空空如也。早晨风中的清新湿润被阳光慢慢烘烤干净了。几种总在夜间绽放的花朵又重新闭合了。近处满眼翠绿上闪烁着刺目的金属光芒，远山的脉迹愈益模糊。

"有了能吃的樱桃请你告诉我。"

"你不能用藏语跟我说话？"

老师塌下颈子乖乖地让到路边上去了。

"我们驮上去的水给两个和尚每人装满了三个水壶。他们并不感谢我们。"穹达赶上来对我说，"他们都入定了，只有一个看了信，就又入定了。他只说：'自流水？哪一条水不是自流水，在普天之下。你不知道，一旦入了定，兴许十天半月才能转过一个念头，不吃不喝，不想钱财、女人。他们道行高深。"

"你的道行不也是十分高深吗？"

穹达的马蹄声就渐渐小下去了。

我们好容易闯过那片河滩，泥石流阻住了河口，泛滥的河水冲毁了旧路。我们在累累砾石和灌木丛中寻路前进。有一匹牲口就这样颠散了驮子。

"叫穹达收拾。"奥达头也不回地说。

"奥达叫穹达收拾。"我对阿措说。

阿措高兴了，等落到后面的穹达。我听到他叫喊："散了的驮子请你收拾，穹达。奥达说的。"

这样，我们一身臭汗闯出这片河滩时，穹达又和我们走在一起了。

马队走上那道小山梁时，大家都顾不得擦掉汗水，就相视微笑了。

我的双腿只轻轻一夹，雪青马就会意地腾起前蹄，纵上土台。那已经变成一道深沟的路就在眼前，只露出一匹匹牲口的脊背。当初，这也不过是一条兽迹隐约灌丛夹缠的羊肠小道。但渐渐地，草皮被马蹄践裂，翻转，暴露出下面松软的泥土，泥土又被风吹雨刷，不消多少年，道路就成为一道深沟，两边的泥壁平整光滑，沟底却终于露出嶙峋的岩石，岩石又渐渐被蹄铁打磨光滑。从这样的道路上，你必须穿越数十年的时光，才能回到那个最初出发的地方。而眼下的关键是：宽阔平整的公路已把我们驿路的网络不留情地撕得四分五裂，这样时光的障碍已不重要了。给你上亿万年时间你也无法循原路回去了，只有让一切以另一种形态开始。

马队逶迤前行。一大团云影落在马队前方，又飘向对岸的森林里去了。道路，在森林边缘的一带草甸上延伸，草甸下边是整齐的河岸。我们歇下了。

我们松了马肚带，并给牲口扣上脚绊，就都四仰八叉地躺倒在绵软的草地上了。

我一闭上眼睛，一下子就看到了道路尽头那一大片平整的麦田，以及麦田中古旧的石楼，石楼山墙上用白垩精心涂抹的巨大牛头，牛头左边的弯月与右边的太阳。太阳是一个画得相当笨拙有力的圆圈，周围光芒的稀疏线条更是短促而粗重。在这三种东西护佑下的麦田四溢芬芳，远处则是盛夏季节更显得晶莹纯净的屏风似的雪山。

思绪难以阻遏，总要落在若尔金木初那姑娘身上。

我只好在水边久久浸泡发烫的额头。

阳光聚成镍币大小的金色斑点落在河底的细沙上。女医生赤着脚披散着刚刚洗过的长长黑发。一次次不停地去打捞那些光斑。

"来帮帮忙吧！"她咯咯地笑着。

"以后你们的公路会毁了这草地。"

她打量我好久，我想我一定紧锁着眉头，绷紧了嘴角。我严肃起来总是那么一副模样。她坐下,并拍拍草地示意我也坐下。她说,要是她来设计,公路只会从树林和草地之间过渡带上的棘刺丛中穿过。

"可是,"我说,"我看到好多公路图省事,许多荒地不走,偏偏把平展展的草地、庄稼地和溪边的小树林糟蹋了。"

她耸耸肩头,说:"你和我都是只能做自己那份事情的人。"

她又说:"还是谈谈你自己,或者是这条河流。"

我不知从何说起,说那个被称作"他"的敏感而富于幻想的自己?还是那个被称作"你"的被驿路、驮脚汉生涯所蛊惑的自己,还是近月来忧心忡忡的自己。

奥达示意要我到他那里。

我问他要说什么事情。

他说:"你知道。"

我说不。

他坚持说我知道。

我摇头否认。

"昨天上山他看见那两个修行者,就想和他们一起蹲在山洞里等待圆寂。隆洼寺院有自来水了。不要这个老了的挑水小和尚了。"

"我猜到了。"

他用一块小石头刮出靴筒上青色的草汁残迹。"不然,昨晚他才不会那样了。"

"阿措也该走了,他老得快了。"

奥达嗫嗫嘴唇,还是不得不从牙缝中漏出了一个"是"字。看着他那一副不情愿的无可奈何的样子,我感到快意。

"驿路这株大树,"他突然说,"驿路这株大树的树干已被砍去了。我们只是几只蚂蚁在残剩的枝丫上寻找吃食。"

饮完牲口，我躺下，把双手枕在脑后，摊在地上的包脚布散发出浓烈的汗臭，我毫不理会，只是从树枝的空隙间仰望天上稀薄的串串白云。

十一

马队驮着从汽车上卸下的茶、盐和两大筐新铸的闪着蓝光的犁铧，在遮蔽日光的森林中穿行。一些青色或红色的树挂不时垂挂到肩背上。奥达告诉他，这种东西到了某种地步时，可以搪塞一下饥胃。他顺手撕下一把，团在手中，那些干燥的纠缠不清的细丝便一股股从他指缝中漏到地上了。后来，他确实见过一个迷路的淘金人吃下这东西之后拉不出大便，在一条溪水中打滚。

他们那时进入的林中的泥地很潮润。牲口走过后，留下一串串光滑而清晰的蹄迹。苔藓与松脂的气息清新香人，偶尔出现一方没有树木的草地。他们就驻马在那大块温煦的阳光里，彼此快活地戏谑几句。他在林中失去了方向感，只是大致知道已经翻过几道山脊了。他是从涉过几道溪流来判断的。他想不到走出森林，这条路也逼到自己的家门边上。

那阵夕阳燃烧得像火一样金黄，山脚下那盆地里的小麦已经开镰了。

他从那一群四散在麦地的人中认出了母亲。她弓着腰挥舞镰刀，立起身时揽抱着一捆麦子。那捆麦子在她手中轻快地旋舞起来，变成了一团映着阳光燃烧的金色火苗。那火苗一直冲到他胸口，冲上喉头。

母亲擦一把汗,又弓下腰去了。

没有人发现在山林边上的驮队。驮脚汉们却下马注视着山下劳作的人们,脸上浮起十分动人的微笑。

"这场收割下来,我们又该运来镰刀了。就像现在运来铁铧。"

"该死的镰刀。"

"七零八碎的,还带有口子,驮起来多不方便哪!该死的镰刀。"

"可我们能不驮运?"

大家都说是啊是啊,就开心地大笑了。

他想趁大家高兴,把母亲指点给三个汉子,但怕招来不干净的话语。马队走下山坡时,汉子们把帽子拿在手中挥舞,高声呼吼。山下收割的人们回应更为热烈的呼喊。

人们拥向打麦场,把汉子们包围起来。尖声叫喊的妇人们几个一起捉住一个驮脚汉,掀翻在满地麦秸里。汉子们并不怎么认真反抗,呻吟几声,向妇人们求过情,便在一片哄笑声中站起来,去和男人们坐在一起,享用姑娘们送来的新麦面烧馍和家酿的新酒。牲口自有许多小伙子精心照料。

母亲看到他和驮脚汉一起,先暗自吃惊,但随即又露出明朗的笑容。乡亲们也毫不惊诧地像其他三个驮脚汉一样款待了他。

一个姑娘也上来劝他大口喝酒。

场上人散尽后他回到家中时,母亲已熬好茶等候许久了。

母亲伸出双手,像是想把他揽进怀中。他瑟缩一下,母亲只是碰了碰他的胳膊。含糊不清地咕哝了一句什么。泪水濡湿了皱纹密集的眼角。

他伸手摸摸还没长毛的下巴,这是几天行程中他学来的奥达的习惯性的动作。眼下则是表示他已经长大成人。最后一抹返照的阳光从低矮土屋的门首，投下一片暗红的光亮。门框里那条消失于林中的驿路，也慢慢由清晰变得模糊了。

他一直紧闭着嘴坐到夜色四合，母亲终于忍不住饮泣失声。几次他都差点就要劝慰母亲了。但一想到班上同学叫他私生子时那种轻蔑的模样，涌到喉头的话又咽回肚子里。但母亲的饮泣声仍使他非常难受。

"在地中间走过时，"奥达随便地落座在火塘边上，"闻到成熟的麦子的气味了，好年成了。好年成的麦香真醉人哪！"

"托福托福。"母亲擦着红红的双眼说。

"多好的庄稼，更好的我们山里人。"奥达说，"道路前边又是道路，一样的庄稼，一样的人群。"

母亲突然把酒碗端到他面前："奥达，就这样，他拜托给你了。夺朵，给师父酒。记住师父也就像父亲一样。"

奥达说："我只是把一只迷途的羔羊捎带回母羊身边。"

"不，你只能像调教牲口一样，把他调教得跟你一样。"

"但我想夺朵不是个经常逃学的孩子。"

"奥达！"母亲固执地坚持说，"这是一种天性，是命数。和他父亲一样。流浪的天性，天性是改变不了的。他和他父亲一模一样。"

"那你丈夫也很漂亮。"

母亲露出了动人的容颜，她解下头巾，在膝上抚平，叠好，"是很漂亮。鬈发，宽额头，大眼睛……"母亲怔忡一阵，又抖散了那块叠得方方正正的头巾，"可他只是孩子的父亲，而不是我的什么人。"

这时，这个老妇人点亮油灯，从上到下仔细打量自己的儿子，神情认真而又冷漠，仿佛是在打量一匹糟践了自己待收的庄稼的牲口，为的是记住这匹牲口的特征，好向主人索求赔偿。

后来的事情，他就都没有怎么在意了。只觉得一株树清晰地在脑中树立起来，一直伸展到自己难以想象的深远地带。这可能是一株万年以上的老树了。

也许是在刚才的谈话中，奥达那段说树木是道路的话勾起了我的回忆，使我想到那个久已抛在脑后的场景。现在，那黄昏中的温暖土屋与母亲的面孔一齐在河面上隐约浮现，但来不及浮现得十分清晰，就又被一阵轻风荡起的涟漪把一片夺目的阳光无情地从我心头驱散了。

我穿好靴子，回到三个伙伴中间。

阿措躺在树荫里，脸色蜡黄，呼吸也不太平稳。显然是在尽力忍受病痛的折磨。但他的目光却特别明亮而又平静。

我叫女医生再给阿措一点药片。

阿措说："不要，我在端详那只鹰。它飞得又高又自在。"

"人的灵魂一旦飞升就更高更自在，"穹达说，"小自在比不上大自在。"

"伙计，"奥达说，眼光十分和善地转向穹达，"你好像专替人念临终的祷语。"

穹达感到十分难为情，他低声说："原谅我，我是心里不好受。"

"吃饭吧，吃饭吧。"我说。

我率先从马褡裢里掏出阿基给我装进的一壶酒和几大截血肠。几个同伴也都从包里翻出最可口的食品。这些东西都放在一块干干净净的大青石板上。面对一大堆食物诱人的光亮与色彩，谁都没有被激发起食欲，绕在树枝上的血肠兀自被火烤得嗞嗞响，而且还随着小小的爆烈声，那芳香便四溢开来。

大家都勉强吃了一点儿。

空气已被太阳烤得滚烫了,四面八方的绿色仿佛镶嵌在一种玻璃体中,而空气就是一团巨大的透明的物体,把我们凝固在其中了。在紧张的静默中屏息许久,才有一点儿风从远处的山洼腾起,又从山顶上摇曳而下,那些凝固的绿色终于流动起来。

阿措又起身到树荫底下躺着了。

我和女医生去帮他服下药片时,他说:"有些病有药医,有的病没有药医,要是我现在死了,那可以少受好多折磨。"

"看,那鹰飞得真自在。"他又说。

"真高。"

十二

阿措真的就在那天晚上溘然长逝了。临睡时,他不断地打嗝,女医生吩咐让阿措靠在她脚前。帐篷里很挤,我说我宁愿露宿,但她坚持把我的被褥放在她的左侧。

她附耳低声对我说:"情形不对。"

阿措仍然打着嗝,但已合上眼睛睡了。

睡下时我看她悄悄地往睡袋里洒香水,我说我身上牲口气味可重得很哪。

"你可以好好洗洗。"

"骑上马背三年,就一辈子也别想脱掉这种气味了。"

"我和若尔金木初是好朋友。"她说。

我说她是谁。

她哧哧地笑了，说若尔金木初说谁也没有那个样子在她桶里喝过水，除了她家里那只小花猫有时蹲在桶沿上一起和她到水边去。女医生又说你不要不好意思，我结了婚了。

她说她男人是连长。

"带兵打越南？"

"在外省修公路。"

"那里也有驮帮吗？"

"不，那里牲口很少，人很多，他们肩挑背扛。"

"你们汉人怎么那么多。"

她叹了口气，就谁都不再说什么了。

不知过了多久，我恍惚觉得有一个什么东西在帐篷门外徘徊。终于，我看清楚那是阿措的白马挣脱了脚绊，静静地站立在帐篷门口，月光把它低垂着脑袋的影子投进帐篷，而它本身除了闪亮的眼睛外，月亮在它皮毛上反射出的一片荧光，使它仿佛成为一个幻影。

我们入迷地打量这匹马。

穷达低声对奥达说："它哭了。"

这时，奥达平静的声音响起来："阿措醒着吗？阿措，你的牲口哭了。"

"是啦，奥达、穷达、夺朵，我想，我的时候是到了。我的白马啦！"

白马听到主人的声音，团团旋转着发出悲怆的嘶鸣。

"去吧！白马，这么多年，感谢你了。"

牲口咴咴两声。

"去吧！我不能起身喂你两团糌粑了。夺朵，求你解下它身上所有的绳索。"

我照办了。

我们静听着牲口嗒嗒的蹄声响到林边。另外那些牲口不安的咴咴声，并没有使这蹄声停止。接着我们听到树枝折断和鸟雀惊飞的声响，我想象着白马疾驰于夜的沉沉莽林中的样子，奇怪的是我也不能确切地再现它的模样了，它已化为一团闪烁的白光，沿着土坡上升，被透明沁凉的月光所照耀。

穹达的悲咽声打断了我的遐想。

"给阿措换衣裳。"奥达吩咐。

阿措是必死无疑了，几个虱子从内衣里爬出来，俯伏在电筒光芒下。

这支手电筒是临睡时女医生倒悬在帐篷顶上的。

我跪在阿措身边，穹达把我拉开："这不是年轻人的事情。"

"你说吧，阿措伙计。"

"我想穿走三个伙计一人一样东西。"

这样，他穿上了我的府绸衬衫，奥达的狐皮坎肩和穹达黄缎面的夹衫。我们又给他套上一条齐膝的土白布短裤、一双鹿皮长靴和一件白氆氇的夹衫。现在，穿饰一新的阿措从头到脚散发着樟脑气息，这气息使得眼前这场面多少显得不太真实了。

"酒。"奥达说。

他跪到阿措身侧，给他喝了一口。阿措咽下。那只碗经过奥达、穹达和我的嘴唇，又回到奥达手中，奥达翻转空碗："我们干了，伙计。"

阿措又说："酒。"

我们连干了三碗。空碗放到阿措手边。

"谢谢。"

女医生手脚利索地"砰"地敲开一支针药,插进针头,对着光抽动那针筒。

她说:"我不能治好这病,我只能减轻你的痛苦。"

"谢谢。我不痛,我想过好多次,果然天照应了。我无病而终。可你打吧,你是多好的人哪。"

我的泪水终于忍不住夺眶而出。

"伙计们,医生,我的白马已经走了,我使唤了它整整十八个年头,它来和我告过别了。那年到双河镇,它五岁口,给人蒙了眼推石磨。奥达你说糟蹋了一匹好牲口,你打了那个老板。公安局关了我们半个月。后来我们花一千元买下了这匹牲口。这是大家的钱。可是奥达和穹达你们俩都说:'阿揩,归你了。是这样吗,伙计们。'"

穹达说:"是。"

"阿揩伙计,"奥达说,"马具将全部跟你在一起。"

"我就这样先走了,伙计们。这是我一心所望的啊,可公路来了你们怎么办啊。夺朵,两个老伙计和我们的牲口就要靠你了。你年轻,要和那个姑娘结婚,两个老伙计像你父亲一样。告诉我女儿,他们也是她的父亲。"

"你痛就呻吟,"医生膝行到阿揩身边,"一定很痛啊!"

"不,姑娘,我只是力气用尽了。"

后来,他要我们关了手电,说:"月亮真大。"说完就睡着了。

曙光照进帐篷时,女医生和奥达搭在阿揩手腕上的手都同时放下了。

太阳升起时,我们从一个绝壁上把他送进深潭。他的面容安详而平静,所有他的马具都和他在一起。留下来的只是一只银质的护符,要按他的嘱咐转交给开卡车的女儿。

他的遗体从清澈地倒映着天空的深潭中慢慢下沉,给人的感觉是:他那沉重的躯体变得轻盈了,正向无垠的天空飞升。

朝霞满天。

死亡中竟也包含着这样美丽的成分,这是我过去从无所知的,我回首在山坡上找寻白马的影子,但我只能说,天边有一朵云很像那匹白马。

"别找了,走了就是走了。"

奥达和穷达也转过身来,背着太阳,他们的面部都隐浸在浓重的阴影当中。我没有听清这是谁的声音。

十三

马队在晴朗的天空下缓缓前行。

中午,我们遇到一场雷雨,本身可以在杉树林中躲避的我们都没有躲避。一道特别明亮的蓝光蛇行而下,在一块突兀的谷地中央的岩石上狂舞,紧接着一声震耳的炸雷把那岩石击为齑粉。空气中充满浓烈的硫黄味。我们从碎石堆中扒出一团蜂窝状的东西。那东西还很烫手。我掂量着,看最初的几滴雨打在上面,溅起淡淡的雾气。这个雷真厉害,只一瞬间,便把那块岩石中的铁粉熔铸成形了,我还看见过两匹驮着铜器的马被雷打翻在路上,发散出浓烈的皮毛的焦煳味,而那些价钱昂贵的铜器却失去了原来的形状。

雨后的太阳暴烈。

我们都被包裹在湿泥的腥气和蒸腾的水雾里,不断吆喝牲口往前,甚至没有停留下来吃一顿午饭。

"人总是要死的。"

老师终于瞅到一个机会过来宽慰我。

"你在背语录。"

"为什么我要背语录。这话是我自己想说的。"

"那你把这话用藏语对我说一遍，就算你自己的话。"我恶狠狠地说，还意犹未尽，"你家乡山上的洋芋和苦荞味道你没忘吧。你还不如阿措那匹马，那个畜生呢。"

我心中无名火起，想用浸湿的马鞭抽这个自以为高人一等的杂种，要不是奥达突然间歇斯底里地叫喊起来的话。

原来，他是因为揳在路中的那行标桩几次磕碰了马腿，他指着勘探队制作这些木桩时伐倒的一株株碗口粗的小白桦树。

"拔掉这些伤天害理的东西！"

他扭歪了面孔，我知道，他再也不能充好汉，强憋着胸中的郁闷了。

眼前这些标桩都是取白桦中间最直的一段细心削制而成。这些用红漆涂抹着阿拉伯数字的标桩旁，就是被腰折为两截的曾经美丽婆娑的白桦横枕在路上，已经枯干的叶片在阳光下依然沙沙作响。

"对不起啦，奥达师傅。"女医生和我一起，把那些树干拉到路边。

奥达把鞭子劈向燥热的空气："公路一通，飞蝗一样无礼的人群就要来了。这些地方就要被糟蹋了。许多地方已经被糟蹋了。"

他高踞在马背上，说到愤激处，就仰起脸来，对着四面的山峰，他的声音洪亮，回声在山谷间震荡。

"那些人会把这里变成枯树的颜色！"

女医生要我帮助她拔出路中央的标桩，揳进路旁的石缝里。老师露出讥讽的笑容,催马走了。她又认真地用钢笔在木桩上描下内移多少多少米的字样,写好又把笔画反复描画得像筷子一样粗了。

"我们修过一条真正为老百姓修的路没有,我男人连队里有一个战士,他家乡的铁路通了十二年,一家只有他一人坐过火车,在当兵以后。"

"你是医生。"我说。

她望着光脚出神,我说:"好热。"

这样,她才耸耸肩头:"对,热。"

"其实,奥达背地里说你是好人。"

"那就是说,那些修公路的人,他们就不是好人?"

这回轮到我耸耸肩头了。

十四

卸掉重载的牲口都甩动鬃毛兴奋地打着响鼻。我们把它们尾巴上的花结打散。牲口们都在泥土地愉快地尽情翻滚。然后迎着风奔向河边的流水和青草,它们的鬃毛飘拂,尾巴高扬,饮够了水后,昂着头向四面张望。

女医生说:"她说过要在这里等你。"

这时,最初的几颗星星已跳上天幕。雪青马不肯离开我。它兴奋地掀动着鼻翼。把热烘烘的嘴贴在我背上,想把我推向那片宽广的麦地。这时,我们听到一声声悠长的口弦拨响了。这声音给人的感觉好像一群翅膀明透的蜻蜓在风中旋舞,星星从这声音中跳上天幕。

"她来了。"女医生说。

我也知道了这是谁在拨弄口弦。我仿佛看到她那可爱的嘴唇含着一根银白的丝线,牙齿轻轻牵动,那光滑的竹制的簧片就发出了这道深深眷恋和丝丝怨恨的声响。

"好姑娘啊!"穹达说。

"去。"奥达只能说。

她的两只星星一般闪亮的眼睛已经出现在不远的地方。口弦声骤然中止。一块小石子落在我面前。雪青马就奔向她那里去了。

我也向前走去。

她揽着马脖子时那一声呻吟几乎把我击倒在地上。这时,夜色四合,星星已经出齐,山峰拔地而起,河流深深地往下切割。

若尔金木初揽紧马脖子,在我走到她面前时,她说:"它已经要我了。"接着她就哭了。扎进我怀中后,她又哈哈地笑了。

我也只能发出惬意的呻吟:"哦哦!"

"哦!"

"哦……哦。"

我们谁也不再说话,就不约而同地牵了雪青马到我当初饮马遇见她的地方去了。好久,我们都看着映着星光的流水在脚前流动,雪青马在背后啃食青草。

"河里雾上来了。"

河上的水汽果然丰盈起来,正向我们脚下漫溢。

我回到露宿地时,两个同伴已经燃起了篝火。大家只是商量一阵怎样把阿措的遗物送到他女儿的手中。就都感到无话可说了,想不到若尔金木初又打着赤脚喘出浓重的雾气来到我们的马队旁边。

她从怀中取出一只酒壶,三只青花龙碗,斟满酒后,长跪着——

捧到我们面前,并把壶中剩下的酒都倒入火中。

"这,是那一位没有回来的师傅的。"

就在我为我们马队结局担忧的那天晚上,若尔金木初躺进了我的被窝。

她说的一句话是:"医生大姐给了我不生娃娃的药。"

"吃了?"

"……"她不肯回答。她用她身体暖烘烘的气息回答了我想问的一切。

强烈的日光使我们醒来时,她翻身哭起来,惊叫一声,赶紧捂住赤裸的胸脯,而两个伙伴和马队都已不知去向。

只有我的雪青马和全套马具在等我从女人的怀中醒来。

火塘里快熄的火堆浮起几缕袅袅青烟。马队最好的一只铜壶中盛满了茶,大块的酥油上插着奥达亲手做成的木刀,和盛进碗中的糌粑、奶渣,等我们尽情享用。以后若干年,我也再没有听到过一支马队和这两个老头的半点消息。就像他们和我有过的那一段生活,不过是一场不真实的梦一样。

最后想说的是,那张卡车提货单随我那件穿在阿措身上的衬衫一起葬入水中了。所以,后来我在最初和我妻子相遇的地方,把那封信撕碎,付诸流水,也没有过分地痛惜。

宝　刀

一

我从乡下回城里，登上长途班车，看见一个熟悉的身影。事情就这样开始了。那人是我和妻子韩月在民族学院的同学，是个藏汉混血儿，名字叫作刘晋藏，而且，他还是韩月的初恋情人。

都说，女人永远不会忘记初恋情人，韩月是不是时常想起刘晋藏，我没有问过，我倒是一直想忘记这个人。我想就当没看见他，不想他却对我露出了灿烂的笑容。他的手热情有力，就像亲密朋友多年不见。

其实，我们之间并不存在什么亲密关系。读书时，我们不在一个系。虽然同是一个地方出去的，但他老子在军分区有相当职位，我跟这种人掺和不到一块。刘晋藏身上带着干部子弟常有的那种对什么都满不在乎的做派：有钱下馆子喝酒，频繁地变换女朋友，在社会上有些不正经的三朋四友。好多不错的女同学却都喜欢他们，韩月就是那些女同学中的一个。我知道韩月，是我们班上一个女同学为了刘晋藏跟她在咖啡屋撕扯了一番，韩月因为被扯掉一绺头发成了爱情上的胜利者。她跟刘晋藏的事比他那些前任女友更轰轰烈烈。直到快毕业时，刘晋藏因为卷进一件倒卖文物案被拘留。后来靠他当政委的父亲活动，没有判刑，学籍却被开除了。

韩月在民族学院里是少数民族，汉族，常常在联欢会上弹一段琵琶。关于她，在学校里我就知道这么多。也是因为刘晋藏是出风头的人物，她也连带着有些知名度。

我跟韩月是在一起分配到这个自治州政府所在地小城时认识的。

刚刚到达小城的那天，在刺眼的骄阳下走下蒙满尘土的长途汽车，我才认出头上一直蒙着红纱巾的姑娘竟是学院里的风流人物。她提着一只很大的皮箱，整个身子都为了和那只皮箱保持平衡而扭曲了。我从她手里接过了箱子，她道了谢。我问："里面有你的琵琶吗？"

"我以为到了一个人也不认识的地方。"她说。

我们就这样正式认识了。

两年后，她成了我的妻子。我没有提过刘晋藏，她当然不会以为我不知道那个人。

现在，这个人却出现在我的面前。穿着新潮但长时间没有替换的衣服，还是像过去一样，说起话来高声大嗓。他拉住我的手，热烈地摇晃："老同学，混得不错吧，当科长还是局长了？"

"坐这种车会是什么长？看来，你的生意也不怎么样，不然，也该有自己的车了。"

他很爽朗地说："是啊，目前是这样，但这种情况马上就要改变了。"他说，这次重回故地，是来找一个项目，有港商答应只要他找到项目，就立即投资，交给他来经营管理。他十分大气地拍拍我的肩膀，说："怎么样，到时候来帮忙，大家一起干吧！"这一路，刘晋藏都在谈生意。车窗外掠过一道瀑布，他就说办旅行社。看到开花的野樱桃，他想办野生果品厂。挑野菜的女人们坐在路边树荫下，他又要从事绿色食品开发与出口。我不相信他会办成其中任何一件，却佩服他这些年来，一事无成，脑子里却能像冒气泡一样冒出那么多想法，而且还能为每一个想法激动不已。

最后，他从腰里摸出了一把古董级的藏刀，让我猜猜有多少年头。想起他曾涉嫌文物案，我说："这才是你此行的目的。"

他否认了，说："第一是找项目，顺便收购了一两把有年头的藏刀。"

我问一把刀能赚多少，他说纯粹是为了收藏。他还给我讲了些判定藏刀年代与工艺的知识，这使我感到多少有些兴趣。

突然，他搂住了我的肩膀："这回，我们是真正的朋友了。"

弄得我身上起了点疙瘩。

到了目的地，该分手时，他却说："不请我到你家去看看吗？"

他是讨厌的，又是不可抗拒的。

韩月打开门，看见旧情人一下站在面前，十分慌张。平时，她心里如何我不知道，外表上总是从容镇静的。就连我跟她第一次亲吻，她也在中间找到一个间隙，平静地对我说："你不会说我欺骗你，因为你了解我的过去……"倒是我急急忙忙用嘴唇把她下面的话堵了回去。第一次上床时也是一样，我手忙脚乱地进去了，她依然找到间隙说："现在你知道我不是……"我又用嘴唇把她下半句话堵了回去。

女主人举措失常，空洞的眼神散失在灯光下。倒是客人落落大方，他频频举杯祝酒，每次都有得体的祝词。到后来，酒与祝词的共同作用消除了这对旧情人相会带给我的痛楚。刘晋藏虽然在这个小城出生，但他在军分区当官的父亲已经离休，到省城去安度晚年了。他说："我在这里没有朋友，就是老头子在，我也不去找他。"

这一来，我们就非收容他不可了。

这个小城，是中西部省份的西部，一个让人不愿久待的地方。人员流失带来一个优点，住房不紧张。结婚后，单位分给韩月的房子就一直空在那里，还保留着她单身时的家具、床铺、锅碗瓢盆。我把刘晋藏送去那边，天上挂着一轮很大的月亮。他突然问我："朋友，告诉我，你有过几个女人？"

我不明白他问我这话是什么意思，也不愿意实打实地回答他，迄今为止只有韩月一个。

"你至少有三个女人，不然，你不会看着我跟韩月会面，还这么大度。"进了屋，他在床上坐下，拍拍枕头，"这里肯定是你平时约情人的地方。"

我差点说这是韩月的房子，韩月的床，但这话终于没有出口。

刘晋藏从包里取出了几把藏刀。在车上，他只给我看了其中一把。现在，他把这些刀取出来，轻手轻脚，像是从襁褓里抱出熟睡的婴儿。他把墙上挂着的几幅画取下来，把刀子挂上去，说，入睡前看着这些刀子，心里会踏实一些，他说："也许，我还能梦见一把更好的刀。"

韩月很快就恢复了正常，对待旧日情人，完全像对我那些喝酒吃肉的朋友一样，不温不火。她几乎没有朋友。照她的说法："酒肉朋友，酒肉朋友，我不喝酒，也不喜欢吃肉，怎么会有朋友。"

刘晋藏常来吃饭，来谈他那些多半不会实现的目的。越来越多的时候，是谈他的刀子。有时，他消失几天，再出现时，肯定又寻访到一把有年头的好刀。在这个初春，在山间各种花朵次第开放的季节，我见过的好刀，比我三十年来所见过的都多。我学会了把刀从鞘中抽出来，试试锋刃，看看过去不知名的杰出匠人在刀身上留下的绝不重复的特殊标记。

二

我是独子,父母去世后,舅舅就是直系亲属中最近的亲了。他出了家,一直在老家一座规模不大,据说又是非有不可的小庙里修行。这些年,有时也到小城后边山上的大寺庙挂单。舅舅在喇嘛中算是旁门左道,虽然给释迦牟尼佛上香磕头,却不通一部最基本的佛典。他通的是咒魔之术,有相当的功力,在我们这个地方有相当名气。

刘晋藏想和我舅舅交个朋友。

见面的那天,刘晋藏提了两瓶酒,喇嘛舅舅笑眯眯地收下了。他既然被人看成了左道旁门,有时,把脸喝得红红地坐在屋外晒太阳,也不会有人大惊小怪。舅舅并不因为喝了别人的酒而放弃原则,他说:"侄子的朋友不能做我的朋友,最多也就跟我侄子一样。"

刘晋藏很扫兴,悻悻地走下寺庙前灰色的石阶。舅舅叫住我说:"你的朋友一身刀光。"

我身上寒凛凛的,像是自己也被一身刀光裹住了。

舅舅却又安慰我说,不要紧的,那些刀子都已经过劫数,只是刀子本身,不再带有刀子的使命和人的仇恨与野心了。

我追上刘晋藏,把舅舅的话告诉了他。他没有说什么,而是带我去看他的收藏。他叫我在床边坐下,脸上升起一种近乎庄严的神情,说:"好吧,看看我们的刀子吧。"他从床下拉出一个旧纸箱,从中拿出一只塌了帮的旧靴子,从靴筒里掏出一把钥匙,打开了上了锁的里屋。正是太阳下落的时候,外面,阳光格外地金黄明亮,屋子里却很晦暗。里屋没有开灯，却被一种幽微的光芒照亮了。我记得韩月住在这里时，她第一次在我面前赤裸身体，我也是这样的感觉，觉得整个世界都笼罩着静谧而幽深的光芒。刀子错错落落地挂在一面墙上，却给人一种满屋都是刀子的感觉。

他送我出来时，投在身上的是路灯光芒，却有一轮月亮挂在天上。刘晋藏说："你该给州长热线打个电话，建议有月亮的晚上不要给路灯送电。"

我说："就是不搞项目，你也狠赚了一笔。"

刘晋藏自得地一笑，说："也可以算是一个收藏家了。"他好像在不经意间，就有了那么多收藏。我知道他那些收藏的价值，那几乎可以概括出这一地区的历史、工艺史、冶炼史。

以至于有一天，刚从床上醒来，我便说：刀。

刀，这个词多么简洁，声音还没有出口，眼前便有道锋利刃口上一掠而过的光芒，像一线尖锐而清晰的痛楚。韩月替我翻了析梦的书，里面没有一句提到刀子的话。把书放回架上时，她才恍然说："你是醒了才说的，不是梦嘛。"

我说："是半梦半醒之间。"

她笑了："是不是看上你朋友的收藏了？"

我嘴里说，哪里呀，心里却怀疑这可能是真的。

刀，我恍然间说出了这个字眼。它是那么锋利，从心上划过许久，才叫人感到一丝带着甘甜味道的痛楚。

中午，我没有回家，打电话把刘晋藏约出来，坐在人民剧场门口露天茶园的太阳伞下，就着奶酪喝扎啤。

我把那个字眼如何扎痛我的告诉了他，并准备受到嘲弄。

他只是一本正经地问："你是不是真的说了它，刀。"

"是。"

"是不是就只单单一个字：刀。"

"是。"

他猛拍一下手掌，他黑红的脸慢慢变白了，压低了声音："走，我们去找你喇嘛舅舅。"刚才还没有一丝云彩的天空飘来了大团乌云，云中几团闷雷滚过，豆大的雨水便噼噼啪啪落下来了，水雾带着尘土四处飞溅，这是高原的夏天里常常出现的天气。不一会儿，云收雨止，我们便向舅舅挂单的山坡上的喇嘛庙走去。庙前的石阶平常都是灰色的，雨水一浸，显出了滋润的赭红。踩在这样的石阶上步步登高，从日常的庸碌中超越而出的感觉油然而生。我把这感觉说给刘晋藏，他说："小意思。"

小意思是什么意思。

舅舅不在，庙里的住持说，最近，这个人在禅理上有些心得，回山里小庙静修去了。

夏天里的太阳光那么强烈，我跟刘晋藏坐在石阶上，水汽蒸腾而起，渗入到骨头里去了，人有些恍恍惚惚。石阶上红色慢慢褪去，眼前的万物都要被炽烈的阳光变成同一种颜色，一种刀锋光芒映照下的颜色。再下面一点，是不大，但却拥挤、喧闹的城市，街道上的车流与人流，使这个平躺着的城市，在眼前旋转起来了。我听见自己突然问刘晋藏："你那些刀子值好多钱？"

他笑了，说："我也不晓得具体值到多少，但肯定是很大的一笔。"

他还说，每把刀子都有个来历。

但我对那些故事不感兴趣。

"你可以没有兴趣，但我必须感兴趣，不然，这些刀子的拥有者，不会把刀子给我的，就是高价也不行，何况我还出不起多高的价钱。"

我喉咙深处发出了点声音,但连自己也没听清楚。

刘晋藏说:"我送你其中八把刀子的故事,你写一本小说,关于刀的小说,不就成家了。"

我说:"还差一篇,要九篇。"

九篇故事才能合成一本书,才符合我们民族的宇宙观,才是一种能够包容一切,预示无限的形式。我们共同认定,要写一本书,就要在形式上与这种观念相契合。突然,我眼前一亮,知道刘晋藏要说什么了。果然,他说:"另外一篇刀子的故事,就要产生了,来找你舅舅就是为了这个。"

于是,我把刘晋藏搭在摩托后面,往山里去了。

三

山里,有一个小小的幽静的村子,是我的老家。

舅舅住持的小庙在村子对面的山腰。

一年四季有大多数早晨,这座寺庙都隐在白色的雾气中间。庙子上方是牧场,再往上,便是山峰顶着永远的雪冠。庙子下面,是一堵壁立的红色悬崖。悬崖下面一个幽幽的深潭,潭边,是村子和包围着村子的麦田。村子里的每一天都是从女人们到泉边取水开始的。取水的女人装满了水桶,直起腰来,看见隐着寺庙的一团白雾,便说,今天是个好天。好天就是晴天。

我们是晚上到的,早上,还没有起床,就听见取水回来的侄女说:"今天是个好天。"

好天，可以上山去庙里。要是阴天上去，可能被雷电所伤。

我俩立即动身，出村的路上，一路碰见取水姑娘，她们都对陌生人露出灿烂的笑容。出了村子，一声声清脆的鸟鸣响在四周，硕大冰凉的露水落在脚面上，鞋子很快就湿透了。走到悬崖下仰望庙子的金顶时，我的眼皮嘣嘣地跳了几下，因为这个，我不想上去了。刘晋藏推我一把："你不是不信迷信吗？"

我说："那是在城里，现在是在乡下。"

"这里跟那里不一样，是吧。"刘晋藏替我把下半句话说出来，很得意，嚯嚯地笑了。他本来就笑得有些夸张，悬崖把他的笑声回应得更加夸张，嚯，嚯嚯，嚯，嚯嚯嚯，听这笑声，就知道他比我还信民间这些莫名其妙的禁忌，至少从他开始收罗刀子，听了些离奇的故事以后，就超过我迷信的程度了。上山的路紧贴着悬崖，有些很明显的阶梯，还有好多葛藤可以攀缘。快到悬崖顶上时，路突然折向悬崖中间。整座悬崖是红色的，脚下的路却是一线深黑色，在红色岩石中间奋力向上蜿蜒。我听过这条路的传说。过去它是隐在红色岩石里面的，没有现形。那座小庙现在的位置上，是一对活生生的金羊。作为一个蒙昧而美好时代的标志，金羊背弃了森林里的藏族人，不知到什么地方去了。金山羊走后，夏天的炸雷便一次次粉碎高处的岩石，直到把这条黑色的带子剥离出来。原来，这是一条被困的龙。当它就要挣脱束缚时，村里人建起那座寺庙镇住了它。小时候，我仰望崖顶上那个世界，总是看见一个喇嘛赶着一小群羊上了寺后的草坡，那人就是我出了家的舅舅。我问过舅舅，这是一条好龙还是一条恶龙。舅舅说，他也不知道，他只知道师父教给他的咒术与秘法，要永远地镇住它。

也是我小时候，一个地质队来到村里，离开时，开了一个会给大家破除迷信，说，整座悬崖都是铁矿，而那条黑色的龙不是龙，是石头里面有更多的铁,更多的和周围的铁不一样的铁。

放着一群羊的喇嘛那时还年轻,说:"既然崖石上的红色是铁,那条路怎么没有变成更红的颜色,红得就像现在的中国?"

好心的翻译没把这句话翻过去,所以,没有得到更明确的回答。

舅舅又说:"是一条龙,叫我们的庙子镇住了。"

这句话翻过去了。得到的回答是,那不是科学,今天,科学已经把迷信破除了。地质队离开后,村里人说,科学回他们自己的地方去了,迷信还在老地方。

想着这些事情,我们登上了崖顶。

舅舅静静地坐在庙前,额头上亮闪闪的是早晨的阳光。

舅舅说:"看来有什么事要发生,这里也该有点什么事情发生了。你们来了,肯定有什么事情要发生了。"

老喇嘛有些故作神秘,看刘晋藏的样子,他也有了神秘的感觉,想来是收藏了几把尘缘已尽的刀子的缘故吧。我要是也那样,就显得做作了,于是开口说:"我的朋友专门来请教你,我为什么会说那个字。"

舅舅问:"什么字?"

刘晋藏抢在了前面,说:"刀。"随着那个字出口,一种庄严而崇敬的感情浮上了他鼻梁很高、颧骨很高的脸,这个混血儿,长了一张综合了汉族人与藏族人优点的脸。

我又被那个字眼的刀口划伤了,虽然,我说不出来伤在心头还是伤在身上。看看天空,阳光蜂拥而来,都是刀刃上锋利的光芒。

悬崖下面,我出生的小村子沉浸在蓝色的风岚里。注视着这片幽深的蓝色,还没有离开这个村子,还没有接触到外面世界的那些感觉又复活了。那种感觉里的世界是一个神秘世界,天界里有神灵,森林里有林妖，悬崖顶上曾经有一对金羊，金羊走后，那条黑色的龙就显形了，这座不起眼的小庙将其镇住了整整八百余年。

舅舅好像没有听懂我们的问题，对刘晋藏说："你那些刀，尘劫已尽了。"

这时，庙里鼓声大作，一场法事开始了。舅舅说："我请来了不少帮手呢，脚下这家伙，最近动静大得很，我要进去做法事了。"

我对着喇嘛舅舅的背影喊了一声。

他回过头来，说："你们两个俗人回村里吧，这条龙怕是要显形了。"

他一挥手，红衣喇嘛们奏起了威武的音乐，高亢的唢呐声和沉闷的鼓声把我的声音压下去了，连我自己都没有听清楚自己又喊了句什么。

走在黑色矿脉上，我觉得像是在刀背上行走一样。

下了山，两人坐在深潭边喘气，刘晋藏说："这一切跟刀有什么关系？"

"是啊，跟我们想知道的事有什么关系？"

"你他妈是不是真正说了那个字？"

"日他妈现在心头还有被划破了皮又没有见血的感觉。"

刘晋藏把一段枯枝投进水里，圆形的涟漪一圈圈荡开，水里的天空摇晃起来，水里倒立着的悬崖也晃动起来。在水里，悬崖上的黑色矿脉也是向下的，一动起来，就真的是一条龙了，头，就冲着我们，张嘴的地方，让人看到了很幽深的喉咙，恍然间，龙大张着嘴对着更加幽深的潭底叫了一声。它是冲着水底叫的，但隆隆的响声却来自我们背后的天空。抬头看天，只听见从崖顶的小庙里传来了咚咚的鼓声和凄厉的唢呐声。我们都没有问对方是否听见了龙吟，我跟他都不是要把自己弄得十分敏感的那种人。

村子里还是寻常景象。鸡站在篱墙上，猪躺在圈里，姑娘们坐在核桃树荫下面，铁匠铺里，叮叮咣咣，传来打铁的声响。这才是真实的生活，这才是真正的人生的景象。走到铁匠铺门口时，回头望望悬崖上那道虬曲的黑色矿脉，我说："我们是中了什么邪了？"

刘晋藏说："回去，找个买主，把那些刀子出手算了。"

"发了财可要请吃饭。"

刘晋藏说这没有问题，他还要我答应让他给韩月买点时装或者首饰，说跟她耍朋友时，穷，连件像样的东西都没有送过她。

我笑笑，觉得脸上皮肤发紧，嘴里还是说："行啊，只要不是订婚戒指。"

"要是呢？"他问，脸上是开玩笑的表情，又好像并不完全是。

我换了很认真的表情，说："按这里的方式，我只好杀了你。"

"你还是个野蛮人。"

"好好感受一下这里的气氛，就知道我说的不是假话。"

走进铁匠铺，那个早年风流的铁匠围着一张皮围裙，壮硕的身子已经枯了，一粒粒脊骨像要破皮而出。

他抬头看我一眼，就像我从来没有离开过村子，就像我们昨天刚刚分手一样，说："小子过来，帮我拉拉风箱。"

风箱还是当年的那只，连暗红色的樱桃木把也还是当年的，只不过已经磨得很细了，却比原来更加温暖光滑。风箱啪嗒啪嗒地响起来，铁匠历历可数的肋条下，两片肺叶牵动着，我差点以为，那是由我的手拉动的，老头笑了："我知道你小子想的是什么，你不要可怜我。"他搓搓手，两只粗糙的手发出沙沙的响声，"我这副身板还要活些时候呢。"

铁匠不是本村人。在过去，也就是几十年前，手艺人从来就不会待在一个地方。他到这个村子时,共产党也到了。共产党为每个人都安排一个固定的地方,铁匠就留在了这个村子。也就是从那一天起,他就不再是专业的铁匠了。过去,手艺人四处流动,除了他们有一颗流浪的心,还因为只有这样,才能找到足够的工作。平措没有生疏铁匠手艺,又学会了所有的农活,成了孩子们最喜欢的人,我也是这些孩子中的一个。他没有家,却宣称自己有许多孩子,他找我舅舅用藏文,找村小老师用汉文写了不少信给不同地方的女人,信里都是一个内容,告诉这些女人,要是生下了他的儿子,就在什么地方来见他,他要为这些儿子每人打一把佩刀。许多年过去了,没有一个儿子来看他,他也没有打过一把真正的男人的佩刀。他打的刀都是用来砍柴、割草、切菜,没有一把像模像样的男人的佩刀。他说还要活些时候,我想,他是还没有死心,还在等儿子来找他。

我用力拉动风箱,幽蓝的火苗从炉子中间升起来。我问:"平措师傅还在等儿子吗?"

他看看刘晋藏,笑了:"我还以为你给我带儿子来了呢。"

他从红炉里夹出烧得通红的铁,那铁经过两三次锻打,已经有点形状了。他拿着铁锤敲打起来,叮咣,叮咣!像是要打一把锄头,接着,他把锤子一偏,柔软的铁块又被锻打成扁长的东西,那就是一把刀子的雏形了。我朋友的目光给牢牢地拴在了正在成形的铁块上。铁匠手里的锤子又改变了落点,铁块又回复到刚出炉时那什么都不是的样子了。

刘晋藏呼出一口长气:"平措师父不是要打一把刀吗,怎么不打了。"

铁匠气咻咻地说:"我都不知道自己要干什么,你怎么能知道?"

刘晋藏眼里闪出了狂热的神情,说:"我有好多最漂亮的刀子,你给我再打一把，我配得到你的刀子。"

铁匠却转脸对我说："你的朋友很有意思。封炉吧。"

我像小时候一样，替他做了差事，脸上还带着受宠若惊的表情。锁好铺子门，他说，有人送了他一坛新酿的酒。我知道，这就是寂寞的老铁匠的邀请了。老铁匠还从别人家里讨来一些新鲜的蜂蜜。

这天，我们都醉了。

我和刘晋藏不停地说着刀，刀子。

夕阳西下，庙子里的鼓和唢呐又响起来。红色悬崖隐入浓重的山影中，黑龙的身影模糊不清了。

铁匠把着我的手说："小子，我流浪四方的时候，真的有过许多女人，也该有几个儿子，他们怎么不来找我？"

"你一定要为儿子打了刀子，才肯给别人打？"

他生气了，说："你小子以为进了城，就比别人聪明吗？"

四

我们起得晚，头天喝得太多了。

我们在泉边洗了脸，绕着村子转了一圈，铁匠铺子落着锁，看来铁匠也醉得不轻。天气很热，是会引来暴雨甚至冰雹的那种热法。两个人嘴里都说该回去了，却把身子躺在核桃树荫下，红色悬崖在阳光照耀下像是抖动的火焰，刘晋藏睡着了。

我似睡非睡，闭着眼，却听见雷电滚动，然后响亮地爆炸，听见硕大的雨点密密麻麻地砸在树叶上，杂沓的脚步噼噼啪啪跑向村外，我都没有睁开眼睛。我迷迷糊糊地想,晴天梦见下雨,于是闭着眼睛问刘晋藏:"晴天梦见下雨是什么意思?"

没有人回答。我睁开眼睛,发现他不在身边。阳光照着树上新结的露珠,闪闪发光,崖顶小庙的鼓声停了。村子空空荡荡,见不到一个人影。在铁匠铺铁匠正在给炉子点火,潮湿的煤炭燃烧时散发出浓烈的火药味。铁匠告诉我,雷落在崖顶了。

这有什么稀奇呢,雷落在树上,落在崖上,夏天里的雷,总要落在什么地方。小时候,我还见过雷落在人身上。我对铁匠说:"给我朋友打把刀吧。"

铁匠说,"在山里,男人带一把刀是有用处的,你们在城里带一把刀有什么用处?"

如果我说,是为了挂在墙上,每天都看看,铁匠肯定不会理解,何况刘晋藏肯定不会把它们一直挂在墙上。这时,风从红色悬崖下的深潭上吹过来,带来了许多的喧闹声。

铁匠说:"小子,还是看热闹去吧。"

我就往热闹的地方去了。在悬崖下沉静的潭水边,人们十分激动,原来是雷落在黑龙头上了。舅舅带着几个喇嘛从山上下来,宣称是他们叫雷落在了龙头上,不然,这恶龙飞起来,世上就有一场劫难了。刘晋藏比喇嘛们更是言之凿凿,他告诉我,当我在核桃树下进入梦乡时,那黑龙便蠢蠢欲动了,这时,晴朗的天空中,飘来了湿润带电的云团,抛下三个炸雷,把孽龙的头炸掉了。

舅舅补充说,被雷炸掉的龙头掉下悬崖,沉到深潭里去了。

眼前,蓝幽幽的潭水深不可测,我对舅舅说,反正没人敢下潭去。舅舅气得浑身哆嗦。这时,刘晋藏脱光了衣服,站在潭边了。这个勇敢的人面对深不可测的潭水,像树叶一样迎风战抖。借铁匠给的一大口酒壮胆,他牵着一段绳子,通一声跳下了深潭。在姑娘深受刺激的尖叫声里,溅起的水花落定,我的朋友消失在水下。先还看见他双腿在水中一分一合,像一只蛤蟆;后来,除了一圈圈涟漪,就什么都看不见了。过了很久,他突然在对岸的悬崖下露了头,趴在崖石上,猛烈地咳嗽,手里已经没有绳子了。他再一次扎向了潭底,直到人们以为他已做了水下龙宫永久的客人时,才从我们脚边浮了上来。姑娘们又一次像被他占有了一样发出尖厉的叫声。舅舅用一壶烧酒搽遍他全身,才使他暖和过来。他的第一句话是:"拉吧,绳子。"

绳子拴着的东西快露出水面时,大家都停下了,一种非常肃穆的气氛笼罩了水面。下面的东西,在靠岸很近的地方又沉下去了。舅舅站在水边很久,下定了决心:"请它现身吧!"

男人们发一声喊,那东西就拉上来了。

这东西确实是被雷从黑龙头上打下来的。这块重新凝结的石头失去了原来的坚实,变成了一大块多孔的蜂窝状的东西,很酥脆的样子。

铁匠走上前来,用铁锤轻轻一敲,松脆的蜂巢样的石头并没有解体,却发出钟磬般的声响,铮铮然,在潭水和悬崖之间回荡。

我说:"原来是一块铁。"

舅舅不大高兴,狠狠地瞪了我一眼。

铁匠带点讨好的神情对我说:"孽障被法力变成了一坨生铁。"

舅舅高兴了,说:"它的魂魄已经消散了,成了一块铁,它是你铁匠的了。"

人群慢慢散开了。我跟刘晋藏拿锤子你一下我一下地敲着,听清脆声音在悬崖下回荡。叮哐!叮哐!

舅舅又上山去了。

那块蜂窝状的顽铁很快被我们用大锤敲成了碎块,堆在铁匠铺中央的黄泥地上了。我们坐在铁匠铺门前的空地上，就着生葱吃麦面饼子，望着太阳从山边放射出的夺目光芒，铁匠拿出一个小瓶子，我们又喝了一点解酒的酒。就在这会儿，黑夜降临了，周围山上森林的风声像大群的野兽低声咆哮，气温也开始下降，直到生起炉子，我们才重新暖和过来。这次，铁匠生的是另一口炉子。这口红炉其实是一只与火口直接相通的陶土坩埚。铁匠不要我们插手任何事情。他把砸碎的龙头残骸与火力最强的木炭一层层相间着放进坩埚里，然后，往手心啐一口唾沫，拉动了风箱。幽蓝的火苗一下下蹿起来，啪嗒，啪嗒，好像整个世界都由这只风箱鼓动着，有节律地呼吸。铁匠指着放在墙角的一张毡子说："我要是你们，就会眯上一会儿。"

　　我不想在这时候，在那么脏的毡子上睡觉，刘晋藏也是一副不情愿的样子。但我们还是在幽暗的墙角，在毡子上躺下了。铁匠仍然端坐不动，一下，一下，拉动风箱，啪嗒，啪嗒，仿佛是他胸腔下那对肺叶扇动的声音。幽蓝的火苗呼呼地蹿动，世界就在这炉火苗照耀着的地方，变得统一谐和，没有许多的分野，乡村与城市，科学与迷信，男人与女人，所有这些界限都消失了，消失了……

　　等我一睁开眼睛，正看见铁水从炉子下面缓缓淌出来，眼前的一切都被铁水映红了。铁水淌进一个专门的槽子里，发出蛇吐芯子那种咝咝声。炼第二炉铁，是我拉的风箱。铁匠自己在毡子上躺下，很快就睡着了。出第二炉铁水时，天快亮了。清脆的鸟鸣声此起彼伏。铁匠醒来，铁水的红光下，显现出一张非常幸福的脸。

　　"我梦见儿子了，"他说，"我梦见儿子来看我了。"

　　刘晋藏蹲在渐渐冷却的铁水旁，说："你用什么给儿子做礼品？"

　　铁匠看着渐渐黯淡的红色铁块，说："这么多年，我都想梦见儿子的脸，这么多年，每当要看清楚时，就醒来了。"

刘晋藏又一次重复他的问题。

铁匠说:"你们出去吧,我要再睡一会儿,我一定要看见儿子的脸。"

五

走出铁匠铺,眼前的情景使我们大吃一惊:全村的人都聚集在铁匠铺外,看他们困倦而又兴奋的神情,看他们头顶上的露水,这些人在这里站了整整一个晚上!

没有人相信我们在铁匠铺里过了一个十分安静的夜晚。他们说,一整夜都从铁匠铺里传来山摇地动的龙吟。

刘晋藏问我知不知道身在何处。我想我不太知道。

他问我相不相信超自然的东西。我想我愿意相信有这种东西。

得知龙头被炼成了生铁,人们把我们当成了英雄,连喇嘛舅舅也用敬畏的眼光看着我。昨夜,他也听到龙吟,受到惊动下山来了。他说,正是我们什么也不信,才把孽龙最后制服了,而他的法力只够召来雷电。村里人送来了很多酒肉,但我们俩却没有一点胃口。刚刚经历了不可思议的奇迹,马上就像平常一样吃喝肯定有点困难。我们不能享用村里人贡献的东西,使他们感到无所适从。舅舅代表他们说:"你俩总该要点什么吧?"那声调已经近乎于乞求。

好个刘晋藏,我被眼前这情景弄得头晕目眩了,他却目光炯炯地盯住了喇嘛腰间的一把佩刀。

确切地说,这只是一只空空的刀鞘,从我记事起,就是喇嘛舅舅的宝贝。喇嘛不准佩刀，舅舅常常脱去袈裟，换上平常的百姓服装，就是为了在腰间悬一只空空的刀鞘。小时候，我问舅舅，鞘中的刀去了什么地方。他声称是插在一个妖魔背心上，被带到另一个世界去了。这是一只纯银的刀鞘。这么些年来，喇嘛舅舅得到什么宝石都镶嵌在上面，几乎没有什么空着的地方了。

刘晋藏的眼光落在他腰上，我对舅舅说："他看上你的宝贝了。"

舅舅呻吟了一声，说："你知道吗，这把刀已经有六百年历史了。"是他把自己看成这一村人的代表，是他代表他们做出一定要向这个藏刀收藏家贡献什么的表情。看着他痛苦地把手伸向腰间，我都开始仇恨自己的朋友了。但这个家伙，做出一点不上心、一点不懂得这刀鞘价值的样子，望着远处什么地方，脸上却忍不住露出了得意的笑容。

他若无其事地接过刀鞘，还是一个劲地傻笑。

舅舅牙疼似的从齿缝挤出了声音："也好，我的尘缘终于完全解除了，谢谢侄儿，谢谢侄儿的朋友。"说完，便走出人群，向红色悬崖走去，回山上的小庙去了。

而刘晋藏竟然说："要是没有刀，这空空的刀鞘恐怕没有什么意思。"

我的拳头重重地落在他脸上。

刘晋藏好半天才坐起来，一点点用青草揩去了脸上的血，缓缓地说："朋友，是为了你韩月还是你舅舅？要不要再来一下，要是你心里摆不平，就再来一下。"他把脸凑过来，他不说，你心里不好受就再来一下，那样的话，我也许会再来一下。可他偏偏说，要是你心里摆不平，就来一下，这样，我连半下也不能来了。

我说："算了，我们该回去了，这里不是你久待的地方。"

结果是，两个人傻坐一阵，又回到铁匠铺里了。

铁匠并不在做梦,他正在炉子上进一步把铁炼熟。这一下午,炉子里换了三种木炭,最后,生铁终于变成了熟铁。冷却后铁泛着蓝光,敲一下,声音响亮。铁匠笑了,说:"好铁。"

铁匠抽了两袋烟,望着天空,开始说话了:"我们这一行,从来不在一个固定的地方,也就没有一个固定的家,遇到三个走长路的,必定有两个是手艺人。那真是匠人的时代啊!"

六

那天,匠人在我们眼前复活了一个过去了的时代。

我们被铁匠的故事深深吸引住了。

他说,在那个匠人时代,他的父亲就是一个匠人。长大后,他去寻找这个匠人。他母亲说他的父亲是个木匠,但他走进一个铁匠铺讨口热茶喝时,那个铁匠说,天哪,我的儿子找我来了。他也没有过多计较,便让自己做了铁匠的儿子,其实是做了铁匠的徒弟。然后,自己又当了师父,带着手艺走过一个又一个河谷,一片又一片群山,一路播撒了男欢女爱的种子。最后,他问我们:"我好过的那些女人,总不会一个儿子不生吧。"

刘晋藏却问:"为什么认铁匠做父亲,你明明知道他不是木匠。"

"那是冬天,炉火边很暖和。"

我和刘晋藏忍不住笑了。

铁匠自己也笑了,但乌云很快又罩住了他的脸,他说:"为什么今天这样的时候也不能看见儿子的脸?"

刘晋藏追问:"今天这时候是什么时候?"

铁匠想了想说:"总归是有点不一般。"

我想安慰一下铁匠:"来不来看你,都一样是你的儿子。"

铁匠说:"不来看我,怎么会是我的儿子呢。要是我儿子为什么不来看我?"

刘晋藏冷峻地向铁匠指出,他过去是想当匠人才去找父亲,所以,遇到铁匠就再也没有去找那个木匠。现在儿子不来找他是因为,这个世界上再没有一个年轻人想当铁匠,想投入一个正在消亡的行业了。

在此之前,肯定没有人如此直接地向铁匠揭示过事情的本来面目,刘晋藏勇敢地充任了这个角色。铁匠望着自己炭一样黑、生铁一样粗硬的手出了半天神。我想,铁匠清醒过来立即就会把他赶出铁匠铺。可是,这个以脾气暴躁出名的老头只是自言自语地说,其实他心里早就明白了,却一直等着别人把这话说出来。老铁匠还说,要是早有人对他讲,他就早看开了,那样,要少好多个不眠之夜呀。

刘晋藏趁热打铁,说:"看看吧,你将是最后的铁匠,最后的铁匠难道不该给世上留下样人们难以忘记的东西吗?"

铁匠没有自信心,认为自己是个普通匠人,手上从来没有出过众口传说的物件。

刘晋藏大声对我说:"从你嘴里出来的那个字要应验了!"

铁匠转脸问我:"你说了什么?"

我告诉他,不能认真,是我刚从床上醒来,还不十分清醒时说的。

刘晋藏锲而不舍,用很谦逊的口吻问铁匠,是不是这种状态下说出来的话才最有意思。

铁匠说:"对,有些算卦的人想有这种是自己又不是自己的状态还很不容易呢。"

刘晋藏摇摇我的肩膀:"把那个字说出来吧。"

铁匠又重复一次他的话。

我不愿意说,是觉得这会儿说出那个字肯定非常平淡无奇,就像平常我们无数次地说到这个字眼一样。我终于还是以一种冒险般的心情,说了"刀"。

本来,我是准备好,看着这个本该银光闪烁的字跌落地上,沾满这个平淡无奇世界上的尘土。但我的一生中,至少这天是个奇迹。那刀字出口时,效果犹如将真刀出鞘,锵嘟嘟凉飕飕闪过,是刃口上锋利无比的光芒。

看得出来,这个字眼,对铁匠、对刘晋藏都有同样的效果。

刘晋藏大喝一声:"好刀!"

铁匠一脸敬畏的神情,小声说:"我好像都看见了。"

我也想把这个字眼变成一件实在的东西,便对铁匠说:"那你就照看见的样子打一把,那样,没有儿子后人也不会忘记你了。"

老铁匠不很自信,说他从没有打过一把叫人称赞的刀子。

刘晋藏把小酒瓶递到铁匠手上,指着正在冷却的铁说:"这可是上天送来的,难道能用来打挖粪的锄头吗?"

"本来,就是上天不送这铁来,我也准备打一把刀给儿子做见面礼。"

刘晋藏很粗暴地说:"你要再不打出来,说不定今天晚上就死在床上了。"

铁匠灌自己一大口酒,竟然说:"你是个说真话的朋友,我不会就这样去啃黄土的。不过,现在我想睡了,明天再动手吧。"

七

晚上，睡在脚那头的刘晋藏问我："明天，老头会打出一把好刀来吗？"

我说："谁知道。"

他说："你不要不舒服，要是等到一把好刀，我就把以前的收藏全部都转送给你。"

我没有说话。

他又说："反正我把女朋友都拜托给你了。"这句话并不需要回答，我听着呼呼刮过屋顶的山风，想明天出世的刀子会给我们带来什么。他又开口了，问："你说老实话，韩月有没有偶尔想我一下。"

我咬着牙说："要是那把刀子已经在了的话，我就马上杀了你。"

刘晋藏说："想杀人，这屋里有菜刀。城里砍人是西瓜刀，乡下砍人用柴刀就可以了，用好刀杀人是浪漫的古代。现在，好刀就是收藏，就是一笔好价钱。"

"那你也给了别人一笔好价钱？"

"我是穷人，穷得叮当响。"

"那你靠什么得到那些刀？"

"靠人家把我当成朋友。"

我不禁感到夜半的寒气直钻到背心里了。这家伙好像是猜出了我的心思，说："我们俩可是真正的朋友，就是到死，你也是我的朋友，真正的朋友。"

这一来，弄得我不知说什么好了，只好说："睡吧，明天还要打刀。"

早晨，村里人家房前屋后的果树上大滴大滴的露珠被太阳照得熠熠闪光，清脆的鸟鸣悠长明亮。一只猎狗浑身被露水湿透，嘴里叼着一只毛色鲜艳的锦鸡出猎归来了。我的朋友看见了，马上就想动手去抢。我坚决把他拦住了，告诉他，在这个村子里，早上看见满载而归的猎人或猎狗，可以认为是好运气的开始。

他恋恋不舍地看着猎狗跑远，看着锦鸡身上五颜六色的光芒，嘀咕道："但愿如此吧。"

今天，铁匠刮了胡子，一张脸显得精神多了，红红的眼睛里有种格外灼人的光亮。

刘晋藏一步就跨到了风箱跟前，开头几下，他拉得不是很好，但很快就很顺畅，铁匠出去走了一圈，回来，夹起一块铁准备投进炉里，叹口气："看来，我这辈子真不会有儿子了。"

我心软了，说："再等等吧，说不定，一下就从大路转弯的地方冒出一个人来。"

铁匠再一次走出门去，望了望大路，很快就回来了，他坚决地把铁块投进炉子。艳红的火星飞溅，在空中噼噼啪啪爆响。刘晋藏起劲地拉动风箱，炉火呼呼上蹿，发出了旗帜招展时那种声响。眼前的景象不能说是奇异，但确实不大寻常。

铁匠说："难道不是你跟你朋友的要求吗？"

刘晋藏对铁匠说："别理他，他有时像个女人，总爱莫名其妙地担心什么。"

铁匠接下来的举动使我十分吃惊，他对刘晋藏眨眨眼，说："可能是因为他有个当喇嘛的舅舅吧。"

于是，两个人像中了邪一样，放肆地大笑。当他们两个举起锤子，开始把一块来历奇异的顽铁变成一把刀时，我走了出去，远远地望着村外静静的潭水。我从平静的潭水中看见红色悬崖，看见喇嘛舅舅从悬崖上失去了脑袋的黑龙身上下来。我望了一阵，不知道自己，铁匠，刘晋藏，还有舅舅，我们哪一个的生存方式更为真实，更接近这个世界本来的面目。更可笑的是，我们这些如此不同的人，怎么会搅在一起。

回到铁匠铺，那块铁还没有现出刀子的模样。

舅舅正从山上下来，那条黑龙一死，专门用来镇压的庙子就没有什么意义了，他一直想离开这座小庙，只是一种责任感使他留下，现在，黑龙已死，他的这个心愿终于可以实现了。

舅舅来到铁匠铺，围着炉子绕了几个圈子，炉子里铁正在火中变红变软。铁匠问他看出名堂没有。舅舅说："我们村的铁匠还没有做出过什么使人惊奇的物件。"

红红的铁再次放上铁砧锻打，慢慢变出一把刀的形状，慢慢失去绯红的颜色，铁匠带着挑衅的神情用锤子敲出一长串很有节奏的声音。

喇嘛舅舅没有说什么，笑了笑，走开了。

舅舅再次出现时，已经牵上了他的毛驴，驴背上驮着他从庙里带下来的一点东西：无非是几卷经书，几件黄铜和白银制成的法器。他只是从这里路过，但铁匠把他叫住了："喇嘛不说点什么吗？"

舅舅把缰绳挽在鞍桥上，对毛驴说："先走着吧，我会赶上来。"毛驴便摇晃着脖子上的响铃，悠悠然往前去了。舅舅走进门来，喝了一大瓢水，指指红色悬崖顶上，说，原先，那里有一对金色的羊子时，人们是一种生活，后来，羊子走了，黑龙显身，人们又过上了一种生活。现在，龙被削去了脑袋夺走了魂魄，就什么都没有了，又是一种生活开始了。

本来，铁匠是想和喇嘛开开玩笑，不想喇嘛正正经经一大通话，把他给镇住了。而在过去，两个人见面，总是要开开玩笑的。舅舅说："要下雨了，我要赶路了。"说完，便追赶毛驴去了。

我们停下手里的活，听着叮叮咚咚的铜铃声慢慢响到谷口，又慢慢地消失。铁匠这才问："这老东西说又是一种生活，一种什么样的生活？"

刘晋藏说："就是什么都不信的生活。"

铁匠反驳刘晋藏，却又不太自信："人总要信点什么吧？不然怎么活？"

刘晋藏给了他个不屑于回答的笑容。

不知怎么，我心里突然涌起了怒火，没好气地对铁匠说："你有什么生活？指望儿子来找你吗？可你也知道他永远不会来。要是今天打了一把坏刀，你还可以等打出一把好刀，要是今天就打出好刀，就什么都指望不上了。"

铁匠把铁锤甩得飞快，火红的铁屑像他的怒气一样四处飞溅。他说："让我什么都不指望吧，我今天就要打出好刀。"

刘晋藏趁热打铁，催铁匠赶快。

铁匠锤头一歪，一串艳红的铁屑飞进了刘晋藏的左眼。他惨叫一声，这才用手把眼睛捂住了，直挺挺倒在地上。

铁匠冷冷地说："眼睛伤了，又不是腿。"

刘晋藏并没有因为这句话站起来。

翻开他的眼皮，一小块薄薄的灰色铁皮赫然在目，铁匠伸出舌头，把铁屑舔了出来，清凉的泪水从刘晋藏眼中潸然而下。铁匠说："这会儿，就是哭了也没有人知道，好好哭一场吧。"

刘晋藏骂："我日你娘。"

铁匠还是说："你这个人，肯定还是有伤心事的，想哭，就好好哭一场吧。这样，心里畅快了，还能保住眼睛。"

我们没有再去管那把不知能不能出世的刀子，一只实实在在的眼睛总比一把可能出现的好刀重要。

刘晋藏躺在铁匠家的门廊上，泪水长流不止。我也为朋友的眼睛担心，便把他的手紧紧握住。刘晋藏笑了，说："你恨我，但又是我真正的朋友。"

铁匠找来个正在哺乳的年轻女人。刘晋藏把好眼睛也闭上，说："希望是个大奶子女人，我喜欢大奶子女人。"

铁匠附耳对他说："是村里最漂亮的女人。"

这一天剩下的时间，刘晋藏都躺在那里，没有动窝，女人来了两三次，掏出硕大的乳房把奶汁挤进刘晋藏的眼睛。太阳下山时，刘晋藏坐起来，说："眼睛里已经很清凉了，看来瞎不了。"

铁匠用一片清凉的大黄叶子把刘晋藏受伤的眼睛遮起来，那只好眼睛便闪烁着格外逼人的光芒。铁匠被那刀锋一样的光芒逼得把头转向苍茫的远山，幽幽地说："看来，你真想得到一把好刀。"

刘晋藏的回答是："眼睛也伤了，要是连刀子都得不到，就什么都没有得到。"这个让我暗暗羡慕嫉妒的家伙，声音里的绝望能使别人心头也产生痛楚。

起风了。

村前的潭水卷起了波浪，不高，却很有力量地拍击着红色悬崖，发出深远的声响。这声音是从过去，也是从未来传来的，只是我们听不出其中的意思罢了。这是没有办法的事情。人类能够听懂这些声音的时代早就逝去了。现在，我们连自己内心的声音也听不清楚。

我问铁匠为什么故意让铁屑溅进刘晋藏的眼睛。

铁匠的回答很有意思。

他说，因为这个人内心的欲望太强烈了，而不懂世上没有什么东西能随便得到。

八

早上的太阳把屋子照得明晃晃的，整座房子散发出干燥木头淡淡的香气。

铁匠已经走了。厨房里有做好的吃食：两只热乎乎的麦面馍，一小罐蜂蜜，一大壶奶茶，还有几块风干的牛肉。我想，平常铁匠的早餐绝对不会如此丰富。那女人又来了。我告诉她，眼睛需要奶水的人还在床上。她红了红脸，进去了。

走出屋子时，心口还在隐隐作痛。刘晋藏也跟来了，我们什么都没说。铁匠铺里一下就充满了非常严肃的气氛。铁块投进了炉膛，立即被旗帜般振动的火苗包围了，石槽里用来淬火的水被窗口投射进来的阳光染成了金色。盯着坚硬的黑色铁块在炉火中变红变软，心里的块垒似乎随之而融化了。

锤声响起，太阳特别明亮，天空格外湛蓝。

锤声再次响起，太阳更加明亮，天空更加湛蓝。

第一遍锤声响起时，铁匠手下已经初步出现了一把刀子的模样。村子出奇地安静，红色悬崖倒映在平静的潭水里，而天空中开始聚集满蓄着雨水与雷电的乌云。刀子终于完全成形了。刀子最后一次被投进炉火中，烧红了，淬了火，打磨出来，安上把，就真正是一把刀了，看上去，却没有任何特别之处。就在这个时候，乌云飘到了村子上空，带来了猛烈的旋风。铁匠铺顶上的木瓦一片又一片，在风中像羽毛一样飞扬。村里，男人们用火枪、用土炮向乌云射击，使雨水早点落下来，而不至于变成硕大的冰雹，毁掉果园与庄稼。乌云也以闪电和雷声作为回应，然后，大雨倾盆而下。炉子里的刀烧红了。一个炸雷就在头顶爆响。铁匠手一抖，通红的刀子就整个落在淬火的水里了。屋子里升腾起浓浓的水雾，我们互相都有些看不清楚了。狂风依然在头顶旋转，揭去头上一片又一片的木瓦，乌云带着粗大的雨脚向西移动，从云缝里，又可以看到一点阳光了。刀子再一次烧红出炉时，乌云已经带着雨水走远了，雷声在远处的山间滚动着，越来越远。红色悬崖和潭水之间，拱起了一弯艳丽的彩虹。就在刀子一点点嗞嗞地伸进水里淬火时，彩虹也越发艳丽，好像都飞到我们眼前来了。我看见铁匠止不住浑身颤抖，他嘴里不住地说："快，快点。"手上却一点不敢加快。刀身终于全部浸进水里了。出水的刀子通身闪着蓝幽幽的颜色，那是在云缝之中蜿蜒的闪电的颜色。铁匠冲出铁匠铺，跪在湿漉漉的草地上，冲着彩虹举起了刚刚出世的刀子。

就在我们眼前，幽蓝的刀身上，映出了潭上那道美丽的虹彩。

铁匠跪了很久，最后，潭上的彩虹消失了，而刀身上的彩虹却没有消退。虹彩带着金属的光芒，像是从刀身里渗出来的。

铁匠站起来，又咚一声倒下了。

刀子上的彩虹灿烂无比，铁匠却说不出话来了。

铁匠中风了，这是造就一把宝刀的代价。从此，这个失语的铁匠就享有永远的盛名了。

刘晋藏守着倒下的铁匠，我回了一趟城，请有点医术的舅舅回来给他治病。我回家时，韩月还没有上班。她还是十分平静的样子，没有追问我这几天去了什么地方。过去，我为此感到一个男人的幸福，现在，我想这是因为她并不真心爱我的缘故，于是，我又感到了一个男人的不幸福。我告诉她需要一个存折。她给了我一个，也没有问我要干什么。我在银行取了现金，便又上路了。

一路上，喇嘛舅舅在摩托车后座上大呼小叫，这样的速度在他看来是十分可怕的，是魔鬼的速度。

喇嘛的咒语与草药使铁匠从床上起来，却无法叫他再开口说话。而且，他的半边身子麻木了，走路跌跌撞撞，样子比醉了酒还要难看。铁匠起了床便直奔他简陋的铺子。那场风暴，揭光了铺子上的木瓦，后来的两场雨，把小小的屋子灌满了。铁砧，锤子，都变得锈迹斑斑。炉子被雨水淋垮了，红色的泥巴流出屋外，长长的一线，直到人来人往的路边。风箱被雨水泡涨，开裂了，几朵蘑菇，从木板缝里冒出来，撑开了色彩艳丽的大伞。

铁匠吃惊地张大了嘴巴。

要知道，四五天前，我们还在里面锻打一把宝刀呢。

刘晋藏采下那些菌子，说要好好烧一个汤喝。

铁匠从积水里捞出几样简单的工具。

那把刀，最后是在铁匠的门廊上完成的。他用锉刀细细地打出刃口，用珍藏的犀牛角做了刀把，又镶上一颗红宝石和七颗绿珊瑚石。铁匠脸上神采飞扬，他一扬手，刀便尖啸一声，像道闪电从我们面前划过，刀子深深地插在了柱子上，在上面闪烁着别样的光芒。

刘晋藏想把刀取下来，铁匠伸手没有拦住他。结果，刀刚一到手，他就把自己划伤了。舅舅把刀子甩回柱子上："这里不会有人跟你争这把刀，这样的刀，不是那个人是配不上的，反而要被它所伤。再说，你总要给它配上一个漂亮的刀鞘吧。"

刘晋藏这才想起从舅舅那里得来的刀鞘,刀和鞘居然严丝合缝,天造地设一般。

舅舅说:"年轻人,你配不上这把刀子。"

刘晋藏说:"我出现在这个村子里,刀才出现,怎么说我配不上!"

九

我很高兴刘晋藏在我面前露出了一回窘迫的样子。

铁匠打出了宝刀,因上天对一个匠人的谴责再不能开口说话了。但刘晋藏却一文不名,付不出一笔丰厚的报酬。还是我早有准备,给了铁匠两千块钱,铁匠便把刀子递到了我的手上。这下,刘晋藏的脸一下就变青了。

我跟铁匠碰碰额头,然后戴上头盔,发动了摩托。

刘晋藏立即跳上来,紧紧地抱住了我的腰,我感到他浑身都在战抖,那当然是为了宝刀还悬挂在我腰间的缘故。

一松离合器,摩托便在大路上飞奔起来,再一换挡,就不像是摩托车在飞奔,而是大路,是道路两旁的美丽风景扑面而来了,这种驾驭了局面的感觉真使人舒服。

刘晋藏大声喊道:"我以前的收藏都是你的!"

我把油门开大,用机器的轰鸣压住他的声音。

他再喊,我再把油门加大。

在城里韩月那套房子里,他指着这几个月收敛起来的刀子叫道:

"都是你的了！"

"你不心疼吗？"

"我要得到一把真正的宝刀！"

"怎么见得你就该得到？"我并没有准备留下这把刀子给自己，只不过想开个玩笑。

我的朋友脸上却露出近乎疯狂的表情，他几乎是喊了起来："我这辈子总该得到点什么，要是该的话，就是这把刀子，你给我！"

不等我给他，他就把刀子夺过去了。

而且，他脸上那种有点疯狂的表情让我害怕。我还不知道一个人的脸会被一种不可见的力量扭曲成这个样子。之后好多天，他都没有露面，没有来蹭饭。平常，他总是上我家来蹭饭的。

有一天，我用开玩笑的口吻对韩月说，自从刘晋藏来后，我们家的伙食大有改善。于是，我们就一连吃了三天食堂，连碗都是各洗各的。第四天晚上，她哭了。我承认了我的错误。其实，我心里知道自己并没有什么错。第五天，家里照常开伙，刘晋藏又出现了。我们喝了些酒，韩月对旧情人说，她的丈夫有两个缺点，使其不能成为一个男子汉。

我说，第一，她的丈夫要把什么事情都搞得很沉重；第二，不懂得女人的感情，弄不懂在女人那里爱情与友谊之间细微的分别。

她为我的自知之明而表扬了我。其实，这两条都是她平常指责我的。

这天晚上，她一反常态，在床上表现得相当陶醉和疯狂，说是喜欢丈夫身上新增了一种神秘感。

她想知道我怎么会有如此变化。

但我想，这么几天时间，一个人身心会不会产生如此的变化。

星期六，照例改善生活，不但加菜，而且有酒，刘晋藏自然准时出席。在我看来，韩月和她的男友碰杯有些意味深长。当大家喝得有点晕晕乎乎时，韩月对刘晋藏提起她所感到的丈夫近来的变化。刘晋藏说："那是非常自然的，因为我们互相配合，算是都相当富有了。"

韩月这才知道了那几千块钱的去向，知道我拥有了相当的收藏。

刘晋藏醉了，说了一阵胡话便歪倒在沙发上。

韩月拉着我出门，去看如今已转到我名下的收藏。

那一墙壁的藏刀，使那间有些昏暗的屋子闪着一种特别的光亮。要是以一个专家的眼光去看，肯定可以看到一个文字历史并不十分发达的民族上千年的历史。要是个别的什么家，也许会看出更多的什么。

她悄声问我："这些都算得上是文物吧？"

我点点头。

她又悄声说："这些刀，它们就像正在做梦一样。"

"是在回忆过去。"我说，并且吃惊自己对她说话时有了一种冷峻的味道。

关上门，走到外面，亮晃晃的阳光刺得人有点睁不开眼睛，她又感叹道："这个人，不知道从哪里搜罗来这些东西。"

刘晋藏曾经说，这些刀子的数量正好是他有过的女人的数量，我把这话转告了她。

很长一段路，她都没有再说什么，我为自己这句话有点杀伤力而感到得意。到了楼下，韩月已上了两级楼梯，突然回过身来，居高临下地看着我，眼里慢慢沁出湿湿的光芒，说："是你跟他搅在了一起，而不是我把他找来的，你可以赶他走，也可以跟我分开，但不要那么耿耿于怀。"

一句话，弄得本来觉得占着上风的我，从下面仰望着她。

刘晋藏醉眼蒙眬，看看收拾碗筷的女主人，又看看我，把平常那种游戏人生的表情换过了。他脸上居然也会出现那么伤感的表情，是我没有料到的。他把住我的肩头，叫他的前女友好好爱现在的丈夫，他说："我们俩没有走到一起，我和许多女人都没有走到一起，那是好事，老头子一死，我就什么都不是了。你看现在我还有什么，我就剩下这一把刀了。"

他把刀从鞘里抽出来，刀子的光亮使刀身上的彩虹显得那么清晰耀眼，像是遇风就会从刀身上飞上天空一样。

真是一把宝刀！

把个不懂刀的女人也看呆了。

刘晋藏收刀的动作相当夸张，好像要把刀刺向自己的胸膛。

韩月尖叫一声，一摞碗摔出了一串清脆的声音。

刘晋藏手腕一翻，刀便奔向自己的鞘子，他的手又让这把刀拉出了一道口子。他手掌上的皮肉向外翻开，好一阵子，才慢慢沁出大颗大颗的血珠子。

韩月叫道："刀子伤着他了！"

刘晋藏也说："刀子把我伤着了！"

舅舅说过，那些现在已归我所有的刀已经了了尘劫，那也就是说，刀子一类的东西来到世间都有宿债要偿还，都会把锋刃奔向不同的生命，柴刀对树木，镰刀对青草，屠刀对牛羊，而宝刀，肯定会奔向人的生命。这把刀第一次出鞘就奔向了一只手。这只手伸出去抓住过许多东西，却已都失去了。这把来历不凡的刀既然来到了尘世，肯定要了却点什么。现在这样，可能只是一个小小的警告。

一把不平凡的刀，出现在一个极其平凡无聊的世界上，落在我们这样一些极其平凡而又充满各种欲念的人手里，不会有什么好结果。

而过去的宝刀都握在英雄们手里，英雄和宝刀互相造就。我的心头又一次掠过了一道被锋利刀锋所伤的清晰的痛楚。

我问刘晋藏有没有觉得过自己是个英雄。

刘晋藏脸色苍白，为了手上的伤口咝咝地从齿缝里倒吸着冷气，没有说话。

这就等于承认自己是个凡夫俗子。

所以，我对韩月说："你看，世上出现了一把宝刀，但你眼前这两个男人都配不上它。"

韩月把她生活中先后出现的两个男人从头到脚打量了一番，然后才坚定地说："至少，我还没有遇见过比你们更优秀的男人。"

刘晋藏受了鼓舞："是这个世界配不上宝刀了，而不是我！"

这话也对，我想，这个世界上，即使真有可能成为英雄的男人，也沦入滚滚红尘而显得平庸琐屑了。

在这种景况下，韩月面对旧情人，又复活了过去的炽烈情怀。这种新生的情爱使她脸孔绯红，双眼闪闪发光。我已经有好久没有看到她如此神采飞扬，如此漂亮了。

我的心隐隐作痛，但要是她马上投入刘晋藏的怀抱，亲吻他手上的伤口，我也不会有什么激烈的表示。我有些事不关己地想，这是宝刀出世的结果。

韩月却转身进了卧室，嘤嘤地哭了。

刘晋藏用受伤的手握着腰间的刀，看着我，我也看着他。

最后，还是刘晋藏说："进去看看韩月。"

我进去，站在床前，却觉得什么也说不出来。还是韩月自己投进了我的怀里，抽泣着说："我这是怎么了？我怎么会这样？"

这个问题我无法回答。

她说:"让我离开你吧。"

我说:"你可以跟他走。"

"不。"

"至少这会儿,比起我来你更爱他。"

她说:"再找,我就找个不爱的男人。"

我不知道这是不是说,她还是爱我的。

当韩月不再哭,刘晋藏却不辞而别,走了。他把借住房子的钥匙也留下了。当然,他不会把来历不凡的宝刀留下。

十

韩月又平静下来,恢复了平常的样子。如果有什么变化,就是对我更关怀备至了。

她还适时表示出对我们婚姻的满足与担心。她作此类表示,总能找到非常恰当的时机,让我感到拥有她是我一生的幸运,是命运特别赐福。结婚这么些年来,我们还没有孩子,这在周围人看来是非常不正常的。过去,她说我们要成就点什么才要孩子,而我们偏偏什么都没有成就,而且,我们都很明白,双方都没有为达到某种成就而真正做过点什么。一起参加工作的人中,有的当了官,有的发了财,想在学术上面有所成就的,至少都考上研究生,永远地离开了这个地方。而我们还没有探究到彼此爱情的深度。

一个火热的中午,大概是刘晋藏离开后的第三天吧,睡午觉时,韩月突然说:"我们要一个孩子吧,我想给你生一个孩子。"

这句话，让我们两个都受了特别的刺激，阳光透过薄薄的窗帘洒在床上，两个人开始了繁衍后代的仪式，连平常不大流汗的她也出了一身汗水。之后，她还喋喋不休地说了许多这个孩子会如何如何的话。我也跟着陶醉了一阵，突然想起她子宫里面有节育环，便信口把这事实说了出来。

她伏在我胸前，沉默了一阵，然后翻过身去，哭了。哭声很有美感，像些受困的蜜蜂在飞舞。

这个女人并没有真正爱过我，她只是沉醉在一种抽象的爱情梦境中间，始终没有醒来。也许，永远也醒不过来了。我心里出奇地平静，刘晋藏出现以来便附着在心头的痛苦慢慢消失了。

我开始在城里寻找刘晋藏。

我去了城里许多过去未曾涉足的地方，因此更多地懂得了这个城市。图书馆二楼，新开的酒吧其实是一个地下赌场，是中国式的赌博：麻将。刘晋藏来过这里，赢了些钱，就再没有出现了。在他手里输了钱的对手，还在等他。文化宫的镭射室，在放香港武打片，中间会穿插一些美国三级片。他也在这里出现过。在体育场附近的卡拉OK厅，一个三陪小姐说起他便两眼放光，因为他在灯光晦暗的小间沙发上许诺了，要带漂亮小姐下深圳海南。我还去了车站旅馆，生意人云集的露天茶馆，但都晚到了一步两步。这个家伙，他在每个地方都留下了气息，就像一个嘲笑猎人的野兽。每个地方的人们都知道他有一把宝刀。在这个藏族人、汉族人、藏汉混血混杂的城市里，在这样一个大多数人无所事事的小城里，这样的消息传递得比风还快。

韩月问我这一阵神神秘秘的，在干什么。

我想了想，也不知道自己究竟要干什么，只好说是在替她找失去的东西。

她说自己并没有失去什么。

我坚持认为她失去了。

最后,她很诚恳地表示:要是对她嫁给我时已不是处女很介意的话,那就给自己找一个情人,而不要出入那些名声不好的场所。

我说自己也许更愿意堕落。我还告诉她,大家都在说,那个收刀的人,又在卖一把宝刀了。刘晋藏给宝刀标了一个天价,很多人想要,却不愿出那么高的价钱,因为那毕竟只是一把刀,再说,刀子出世的过程,听起来更像是这块土地上流传很多的故事,显得过于离奇了。那些故事都发生在过去时代,搬到现在,肯定不会让人产生真实的感觉。

我们还到她原来的房子去看了看,不出我所料,刀子果然少了几把。看来,刘晋藏预先配好了钥匙。

她却先发制人,说我要把她弄得无法抬头才会罢手,她认为,所有这些,都是我为了离开她而设下的圈套。对这个我无话可说。她把我推出门外,宣称再不回我们共同的家了。这套房子还保持着她嫁给我之前的样子,过过单身日子还是非常不错的。

又过了几天,我到了河边公园的酥油茶馆,胖胖的女掌柜告诉我,这一向,卖宝刀的人都在这里出现。我说:"好吧,那我天天在这里等他,天天在这里吃茶。"

那女人问我,是不是想买宝刀。

我含含糊糊支吾了几声。她在我面前坐下,给我上了一杯浑浊的青稞酒,说:"不要钱的,我叫卓玛。"

我喝了有些发酸的酒汁,说:"一百个做生意的女人,有九十九个说自己叫卓玛。"

卓玛笑了:"你这样的人不会买刀,你没有那么多钱。"

看我瞪圆了眼睛,她说:"先生你不要生气,你这样的人,有钱也不会买刀的。"她哧哧地笑了,说,"看看,屁股还没有坐热呢,老婆就来找你回家了。"

我抬头,看见韩月站在公园的铁栅栏外,定定地望着我。

她的脸色前所未有地苍白,两个人隔着栏杆互相望了好大一阵,我笑了,这情景有点像我进了监狱,她前来探望。

她也笑了。

我问她来干什么,她咬咬嘴唇,低下头,用蚊子般细弱的声音说:"我到医院把环拿掉了。"她又说,"我不是来找你,只是看见你了,想告诉你一声,我把环取了。"

我的心很清晰地痛了一下,她见我站着一动不动,说:"我不知道你为什么一定要找他。"

我说:"他是我的朋友。"

她说:"你们不会成为朋友,你不是他那样的人。"

我说:"那就让我变成他那样的人吧。"说这句话时,平时深埋着的痛楚和委屈都涌上了心头,眼泪热辣辣地在眼里打转。

这句话说得很做作,很没有说服力,但我心里却前所未有地痛快。

可她偏偏说:"我懂。"便慢慢走开了。

看着她的背影,我明白自己永远失去这个女人了。我知道她并不十分爱我,但也不能说没有爱过我。我不知道怎么才能说清我们感情的真实状况,确实说不清楚。这是没有什么办法的事情,真的一点办法没有。

整整一个下午,我都呆坐在茶馆里,屁股都没有抬一下,看不见堤外的河,但满耳都是哗哗的水声。我又禁不住想起那把刀子出世的种种情形,真像是经历了一个梦境。再想想从大学毕业回来,在这家乡小城里这么些年的生活，竟比那刀子出世的情景更像是一个不醒的梦境。太阳落山了。傍晚的山风吹起来。表示夜晚降临的灯亮起来。卓玛提醒我，该离开了。

我说："是该离开，是该离开了。"

卓玛说："要是先生不想回家，我可以给你找一个睡觉的地方，在一个姑娘床上。"

我脑子热了一下，但想到空空如也的口袋，又摇了摇头。

卓玛笑了。

她说："先生是个怪人，烦了自己的女人，又不愿意换换口味。想买宝刀，也许卖刀人来了，你又会装作没有看见。"她讥诮的目光使我抬不起头来，赶紧付了茶钱回家。有一搭没一搭看了一阵电视，正准备上床，韩月回来了。外面刮大风，她用纱巾包着头，提着一只大皮箱，正是刚刚分配到这里时，从车站疲惫地出来时的样子。当时，就是那疲惫而又坚定、兴奋但却茫然的神情深深打动了我。现在，她又以同样的装束出现在我面前，不禁使人联想起电视里常常上演的三流小品。

她和好多女人一样，揣摩起男人来，有绝顶的聪明，这不，还不等我作出反应，她开口说："你误会了，刚取了环，要防风，跟流产要注意的事项一样。"

还是不给我作出反应的足够时间，她又说："我来取点贴身的换洗衣服，这段时间要特别讲卫生。"

她打开皮箱，从里面拿出一把又一把刀子，说："再不送过来，今天一两把，明天一两把，都要叫他拿光了。"

这个苍白的女人不叫前情人的名字，而是说他，叫我心里又像刀刃上掠过亮光一样，掠过了一线锋利的痛楚。

101

她先往箱子里装外衣，最后，才是她精致的内裤、胸罩这些女人贴身的小东西。我抱住了她。她静静地在我怀里靠了一会儿，说："我们结束吧。"她还说："至少比当初跟他结束容易多了。"

　　我打了她一个耳光。

　　她带着挑衅的神情说："因为他是我的初恋。"

　　这个我知道，我又来了一下。

　　她说："我还为他怀过一个孩子，在我十九岁的时候。"

　　这个，她从来没有告诉过我。我再没有力气把手举起来了。

　　她在我脸颊上亲了一下说："这么多年，你都不像我丈夫，倒像是一个小弟弟，我对不起你。"

　　我说："我要离开这里。"

　　她说："离开这里也不能离开生活，也不能离开自己。"

　　我问她："你将来怎么办？"

　　她说："你没有能力为我操心。"

　　"那我怎么办？"

　　"我不知道，要是我连别人该怎么办都知道，就不会犯那么多错误了。"

　　她以前所未有的温柔脱去我的鞋子，把我扶上床，又替我脱去衣服、裤子，用被子把我紧紧地裹住，便提着箱子出门了。门打开时，外面呼呼的风声传了进来，因此我知道她在门口站了一些时候。她是在回顾过去的一段日子吗？然后，风声停了，那是她关上门，脸上带着茫然的神情，坚定地走了。

十一

宝刀还没有出世，就使我感觉到那种奇异痛楚时，时间还是春天。在这个朝南的大峡谷，春天就有夏天的感觉。当真正的夏天来到时，我们竟然一点也不觉得。因为周围的山水，早已是一派浑莽无际的绿色了。任何事物一旦达到某种限度，你就不能再给它增加什么了。

在我继续寻找刘晋藏和宝刀的时候，又一轮"严打"开始了。

警察们走在街上，比平常更威武，更像警察。那些暧昧场所，都大大收敛了。一天下午，我又到河边公园喝茶，有意把一把有一百多年历史的刀摆在桌子上。卓玛问我是不是要卖刀。我说，要一个小姐，用这把刀换小姐的一个晚上。卓玛说："小姐都叫'严打'风吹走了。"

付茶钱时，茶馆里人都走光了。堤外的河水声又漫过来，扫清茶客们留下的喧哗。卓玛说："让我再看看你的刀。"

她看了，说："是值点钱。要是有小姐，够两三个晚上。"

这时，喝进肚子里的茶好像都变成了酒，我固执地说："就要今天晚上。"

她叫我等一下。

等待的时候不短也不长。等待的时候天慢慢黑了。这是城里一个光线昏暗的地方，一个灯光没有掩去天上星光的地方。在我仰望那些星星时，一股强烈的脂粉香气与女人体香包裹了我，一双柔软的手从背后抄过来把我抱住。我感到两只饱满的乳房。夜色从四周挤压过来。这只手推着我进了一个绘满壁画的很有宗教气氛的房间。我想不是要把我献祭吧。这时,女人才笑吟吟地转到了面前。原来,就是卓玛。穿着衬衫和长裤,她显得很胖,但这会儿,她换上了藏式的裙子,纷披了头发,戴上了首饰,人立即就变得漂亮了。窗外,就是奔腾的河水。我在大声喧哗的水声里要了她,这种畅快,是跟韩月一起时从来没有过的。她的身体在下面水一样荡漾,我根本就不想离开床铺,但她还是叫我起来,到厨房里吃了些东西。回到房间,她又换了一件印度莎丽。灯光穿过薄薄的衣料,勾勒出了她身体上所有的起伏与我心中所有的跌宕。我们又一次赤裸着纠缠到一起时,城里四处响起了警车声。又一次打击黄、赌、毒的大规模拉网行动开始了。她说:"你不在别的地方,这是在我家里,不要担心。"

用一把刀换来的这个晚上真是太值了。

我想我都有点爱上她了。可她笑我自作多情,说我不是她的第一个男人,也不会是她最后的男人。起床时,她又穿上了红色的衬衫,白色长裤,人又变丑了。

她对我说,要是我有各式各样的刀子,就能得到各式各样的女人。绝对一流的女人,尤其是在床上。

就在我满脑子都是女人时,却遇见了刘晋藏。这个人总在你将要将其忘记的时候出现,这次也是一样。我正走在大街上,有人从背后拍拍我的肩膀,回头看见是一顶大大的帽子。帽子抬起来,下面便是刘晋藏那张带着狡黠神情的脸。他说:"听说先生在四处找我。"

我说:"先生,我不认识你。"

他笑了,说:"对不起,是我认错了人。但我听说先生到处寻找卖宝刀的人,那个有宝刀的人就是我。"

我们又到了河边公园的茶馆里。

卓玛来上茶的时候,刘晋藏在她屁股上拧了一把,说:"这个娘儿们在床上可是绝对够劲。"他又对卓玛说,"他刚分手的女人也曾是我的女人。"他就用这样的方式为两个已经上过床的男女作了介绍。看来,这段时间,我在明处,他在暗处,我的一举一动他都清清楚楚。

刘晋藏问我:"为什么?"

我说不出为什么,只能说:"宝刀是不能卖的!"

刘晋藏哈哈大笑,只听"呛啷"一声,那把宝刀已经在桌子上,插在两只描着金边的茶碗之间了。刀的两面同时映亮了我们两个人的脸。喇嘛舅舅说过,是好刀总要沾点血才能了却尘缘。是啊,刀也像人一样。人来到世上,要恨要爱,刀也有人一样的命运与归宿。奇怪的是,我并不害怕,只是我的胸口已经清楚地感到它的冰凉的锋刃了。

他说:"好吧,朋友,你要这把刀,就把它拿回去吧。"

一到这种情形下,我又伸不出手了。

他笑了,说:"刀子可以是你的,也可以是我的。但女人就不行了,她可以不属于你,也不属于我。"

我想说,可是我们都伤害了她。但这话说出来没有什么意思,因为离开一个女人并不会使他难过,这是我跟他不一样的地方。这不,他说:"朋友,你为什么要爱上我要过的女人呢?"

"不这样,我们两个也不会走到一起了。"我说。

他把刀从桌子上拔起来,插入刀鞘,刀便又在他腰间了。他戴好帽子,站起身,说:"我再也不会出现在这个地方了,再也不会了。"这时,他的嗓子里有了真情实感的味道,"这以前,我一事无成,现在,这把刀子会决定我的一切。你舅舅说得对,它不是无缘无故到这世上来的。宝刀从来配英雄,可我不是。宝物不会给配不上它的人带来好运气，但还是让它跟着我吧。"

当然，我没有说，让我们把刀子还回去吧。因为这把刀子和别的刀子不一样，我们不是从哪一个人手中得到，而是从一个奇迹中得到的。我们在一个特别的情景中经历了奇迹，回到生活中，却发现什么都没有改变，还是平平常常的样子，连好人和坏人之间截然的界限都没有，就更不要说把人变成英雄了。

这把刀子又会在世上有怎样的作为呢？我只看到，它两次把刘晋藏的手划伤。在过去，宝刀不会伤害主人，只会成全主人，塑造主人。

分手时，我对他说："你还是把它出手吧，它自己会找到真正的主人。"

刘晋藏说："出手到什么地方，除非是倒到波黑去，卖给塞尔维亚人，才能造就英雄。"

我想，那里的人也早用现代武器武装起来，而不用这样的刀了，但我没有说。在那个茶馆里，我们俩紧紧拥抱一下，刘晋藏又在我耳边说："把我当成真正的朋友吧。"

"为什么？"

"因为我从来没有过真正的朋友。"

于是，我们俩在最后分手时，真正成了好朋友。他走出几步，又回来，告诉我，明天他就要离开了，到一个大地方去，把宝刀出手给一个真正的能出大价钱的收藏家。他说："才来时，我说搞项目是谎话，但这回，宝刀一出手，我们俩就搞一个项目，一个实体，再不要过过了今天不知明天什么样子的日子了。"

十二

我没有再拿刀去跟卓玛睡觉。

当我觉得身上没有了烟花女人味道后，便去庙里看喇嘛舅舅。他告诉我，不愿永远寄住在别人的庙子里，已经作好出门云游的准备，只等选一个好日子，就可以上路四出云游了。舅舅的头发都已经花白了，我问他什么时候回家。听了我的话，他的眼里出现了悠远缥缈的神情，说恶龙已经降服，现在，该他出去寻找灵魂的家了。

我想把和韩月分手的事告诉他，没想到他却先开口了，说："韩月来看过我，说她也想离开这里，回家乡去。"

舅舅叹口气说："你们这些人，没有懂得爱就去爱了，就只能是这个结果了，只能是这个结果。"

舅舅是三天后一个雨后初晴的午后走的。我送他走了好长一段。路边草丛和树木上，都有露水在重新露脸的太阳下闪闪发光。舅舅和他的毛驴转过山口时，天上出现了一道彩虹。这情景使这一向都有些沉重的我，立即就感到轻松了，从山口回城的路上一直都在唱歌。晚上，我一个人把许久不唱的家乡民歌都哼了一遍。

过了几天，韩月来了电话，约我中午在车站见面。

我顶着热辣辣的太阳去了。她正站在车站门口等我，身边放着的，还是那只大大的皮箱。她说想来想去，只有我能代表这么些年莫名其妙的日子送送她。还要半个小时车才开，我要了两杯咖啡。我说："其实，你也可以不走。"

"谢谢你。但我看你也该离开这里。"她说,"我这辈子犯了不少错误,但还来得及干点事情。你也该有一番自己的事业。"

对此,我不想多说什么,以我现在的心境,事业啊,爱情啊,听起来都有些渺茫,或者说非常渺茫。在我们这个地方,好多东西都是一成不变的,连每天顺着山谷吹来的风,方向与时间都不会有任何变化。这不,午后刚过一点,风就从西北边的山口吹来了。作为这股定时风前驱的,总是几股不大的旋风。旋风威武地在街上行进,把纸屑和尘土绞起来,四处挥撒。就在这尘土飞扬的时候,开车铃声响了。她掏出签了字的离婚申请书,要我把离婚证办了。我这才意识到她还是我合法的妻子,我还有权决定她的去留,但她已经上车了,面孔在脏污的车窗后面模模糊糊。午后定时而起的风卷起大片尘土,把远去的车子遮住了。这是一个青山绿水间的小城,河里的流水清澈见底,山坡上的树木波浪般起伏,但城里的街道上,却像沙漠一样飞扬着尘土。尘土遮住了视线,使我看不见远去的长途汽车,看不见正在消逝的过去的生命。尘土飞进眼里,我用眼泪把它们冲刷出来。

风又准时停了。

面前的咖啡扑满了尘土,我把两杯苦涩的被玷污的饮料留在那里,走出了车站。

就在这会儿,我体会到一个像韩月那样从大地方来的人,第一次走出这车站是个什么样的心情了。眼前,那么大的风也没有打扫干净的街道躺在强烈的阳光下,闪烁着一种晦暗金属的明亮光芒,同时也一览无余地显示出了这个小城的全部格局,让人产生无处可去的感觉。

是这个杂乱无章的小城,让人无法爱上我的家乡。

舅舅走了,韩月走了,刘晋藏也走了,虽然他们的目的、方向各不相同。好吧,好吧,有一天,我也要离开这里,到个更有活力、到个街上没有这么肮脏的地方。当然，我也不能说走就走。要等到韩月到了她要去的地方，等我办了离婚证，给她寄去，还给她自由才走。我还要回老家去看看，拍几张照片作为纪念。我就带着这些念头直接去单位。科长在我名下画了一个圈，表示我在正常上班。除此之外，一个科室里的人就再没有什么事可干。大家都走得很早，我意识到这是周末了，我却再也用不着急忙回家了。

回到家里，无事可干，我便把刀子们翻出来，看了一遍，并没有感到收藏家的快乐。我又到河边公园，从跟我睡过觉的卓玛手里把那把刀也赎回来了，我花了整整两千块钱。

晚上，我梦见了她，我曾经的韩月。她在梦里对我说，过去的旧情人叫她再次心动，并不是因为他好，而是日子太平常，他身上至少有周围男人都没有的狂热与活力。

为了这个，我也要再等上几天，才去办离婚手续，或许，她还会在梦里告诉我点什么。

刘晋藏还没有来电话，而分手的时候，我们彼此确认将是终生的朋友时，他说了，卖刀的事情有了眉目，就要给我来电话。打开电视，正在说"严打"的深入开展。我突然觉得这斗争和刘晋藏会有所联系，并开始为他担心了。

这时，一个陌生人找到我门上。

他说："我终于找到父亲了。"

看我莫名其妙的样子，他说："我父亲是铁匠，我在你们村子里找到了他！"

天哪！想想这些日子发生了多少事情吧！我喜欢这些日子，它至少打破了平淡无聊日子里的沉闷！

他十分急切地催我上路了。到了村子里，我才知道，铁匠病得很重了。更要命的是，铁匠终于等到了他的儿子，但却不能开口讲话了。我告诉铁匠，儿子跟他长得几乎一模一样。铁匠笑了。他的肉体承受着巨大的痛苦，心灵却感到前所未有的幸福。他把儿子的手紧紧握在自己手里，就这样慢慢睡着了。

我和他儿子来到屋外，风从深潭那边吹过来，带来了秋天最初的凉意。就在宽大的门廊上，我看到他儿子流下了热泪。他说："我来晚了。为什么找了这么久，才在这近在咫尺的地方找到他？"

望着不远处壁立的红色悬崖，我指给他看那条没有了脑袋的黑龙，给他讲了那把宝刀出世的故事。是的，就在我讲着不久前曾经亲历的事情时，自己的感觉都是在转述一个年代久远的传说。我听着自己越来越没有说服力的声音在风中散开，以为他绝对不会相信。但他却相信，说是在城里就已经听说这么件事情了，只是没有这么详细罢了。我还和他一起去看了铁匠铺。夏天的风雨，已经使这个小小的木头房子完全倒塌了。他的儿子也是国家干部，再不会学习铁匠手艺了。

他说："没想到，只赶上了给亲生父亲送终。"

我说："你不会怪我吧？"

"我为什么要怪你？"

"要不是那把刀，你父亲不会这样。我喇嘛舅舅说的，宝刀不该在这时出世，铁匠是遭到天谴了。"

他没有正面回答我的问题，而是说："我希望父亲多挨些时候，我要慢慢地才会真正地觉得他是我的亲生父亲。"也就是说，他现在还没有感觉到自己和铁匠血肉上的联系。也许正是为了这个，他整整一个晚上不吃不喝，握着老人干枯的手，坐在床前。

早上，他对我说，老人的手还很有力，他说："真是一双铁匠的手。"

听到这句话，铁匠睁开眼睛笑了。他的脸上又浮起了血色。看来，他是挣脱了死神的魔掌，活过来了。在早晨明亮的光线中，我看到父子俩紧紧地抱在了一起。

下午，铁匠就扶着拐杖起来走路了。

回到城里，我又到河边茶馆里把那把刀卖给了卓玛，这回，却只卖了一千五百块钱，我用这笔钱给铁匠请了一个好医生。

十三

我的朋友刘晋藏终于来电话了。

这个人做事都有他独特的风格。他先打个电话到单位上来，说是晚上再打电话到我家，有重要而又不方便说的事情告诉我。

我想，既然如此，何不晚上再打电话。

晚上，电话来了。结果是，他可能已经为宝刀找到真正的买主了。

我说："还有假买主吗？"

"真的比假的多。"电话是从海边一个城市打来的。我向来对大海心向往之，虽然没有见过一滴海水，却把电话里的电流干扰声听成海浪了。这个电话很打了些时候。刘晋藏去了那个城市后，把宝刀弄到了一个拍卖会上，当时就有人出了二十万的高价。但他的标价还要翻一倍，当然就没有成交。但这就等于把他有一把藏式宝刀的消息向全世界收藏者发布出去了。这些日子，他都在忙着甄别买主的真假。每遇到一个买主，他就提一次价，现在，已经提到一百万了。他在电话里说这笔钱到手，就再不愿意活得飘飘荡荡了，要办一个公司。我问他办什么公司，他说："还没有想好，但你让我想想。"好一个刘晋藏，沉默了不到三分钟，就说，"就搞一个公司，专门弄我们家乡山上的药材啦、野菜啦什么的，我们一起干，一百万的资产，有一半是你的。"

我说："韩月已经离开我，离开这个地方了。"

他沉默了一下，又哗哗地笑起来，说："放心，等我们的公司搞起来，她会回来的。"

我说："那也是回来找你。"

他又哗哗地笑了，喊道："我们一定要把公司先搞起来，然后，再来看谁能得到她吧！"他说，"当然，要是我没有叫那些假买主干掉的话。"说完，就放下了电话。

我又想起韩月在梦里对我说过刘晋藏为什么令女人心动的话了。

之后，我就再没有得到刘晋藏的任何消息。

满山的树叶变得一片金黄，在风中飞舞，韩月也没有来信告诉我她落脚在什么地方。

喇嘛舅舅作为一个云游僧人就更不会有消息了。

我回去看过铁匠两三次，他偏瘫的身子一天比一天硬朗了。

最后一次，我是跟他儿子一同去的。铁匠看着儿子的眼神流露出无比的幸福，他儿子也告诉我，他跟父亲真正有血肉相连的感觉了。这天晚上，我就住在铁匠家里。早上，铁匠突然说话了。我睡得很沉，他摇醒了我。

问："刀子还在你手上吗？"

"天哪，"我说，"你说话了！找到了儿子，你又说话了。"

铁匠说："我不能说话，是受造了宝刀的过，我一说话，它就要伤害拿刀的人了。"

我告诉他："我的朋友已经带着这把刀远走高飞了。"

他说:"没有人能比命运跑得更远。"

离开铁匠,我马上就出发往那个城市去找刘晋藏了。我希望他已经把刀出手了,这样,他才不会为刀所伤。我想,他这半辈子,除了一些女人的青春肉体,也没有得到什么。我带上了所有储蓄,也带上了他留下来的所有的刀。我想自己也不会再回来了。走之前,我办好了离婚证,我把韩月的一份压在还放着她化妆品的梳妆台上,把钥匙交到她单位领导的手里,特别说明屋里的东西都是她的,我只取出了银行里的存款,这是我们俩最后一笔共同的积蓄了,说好是为孩子准备的教育基金,但我们没有孩子,现在又已分手了。

离开的那天早上下起了秋天里冰凉的细雨。这跟送别舅舅时不一样,这样的阴雨天,没有人会在我身影消失的地方看到彩虹。

两天汽车,到了省城,又是两天火车,我到了刘晋藏打电话的那个城市。我在每一个宾馆住一个晚上,为的是在旅客登记本上查找朋友的名字。在其中的三个宾馆,我查到过他的名字,但他都在我到达之前就离开了。其中,有两个宾馆他都没有结账。店方好不容易逮到一个说得出他名字的人就喜出望外,以为是替他付账的人来了。我只好亮亮随身的刀子,声称自己也是来追债务的,才得以脱身。

现金马上就要用完了,还没有刘晋藏的一点消息。

我在宾馆的文物商店前想出手一把刀子,都跟一个香港人谈好了价钱,却被便衣警察抓住了。在派出所里,他们叫我看管制刀具的文件。有那份文件,他们便有权没收我的刀子。

我说:"这是藏刀,我是藏族。"

他们看了我的身份证,又拿出一个文件,上面说,少数民族只有在本地才能佩戴本民族的刀具。关于刘晋藏和宝刀,他们说,这样的事情真真假假,在这个城市里数都数不过来。他们叫我看了几张无名

113

尸首的照片，每一张都模模糊糊，至少，我没有明白无误地认出朋友的脸。

当一个少数民族真好，不然他们不会当即就把我放了出来，只把刀子全部留下。警察打开一个带铁门的房间，扑面而来是一股铁锈味道，里面堆满了各式各样的刀子。可这些刀子，都非常像电视里登上审判台那些为了金钱、为了女人而杀人的罪犯一样，被某种病态的欲望匆匆造就，是铁皮或者猪皮的简陋刀鞘，嚣张而又粗糙的刀身，而我那些精致的刀子也沦落在了它们中间，我听见自己的心为之哭泣。

坐在宾馆柔软洁白的床上，我拿起电话，拨了一个号码，不通，又拨了一个，还是不通，很久，我才想起，这是已经远离的小城的五位数的号码。我找这个电话是在寻找自己，我没有找到。

于是，我改拨了一个八位数的号码，这才是眼下这个大城市的号码，第一个，通了没人接，第二个，忙音，第三个，是一个女人的声音，说："你好，这里是某某咨询中心，请问先生有什么商务上的事情，我可以帮忙。"

"请帮忙找我的朋友和一把宝刀。"

对方用很职业的口吻平淡地说："对不起，先生该打心理咨询热线。"

我打开比砖头还厚的电话号码簿，恍然看见密密麻麻的电话线路布满地下，像一张布满触角的大网，但网上任何一只触角上都没有了我的朋友。

孽　缘

一

这是第三次回家了，还是没有见到舅舅。从嘎洛死后，我年年回乡，却始终没有见到过他。

我问母亲，她一言不发，却扯起衣角擦拭眼睛。我转过脸去。我十分熟悉母亲哭泣的样子。刚回家时，母亲突然把头埋进我的怀里，而离乡多年，已经成人的我却像是在大庭广众之下，让一个情人扎进了胸怀。我窘迫地后退一步。母亲嘤嘤嗡嗡的声音立即止住了。她背过脸去，又扯起了衣角。后来母亲静静地听我谈在外面的种种经历，说："可怜你吃了多少苦啊。"她说着就把她的手放在我的手臂上轻轻摩挲。我又一次把手抽走了。母亲突然怨愤地说："阿来，你就跟你父亲一模一样。"

我知道，这是指我冷漠的脾性。

我知道我从小跟父母就不是十分亲密。

我知道我伤了我可怜妈妈的心。心头掠过了那些深刻在妈妈心房上的痛楚。阿妈啦，阿妈。作为补救，我掏出妻子和儿子的彩色照片。母亲把照片移到眼前，又远远地送到阳光底下。她的嘴唇轻轻地哆嗦起来，可是她没有流泪，而是轻轻地笑了。她把照片放在膝盖上，用粗糙的手掌抚摸，手上的茧疤在光洁的照片上留下了清晰的划痕。母亲喃喃地说："我的孙儿。"

她的孙儿在夏天的充满花香的阳台上紧贴他妈妈的脸腮，好像知道他父亲未有过像他那么幸福的童年，一生下来就知道充分享受父爱母爱，领略生活的所有芬芳与甘甜。

这时藏历新年刚过不久。地里麦苗还未出土，已经分群筑巢的野鸽在远处成双成对地戏弄阳光。轻风来自东南方向，饱含着水的气息，春天已经来了。

母亲说："给我生了孙儿的人就是我的女儿。"

"是这样，阿妈。"

"你要早点带他们回家。"

"是，阿妈，我带他们回来。"

"现在不像以前了，我要给他们做衣服，做好吃的东西。"

"他们也要给阿妈捎来你喜欢的东西。"

"我只要看到他们，我的女儿，我的孙儿。阿来。"母亲掠了掠落在耳轮上的头发，"你要对自己的女人好，脾气不要像你阿爸那样。"

我看母亲的眼圈又在泛红了，就赶紧岔开话题，问："舅舅斯丹巴怎么不在村里？"

"你去找他了？"

"找了。"我告诉母亲自己怎样在村里转悠，我去了梭磨河边的新色尔古村没有找到舅舅的新居，又去了玛岗觉卡边狭窄山沟里的老色尔古村，看到舅舅那座远远吊在村边的孤独的老房子，看到它和老色尔古村大多数已经废弃的房子一样，屋顶早塌陷了，墙头上摇曳着隔年的枯草，墙缝里已经爬满了苔藓。我只是没有告诉她还在一所破败的房子里看到炊烟，然后，在《旧年的血迹》一书中着力描绘过的市场上，我遇见一个固执的老人。这将成为我的一篇小说的内容。我的一本书又有了一个新的章节。

"舅舅……是不是又病了？"

"不"，妈妈说，"他又回到庙里做和尚去了"。

"哪个庙子？"

"垠口庙子。"

"他的私娃子在外面做生意。你晓得吧，你舅舅当生产队长时跟莫多家的阿朵有过一个娃娃。哦，你不晓得，那阵你已经走了，那娃娃已快二十了吧。他的名字也是你舅舅取的，叫柯亚。"

我们坐在门前的台阶上，母亲回屋取来了奶茶，还把一碟新鲜奶酪放在我面前。她把孙儿和媳妇的照片镶了起来，然后一直用手擦拭镜框的玻璃，不太干净的手在镜面上留下一道又一道的痕迹。

母亲说要捎信叫舅舅回来。

母亲不知道我假期将满，已悄悄打点行装准备回城了。新年已过，新年时用麦面涂在大门和屋内饰墙以及橱柜上的吉祥图案已没有先前那样洁白光鲜了。

母亲说，舅舅回来会看到我，看到我可爱妻儿的照片。

"你要等你舅舅回来。"她以不容置辩的口吻说。

这种口吻使我感到一个儿子所能体会到的母爱的全部温暖。

二

舅舅和母亲是同母异父的兄妹。母亲一个远嫁的姐姐和他们好像也是同母异父。我没有见到过外婆的模样,她没有留下照片。家里只有一帧旧得发黄的两寸照片。一个女孩子对着镜头吃吃暗笑,那是十几岁时的母亲。挨着母亲的是一个小和尚,表情痴呆麻木,正在努力扯起袈裟,遮住袒裸的赤膊和胸前小小的男孩子的乳头。小和尚就是丹巴舅舅。

丹巴舅舅六岁就被他在庙子里修习医术的伯父领去庙里学藏文。他伯父一直阻止他接触整本经文,只摘出各种经书中的佛本生故事和喇嘛教各代宗师故事作为教学课本。和许多在庙里认字读书的孩子一样,舅舅早上出去放马,晚上到井泉边取水,实际上当了寺庙的杂役。

外婆带着任何时候似乎都在吃吃暗笑的母亲到寺庙进香时,看见丹巴舅舅因放下手中活路去偷听活佛讲经正受到鞭打。他跪在草原暴毒的太阳底下,背上的血迹结成了紫痂。

外婆看看四周无人,赶紧取下一片带水的大黄叶子遮到儿子的光头上,那是她们赶路时采来顶在头上遮避阳光的。舅舅一歪身子,大黄叶子"叭"一声落到地上,他又在烈日下挺直了鞭痕深重的脊梁,就像鞭打他的铁棒喇嘛那样满脸强硬的神情。和尚们诵经和听人讲经时,那铁棒喇嘛就威严地在阴森的经堂中逡巡,惩治不守规矩的和尚和违例进入神圣禁地的闲杂人等。

外婆哭了。

尚未充分意识到自己的生命,更对我的生命一无所知的母亲提起拖地的衣裙,光着脚在寺庙院子里四处走动。她轻轻悄悄地走动,脚踩院中碧绿的茸茸青草。丹巴舅舅定睛看着她光洁的赤脚碰掉草叶上的露水和蒲公英细长的黄色花瓣。

妹妹说:"阿哥啦,他们都在念经,你快快起来。"

哥哥立即感到头顶和背脊上毒烈的阳光变得沁凉,好似感受到轻柔的湖水在荡漾。

他摇摇油汗淋漓的和尚脑壳。

一只牛虻落在了秃头上。

"牛蝇咬你了,阿哥丹巴。"

丹巴舅舅说了一句自己也不懂的艰深梵语。他不肯举起双手,只抖动眉毛。头顶相应的部位也颤动起来,牛蝇抖抖透明的美丽翅膀避开那块地方,一夹双翅,又在另一个地方扎下了尖利的吸管。小和尚又抖动耳朵,这次,牛蝇根本就不在头皮跳动的那块地方。

妹妹笑了起来,笑声明丽清脆,犹如此时使草原使寺庙的金顶变得明亮辉煌的阳光。

而做母亲的哭声像牛蝇在快乐地嘤嘤歌唱,这种嘤嘤声也是蜜蜂歌唱的声音,是那些看不出流向的河水穿过平坦无垠的草原与深厚阳光屏幕的声音。

哭声与笑声交织在一起。

哭声是孤独的,是一个个男人先后离开,而把一部分生命弃置在她脚前的女人的哭声;笑声出自一个天真未凿的混沌女子。哭声与笑声同样饱含深刻的启悟。据说当时丹巴舅舅眼前开始飞舞金光,一些不连贯的从未修习过的经文从口中吐了出来。他看见夺目金光中经堂厚重的木门慢慢洞开了。

舅舅被太阳晒昏了。他母亲的哭声穿过心房。

经堂的木门果然洞开了。

许多脸膛红润的、皱纹深刻的、快乐的、忧戚的、似有感悟的、麻木不仁的和尚脸重重叠叠地出现在阳光下。众多的眼睛都被强光刺激得眯缝起来。等那些眼睛睁开，就看到了一个蓬头的妇人和一个赤脚的少女，看到活佛托起小和尚的头，有人递给他一瓢凉水，活佛把凉水含进了他的金口，"噗"一声喷到小和尚的脸上。

小和尚呻吟一声，说："水。"

喝完水，丹巴舅舅突然对活佛说他看见了佛本生故事里所说的鹿群，它们在湖边饮水，它们踩在湖底倒映的白云上边，颈上挂着银铃铛，脚踝是少女的脚踝。

他说这是黎明时分。

他说听到了渐渐黯淡的月亮像流水一样哭泣。

活佛吩咐舅舅的伯父泽尔尔甲过来，给丹巴身上的鞭痕涂满一种黑色无味的药膏。

这时只有阳光静静倾泻。

活佛问趴在地上的小和尚听到了什么。

他说听到风从很远的地方过来。

"像火苗一样抖动吗？"

"像。"

"像水一样回旋吗？"

"像。"

"起来。"

舅舅起来了。

"我将收你为我的亲授弟子。"

舅舅又跪了下来。

和尚们祝颂活佛新收下的弟子的智慧,像洁净晶莹的井水,清泽圆润的玉石,饱满如秋天的浆果和溢蜜的蜂巢,幽深如月夜的笛音,光耀如同太阳和月亮。

我的外婆也跪下了。她感激涕零的嘤嘤哭泣又和母亲银铃般的笑声交织在一起。

只有小和尚的伯父心事重重地坐在远处,坐在中心的边缘,处于事件之外。按照佛学观点,他的存在可以当作一种影子而忽略,或者干脆取消,但他依然自在地坐在那里,手抚包着各种药材的包袱,心事重重,他不喜欢不能直接疗治人身疾苦的和尚。

活佛过来问他这样能从空中望见什么。

泽尕尔甲说:"我老了,我看不见蓝空中出现洁白的莲花。我不想看了。"

"那你还看见什么?"

"我看见天快变了。"

果然,远处的水面上有一阵旋风卷起了高高的一柱水花,被太阳照耀得五彩斑斓。

三

"那是 1950 年 7 月间的事情。"舅舅在色尔古村后的草坡上对我说。

这是 1968 年春天。舅舅的哮喘病犯了,我在学校请了假,帮他上山拦羊。初春时节,黑色的灌木丛上挂着绵羊一绺绺的绒毛,天气就要变暖,剪羊毛的季节就要到了。《羊毛剪子嚓嚓响》,这首澳大利亚民歌在我们那里流传得很广。

吃了一冬的没有养分的枯草,新草迟迟不肯露头,每过几天就有一只瘦弱的羊子躺倒在山坡上,闭上灰色的眼睛。灰色是羊眼在任何季节任何时候的颜色,羊子们就是用那样的眼睛看着我们。

羊子把舅舅看得一脸青灰。

舅舅说那天活佛刚刚确立他为亲传弟子,人群还没有散开,远远的草滩上就出现了一匹红色的快马,带来解放军离这里只有几十里了的消息。

不久,活佛就去内地参观。

临行时活佛说:"这样也好,你就先练练打坐吧。先根除俗念,回来我就授课与你。"

等丹巴舅舅再次见到活佛时,活佛已经当了政协主席,按照政府的意思得裁减寺庙人员。于是舅舅回到农村发展生产。活佛为舅舅摩了顶,说:"你必得多多行善,孝敬父母。其实所有因明学问,天地奥秘也深藏于人世之间。你去了吧。"活佛把一摞银洋搁在他手中,"你去了吧,不要回头。"其时,朝鲜战争已经爆发,世事变迁,使活佛大彻大悟,挥金如土。

据说为战争募捐时,他献给政府的金条足够买下半架飞机。

后来,舅舅看见电影里或我的连环画上,在空中化为碎片的飞机时,忍不住扼腕叹息。

舅舅躺在草坡上唤我:"阿来。"

"嗯?"

"活佛对我讲了那番道理,才给银洋。他给其他和尚都是纸票子。"

"阿来。"

"嗯？"

"你听清了吗？"

"听清了。"

丹巴舅舅说："我怕你还是不明白我的意思。"

"明白的，我明白。"

他这才惬意地叹息了一声，像一个临死的人一样，心满意足地合上了眼睛。那日子我确实以为他就要死了。

阳光与风驱散了山间的蒙蒙雾气，群山与草原边缘的城镇出现在远处。刷经寺镇上除了镇上所有的一切之外，还有一座陆军医院、一座军营和一座漂亮的烈士陵园。我父亲曾在那所医院治过伤，那座陵园里有他的战友。

"你父亲恨我。"

我说我不知道。

"你母亲对我说过他恨我。我有病，还有我那时没有把他打死。"

我灵感突来，说："也许就是恨你当时没有把他打死。"

这句出自八岁小孩之口的话立即产生了强烈效果。舅舅翻身坐起，说："阿来，阿来，你这话不是当真吧？这话像是我当年发了昏说我看见经书中写过的鹿，是那样吗？"

"是的，阿古丹巴。"

忽然，我们身后一股厉风卷过，回头时，刚好看到一只鹰冲到地面，伸出了黑色的尖利爪子，看到爪子刺进了早上才脱离母体的羊羔的两肋，看到了血。鹰转瞬间腾空而起，向远处的树林飞去，剩下羔羊无助的细弱叫声在空中飘荡。羊群骚动一阵又安详地吃起草来。温顺的羊子们一副老成持重，对死亡毫无感触的模样。

就在这天早上,草上的霜针还没有被阳光融化。那只临产的母羊叫声凄厉。舅舅叫我转过脸去。母羊的叫声变了,低沉而又深长。群羊在早上料峭的寒风中和我一起轻轻颤抖。待我转过脸时,看见母羊正在替刚刚落地的羊羔舔净身上的血污。舅舅正掰碎了晌午的馍馍撒在母羊跟前,我便防止其他羊子前来争抢。

中午,我们给母羊送去了盐和熬过的茶叶。

现在,那只母羊静默着,趴在地上一动不动。产后的血在两只后腿上结成了硬块。我不知道,它对在远处树林中在鹰的利爪下化为碎片的小生命有无感觉。

人不知道羊子的事情。

后来,我才明白人也不太知道人的事情。这一点,舅舅和父亲都深有同感。

那只鹰又出现了。它不再四处盘旋,它直冲云端,在高空中平展了翅膀,悬浮在那里。阳光把它放大的影子投射到地上。

"风是它的酒。"舅舅说,他的眼睛又像群羊的眼睛一样没有了神采。

"你阿爸恨我。"舅舅又说。

我听见他喉间呼噜呼噜的声响。

四

"阿来,那天我们八个人伏在柳树丛中,和他们只隔一条小河。他们的大部队在后面。他们四个人是前哨。你父亲就在他们里面。他们下了马,叫马饮水。马闻到了生人的味道不肯饮水。马是很聪明的。

世界上就是人死到了跟前也不知道。"

我父亲下了马,马却绷紧了缰绳要离开河岸。父亲起了疑心。对岸那片柳树林过于安静了,连鸟鸣的声音也稀少。他暗暗推开了枪上的保险。他感到了卡宾枪上饱满的弹匣的分量。父亲是老兵了,只要枪支在手,弹药丰富,就不会感到惊慌。

父亲向后面的大部队发出了安全信号。

远处大队骑兵奔驰的声音使他安下心来,也使有预感的战马安下心来。四个骑兵在河边一字排开,解开衣扣。马头伸向河水时平静的水面荡起了层层涟漪,对岸树丛中暗伏的枪口对准了他们的胸膛。那些枪口随着枪手的呼吸轻轻晃动。

"阿来。你不知道被枪瞄住的感觉。被瞄准的地方就像有一溜蚂蚁叮咬一样,痒痒的,还有点刺痛。你阿爸是最后一个踏上河岸的。我枪法好。枪法好的一个对一个。枪法差的三个对一个。我瞄准时才认出了他——色尔古村头人的儿子。击发时,我动了动托枪的拇指,结果只打飞了他的帽子,你父亲立即跳到一匹死马背后。我救了他。"

舅舅沙哑着嗓子嘿嘿地笑了。

"他们大部队赶到时,机枪子弹落在我们后面很远的地方。"

舅舅不提他们饿急了停下来,轻而易举就成了俘虏。

先是机枪子弹把他们压在地上。然后,碉堡里传来喊声,叫他们把枪支放下。

"向东!向东,三分钟内!"

东边有一队解放军等着押解放下武器的俘虏。一些人爬到他们的枪口下,举起双手。舅舅举起双手时,发现自己正好站在父亲面前。这时,碉堡里的机枪压低了,发出得意的咯咯欢笑。拒不投降的土匪有的被打得往空中弹跳起来,有的发出了惊诧的叫喊。

舅舅叫父亲："雍宗，你放了我。"

父亲摇摇头。

"在河边我只打掉了你的帽子。"

父亲眼中突然生起了一股可怕的绿光。那次河边三个尖兵四匹战马一齐倒下，只有父亲死里逃生。那天，和父亲一起出来的一个同村战友又拖枪逃跑，父亲便受到怀疑。父亲的预备党员资格被取消了，虽然提升他做了战斗班副班长。父亲恶狠狠地把锋利的马刀抵在舅舅腰上，说："你再说话！"

"我不说了。"

"说吧，说吧。你这个土匪。"

"不说了。解放军宽大俘虏。"

"土匪！"

父亲还把枪机弄出了哗哗的声响。

舅舅又说："解放军宽大俘虏，同志宽大俘虏，我是受苦人出身。"

父亲说："老子不是解放军同志，老子也是土匪！"

舅舅抹掉光头上的汗水，放低了声音："那我们一起跑吧。"

父亲"扑哧"一下笑了。枪托落在舅舅脊梁上。

直到军营门口，父亲才低声告诉舅舅："枪毙你之前叫你晓得，我和你妹妹好了。打完仗我要回去娶她。"

舅舅呆愣一阵，咧咧嘴唇。

舅舅稀稀拉拉的鼻涕流了下来。

"你回了家要好好看待妈妈。"

父亲回答说："我会的。"

舅舅吐了口长气，又说："生一个有出息的娃娃。"然后，大步跨进了俘虏行列。

后来，他被判处徒刑，1961年才刑满回家。

舅舅对我的脸细细端详。羊子四散在坡上。我们看着山下的村子。看到人们从地里回家，屋顶上飘起炊烟。看到炊烟渐渐消散。看到人们出现在人民公社的地头，男人们修理篱栅，女人们在地头路边补种亚麻与向日葵。他们的歌声就像缓缓流过的时日一样深厚悠长。

"阿来。"

"嗯。"

"在监狱里那阵我就想象我妹妹的儿子的样子。有天早上我突然醒来。活佛收我为弟子时听到的颂词涌上了喉头。颂词就那样涌了上来。好像不是我说出它们，而是它们自己冲开了我的嘴巴。我看到铁窗外那株槐树开花了。我就晓得你是我想象的那个样子。你已经生下来了，生下来了。"

我放下连环画《铁道游击队》，轻轻牵动舅舅的衣角。他叫我倚着他看书。我又看了一本。那本连环画的封面我至今还记得清清楚楚。两个越南红小兵击落了树上一只巨大的蜂巢，几个美国兵在野蜂的追击下，用长满长毛的手抱住脑袋哇哇乱叫。

下午，我们赶着羊群下山。

外公泽尕尔甲坐在井泉边上。这个习医的老和尚好像在专注地眺望西方的绚丽晚霞，又好像在注视脚前泉井中翻起的珍珠般的泡沫，以及那只浮在水上的洁净自然的桦皮水瓢。泽尕尔甲半僧半巫，声称常从一些聪敏动物那里获得灵验的医术。他声言他拿手的去掉眼球上白翳的方法，就是从蛇受到启发的，后来又说是得自一只不能唱歌的画眉。他对我说："孙子，过来过来。"

我不情愿挨近他，怕嗅到他身上干燥皮肤的味道和朽腐的羊毛织物的味道。这种味道和深山大刹中蛛网和浮尘的味道完全一样。

他鹰爪一样的手揪住我，诡秘地对我说："我的医术来自一只红狐和一只白狐。"

我想外公已经疯了。

我把手伸到他眼前，说："看看这是什么？"

他嘿嘿地笑了，嘴里冲出的气息仿佛来自干旱田野。我想这个老头肯定被拆卸开过，被他那种灵验的医术与奇奇怪怪的思想拆开过。他的内脏一定挂在什么地方风干了，又重新填进了他的胸腔。我的外公像一尊干燥洁净的蜡像一样闪闪发光。那天他坐在他擦拭得十分明亮的紫铜便壶上，嘿嘿地笑了。

"你的小小的嫩手才是莲花一样的手掌哪。"

这天，羊子走到外公面前的泉水跟前时，他愤怒地挥杖击打水面，羊群惊异地离开了泉水。他突然一闭眼睛，并像小孩一样张大了嘴巴，哭了，哭声像羊子叫唤。他攥住舅舅的手说："我看到你们回来了，我梦见了阿来被一只神鹰叼走。梦见你胸前开出了红色花朵。"

舅舅像安抚小孩一样，跪下来连连亲吻外公的额头。

外公哭诉说，他的颈项上生了疔子，痛得钻心。

他想自己治疗，想起药方却忘了咒语，好容易记起咒语时，药方又从脑子里溜掉，从心里溜掉了。

舅舅对我说："你外公老了。"

我感觉一段曾经饱含水分的木头正在干枯。后来外公死时，身躯缩得更小了，他的尸体蜷曲起来，勾手曲膝，蜷曲成了婴儿在母腹中的形状。

这个已经死去的老头我们叫他外公。其实他是舅舅父亲的哥哥。和我们的亲外婆没有特别的关系。我要把他写进小说，实在想不起汉语中对他这种长辈是怎么称呼，便问一个汉族同行。

"就叫外公吧。"他想了一阵之后说,说得很没有把握。

外公是个喇嘛。

五

外公曾经无数次预言过自己的死亡,但总是不灵验。他只是慢慢地干枯。他像封存在时间深处的一尊蜡像。脸部肌肉收缩,拉弯了嘴角,拉弯了眉毛,使他看上去永远满含亲切慈祥的笑意。他坐在堂屋深处。

舅舅出去之前,替他煨好了茶,替他用白色牛尾掸掉身上的东西,外公把那叫作"不是身上东西的东西"。

"可以以为它们是东西,也可以以为它们不是东西。"外公说。舅舅临出门时,一边倒退出屋一边用另一把黑牛尾拂去地板上的浮尘。舅舅在门口套上长靴,从另一间屋子里放出那群羊子。羊子的四蹄磕碰门前的石阶,它们的犄角轻轻相互碰撞。然后,这一切声音都消失了。纤尘不染的地板上弥漫开羊粪的气息。那种气息干燥、辛辣。

舅舅的房子一共四间。一间过厅,一间堂屋,一间舅舅的卧房。另一间占了整座房子面积的一半,是那群羊子的集体卧房。羊群和人从同一个大门,同一个过厅进出。过厅的柱子上钉着舅舅打草的各式镰刀,他穿的靴子,避雨的牛毛披毡以及各种挖贝母的锄头。

外公坐在静谧、幽暗、洁净的堂屋深处,一缕阳光从窗棂上透过来,落在他身上。外公端坐不动,立时把阳光变成一块透明的淡黄琥珀。他端坐在琥珀中央,仿佛已经置身其中千年万年。他的身后是一只巨大的转经筒,里面储藏着一些该念而没有念完的经卷。经筒旁边贴着一幅毛主席和各族儿童在一起的画像。毛主席光彩照人，儿童们的鲜艳小脸幸福地仰起，这确实像葵花朝阳，跟流行多年的一首颂歌中唱的一模一样。外公要我把画像下面的诗句大意翻译给他听了，他执笔写出藏文。然后，他翻出多年不用的沉重的水晶石眼镜架上鼻梁，净了手，焚了柏香，把那首诗工工整整地抄在画像下沿。后来有精通藏文的人看了，说是格律严谨，用词也十分古雅。

这件事情把舅舅吓坏了。

不久前村里一个小伙子，贡波家的仁钦曲波想试试猎枪修理后的团砂程度，用一张旧报纸作靶标。后来发现，报纸背面的领袖照片被打得百孔千疮。报告上去，被判处三年徒刑。

舅舅宰了一头羊子。

我，母亲和父亲到舅舅家时，那头被偷杀的生产队的羊子正在滚沸的汤汁中上下沉浮。外公手攥一根细绳，绳子那一头拴在经筒的曲轴上。外公从容自如地翻动手腕，经筒嗡嗡地旋转。那只牛皮空筒中几卷经书便互相磕碰，发出"啪哒啪哒"的声响。外公笑眯眯地说："你们都坐下，用茶。我在，我在专诵一卷祈祷你们平安的经卷。"

说话时，姨妈、姨父、表姐、表弟都来了。表妇比我大两岁，眼睛从小就长得很美。本来她脸上没有酒窝，一次上树打野刺梨的时候，她从树上掉下来了，括颊肌被树枝刺穿，伤愈后就有了一个酒窝。我们曾问过外公这是什么缘故，他说那树枝想必是浸透了日精月华的。

"就是一根洁净的棍子。"

外公越说得简单，我们越觉得他的话幽深神秘。

舅舅从里屋出来了。他剃了头和胡须，披上了一件紫红袈裟。他盘腿坐下，很久都没有说话。火塘上的铜锅里滚汤翻沸，飘出了羊肉的香气。

"我偷杀了一只羊子,生产队的,人民公社的。"舅舅说,"我把……"

父亲笑了:"难道还要斯丹巴告诉我们,锅里的羊子不是他的而是集体的。"

"我把我们柯基家的人全部请来了。我要……"

"柯基家的人?"父亲说,"这里哪些人是你们柯基家的,柯基家的只有你和老和尚。你父亲只留下了你这么一根独苗。"

"你说吧,我要你说个够。我比谁都晓得若巴头人的独子比谁都想发牢骚。要是那件事情没有出来,我情愿你天天上门骂我,而不情愿去坐牢,丢下娃娃们的老外公没人侍奉,让你心里有气出在我妹妹身上。"舅舅的喉咙哽住了,"现在那件事已经出了。"

"啥子事情?"母亲问。

"我写诗写在了毛主席像的衬衣上。我要坐牢去了。"

外公耳朵很背,他侧耳听着人们说话,听不清楚,又专注地望着说话人的嘴巴,但他还是什么也不明白。

"阿来。"外公喊我。

"他们在说你写的诗哪。"我告诉他。

"啥?"外公提高了嗓门。

"说你,"我附在他耳边提高了声音,"说你写了好诗。"我的嘴唇触到了老人的耳朵,这耳轮是冰凉的,缺少一般人耳朵上都有的浅浅的绒毛。外公一身都起了皱纹,独有耳朵变得越来越光滑、透明,带着青铜的色彩,仿佛是塑料娃娃的耳朵。

外公笑了。

"我写有关毛主席的诗用词十分漂亮,当然,那诗是人家的意思。一本书上说,诗是我们自己心灵的朋友。"外公像毛驴一样滑稽地动动耳朵,说,"想想谁是自己心灵的好朋友,想想……"外公慢慢闭上双眼,脸上保持着天真烂漫的笑容。

舅舅说:"他已经疯了,他。"

大人们谁也没有说话。我们几个娃娃看着外公那副笑弥勒模样忍俊不禁,跟着笑了起来。表姐大笑时,露出两颗雪白尖利的犬齿,那时我十分热爱这两颗犬齿。表弟笑起来却是一副呆头傻脑的样子,可能是缺少尖利雪白闪着珍珠光泽的犬齿的缘故。表弟阿呷还淌口水。我大他一岁,我时常在心里说他不是个干净的娃娃。我就是喜欢用这种方式表示我的成熟,我的大人气。有句藏语俗谚说:穷人比富找比自己更穷的人。这句话也可译成这样:怎么产生富足的感觉?站在更穷的人面前。

外公又很响地拌了一下嘴唇,说:"我们这里阿来该知道诗是心的朋友。斯丹巴是个知道的,他不知道,他只不过是小和尚。"外公伸出小拇指,在自己眼前晃动一下,又晃动一下,咳咳地笑了起来,笑声中可以听到拥塞在他喉咙中的干痰在跳荡,"他背水,砍柴,打扫马厩,可就是没有接近过叫诗的东西。"

外公又做了一个男人对女人表示轻蔑的极其下流的手势。

舅舅低下头,说:"看,以前谁见过他这样?老糊涂了,疯了。"

"这没什么要伤心的,反正老了。"

"这样他已经享了你不少福了,哥哥,他自己又无儿无女。"

"我想是这样。"舅舅对我们大家深深地埋下了他那净光的脑袋。

舅舅的脑袋剃光后显得十分尖削。

姨父仁钦突然悄悄对父亲说:"柯基家的脑壳。"

父亲笑了。

姨父仁钦摘下帽子,露出轻易不肯示人的秃头,一本正经地对父亲和我们大家说:"要漂亮还要算雍宗你们若巴家族的脑袋了。这样。"

姨父的手在自己脑袋上比画有时远离头皮，有时又努力用手掌挤削凸起的地方，要是他手中有把刀子，他一定会毫不犹豫地在自己脑袋上做些削高补低的工作，以使他的脑袋变成我们若巴家的方正的头人脑袋。

大家都笑了。

连舅舅自己也忍俊不禁笑了起来。

母亲撩起衣襟揩去笑出的眼泪，起身翻动锅里的羊肉，姨父问："熟了吗？"

"可以了。"母亲说。

舅舅起身从里屋取来几只瓷盆盛羊肉。

这是五月，山里的春天刚刚来到，这个季节的羊子很瘦，羊肉没有多少肉的味道，常吃肉的嘴巴可以从中尝出青草和水的浓重腥气。一个比外公还老还智慧的汉人孔子说三月不知肉味，那时我们就常常如此，因此，感觉到口的羊肉十分鲜美。

舅舅依然坐着，脸上神情庄严肃穆。

他看着我啃掉了肉，还想吸出骨头里的骨油。外公掉光了牙齿，只能喝汤，他喝汤时发出"嗞嗞溜溜"的声响，总之，吃起肉来人人都和吃平常食物的吃相不大一样。大家都龇牙咧嘴，一副永远不会餍足的神色。只有父亲的吃相比平常更为庄严。使父亲难以忍受的好像不是生活中的艰难困苦，而是享受。在那些年头，吃肉是一种超凡的享受。

母亲放下啃得雪白的羊拐骨，发出了舒心的笑声，她这才看见舅舅什么都没吃。

"阿哥啦，阿哥斯丹巴，你也吃吧。"

"不"，舅舅说，"你们吃吧，我吃不下自己偷来的东西。"

姨父一下子放下了手中的肉，"偷的？"

父亲却毫不动容地吃着。

舅舅又说:"你们不要管我,吃饱。"

六

舅舅说反正已经把诗写在毛主席像的衣服上了,再加上偷杀一只生产队的羊子也没有什么了不得。他还反问我们是不是这样。

表弟说是。仅此一点就足以证明表弟的呆傻。果然,姨妈厚实的巴掌落到了表弟脸上。表弟哭了。然后表姐,然后姨妈和我母亲也都哭了。姨父也从鼻腔里发出了抽气声。

姨父突然抡手打掉了父亲手中的骨头。

父亲揩净嘴上的油污,平静地说:"你们家有谁死了?"

姨父说:"你雍宗心太狠了。平常就看不起人,现在哥哥就要坐监狱了你还这样。"

舅舅说:"雍宗是头人的根子,应该这样。这一大家人我都要托付给他。"

姨父假装剔牙,愤愤然哑了一声。

这顿庄严无比的会餐就此结束了。那堆比狗啃过还要干净十倍的羊子骨头至今在我眼前晃动,它们四处散乱地丢在舅舅温暖低矮光线暗淡的石头屋子里,丢在经常用牛尾拂拭得一尘不染的地板上,而在我们村子的其他人家,牛尾只是用来打扫床铺和屋子里小小的佛龛。这些骨头在早上还包裹着温暖的血肉,支撑着一条随着春天来临正在恢复强健的柔韧的生命,现在却被我们把羊子这种动物的气息也吮吸干净了。

至少我一时对舅舅在临赴灾难前最后一次眷顾的意义毫无知觉，只感到吃了带血的鲜肉，背上有了热气，手心湿润起来，心跳变得沉稳有力。隔墙传来的羊粪的膻味使人想起了羊子，一种悲壮的感情才油然而生。

父亲说："一只羊子已经全下肚皮了。"

"一整只大羊啊。"母亲啧啧嘴唇说。

这时，太阳透过窗棂射了进来。屋子变得明亮了，大家在暗中显得明亮的幽幽忽忽的眼光开始暗淡下去。我看到大家都在吮吸沾在嘴唇上的那点油腥。火塘里的火灭了，几缕最后的淡淡青烟沿着锅壁缭绕而上，然后消散。锅里和锅四周的碗见了底，只剩下些砂砾一样的骨头渣子。外公坐在他的转经筒前呵呵傻笑。

姨父姨妈和我表弟都在竭力显出悲哀的样子，但仍掩饰不住一顿饱食后的心满意足。那种神色是无法掩饰的，它从每个毛孔，从嘴唇的油光，从畅通的血脉和皮肤上的红光上显现出来。

表弟连连打饱嗝。

只有父亲和舅舅的神情一模一样。表姐和我的目光在那两张严厉的脸上来回逡巡。因此，我喜欢我的神情哀戚、犬齿雪白尖利的表姐次准。或许，她在我的下篇小说中就要成为中心人物。但现在，我必须抑制住因写作而复苏了的某种强烈感情。我提请自己注意，我写那次会餐已经写到了关键部分。我必须在这里揭示出在一种带着强烈的喜剧性色彩的生存状况下的泛人类的悲哀，人性的悲哀，生命本能与生命追求的崇高品格之间相互冲突的悲哀，我想这是支持我写下总题叫作"村庄"的这一个系列的唯一理由。

"根本烦恼。"

舅舅对父亲轻轻点头,嘴里突然冒出一个佛经上才有的字眼。烦恼是指芸芸众生受本能驱使而在向善的道路上迷失。最近翻阅佛经时,知道其中的"烦恼"和流行的辞典中的释义是不大一样的。佛的目标是要信徒根除这些烦恼,超脱因缘的环扣,而他的信徒们仍然在烦恼之中轮回。只有活到外公那种年纪,神志昏迷,才对沉重的命运仰起一张归返童真的老脸,呵呵傻笑,笑得超过了罗汉的水平而同声闻、缘觉乃至菩萨的笑容十分相近了。所以,清醒一点的时候,外公总是预计自己入土的日期。

舅舅叹了口气,说:"雍宗,你看见了,我们柯基一家没有血性,你平常瞧不起我们也不怪你。现在我要自己到公安局去了,柯基家的后代你要多多看顾。我自己没有儿女,侄儿侄女就是我的儿女。次准、阿来都是有血性的人。"

父亲说:"和尚你看几个娃娃看得准,不枉在庙子里嗅过那么多香火味道。"父亲起身给舅舅斟上茶,又给自己斟上,父亲脸上露出了微笑。我听到自己脑子里嗡嗡作响。父亲低沉沙哑的动人声音又响起来了,渐渐涨满了我的脑袋,直到我脑袋涨得不能活动,变成了一块木头。我的木头脑袋上的眼珠看见我们所处的空间在发生变化,父亲和舅舅的形象渐渐突出,一切光亮都投射到他们身上,而我们退隐,带着隐忍了自己各种心绪的那种无奈的顺从向暗处退隐,一直融进屋子那坚固粗糙的石墙。我因此听到了这个季节总在强烈阳光下呼呼掠过的春季风的声音,听到更为轻盈的风在高空中打着悠长的呼哨。

"春天来了。"父亲笑眉笑眼地对舅舅说。

"我晓得,前些天我在山上睡着了。突然梦见有人叫我让开。我翻身起来一看,原来是身子底下冒出了青草,原来是她叫我让开。"

"1956年春天来时,我这里受了伤。"父亲第一次扭着脖子,向人出示土匪的马刀在他脖子上留下的一条卧蚕一样的疤痕,"全班人都出去了。帐篷外还有雪,一夜之间我觉得毯子底下多了一个活物,伸手摸到一根圆圆的冰凉的东西。蛇,我想,蛇来接我进天国了。翻开毯子一看,是一根大黄的嫩芽。我们那座帐篷常常生火,点着煤气灯,暖和,大黄就长起来了。那时我想春天来了,拖了一冬不结疤的伤口就要好了。我又可以上马放游动哨,上马冲锋了。就是那次伤好后,给我换了一支崭新的有弹仓的连发马枪。我们撤离时,那株大黄已经长出五个巴掌大的叶子,而外面草原上才刚刚化尽残雪。我的伤也好了。"

"1956年吗?雍宗你是说。"

"是1956年,不想又打一年仗就完了。"

"我倒是巴不得仗早点打完。你说的那个春天我们的日子已经不好过了。一天早上,说不定就是你看见大黄也就看见了春天的那天早上,一个十六岁的小伙子饿得不行了,用刀划破手指吮自己的血。后来他用仅剩的三粒子弹把自己的马杀了。我们把他杀了。他的血流在草地上很稀很薄,腥气也不强烈,就像刚刚起来的东南风送来的春天的味道。"

"那时你们在哪里?"

"海子山北面的森林里。"

"那次我的部队没有追击你们。"

"追我们的是骑兵,后来他们也断了粮,可是有飞机来给他们扔降落伞。我们去抢,一个人被伞包压死了,是一大箱子压缩饼干。一个人吃了十几块那种饼干,差点死了,要不是有人帮他把那些东西吐了出来。"

"我们没有断过粮和子弹,但断过水。"

舅舅突然嘿嘿地笑了,我听见他说:"倒是监狱里什么都不缺,有水和粮食。刚刚能够下地自由劳动时,也不缺太阳了。我就想,就在那里过一辈子算了。只有见多识广的人,走过许多地方的人才过不惯监狱里的日子。监狱里有人教我们唱歌,我们在地头下六子棋。"

我还听见父亲表示同意。

这是舅舅和父亲这两个过去的敌人,永久的亲戚面对面坐下来,彼此毫无戒备地娓娓交谈。舅舅对父亲如此信任,也使我感到骄傲。这两个男人一个诚挚,一个坚忍,他们低沉深长的语调像是一双粗糙的手掌,顺着我的脊骨与神经上下滑动。这种男人之间的交谈像雕琢出自然面貌的强劲风雨。我说过我的脑袋偏偏在这时嗡嗡作响,身子越来越沉重,仿佛正往黑洞洞的地底坠落,以一种十分缓慢的速度,让你感到非常漫长的时间。啊,恰恰是这种时候,灵魂轻盈起飞,穿过村子的历史,家族的历史,人心的历史,悠悠扇动翅膀(翅膀是什么颜色?阔大还是修长?),看见经历过的和未曾经历过的往事在身上变成一片翻腾不已的雾的海洋。海洋上面有两个亲人对坐,娓娓而谈。

阿爸,阿爸……

阿古斯丹巴……

我在心里悄然呼唤。

我没有号啕出声,只有大颗大颗的泪珠从睫毛下滚落下来,上面闪烁着晶莹的阳光。表姐次准哭了,流着美丽的童女宝石般的泪水。

表姐伏到了舅舅膝上。我的脑子恢复了正常。姨父、姨母、母亲,尤其是表弟一脸困惑神情,他们频频互相窥视,不明白舅舅和父亲怎么在这种时候回忆往事。

姨妈说:"他们疯了。"姨妈长得很胖,三叠下巴直接搁在领口上面。她经常说她吃水也会长胖。她喜欢这样在瘦削的父亲面前显示她的优越,她说以前头人吃肉就长胖,现在头人后代没有肉吃,变成了冬天的干柴。

母亲说她奶子发胀,不久前我的一个还没有名字的弟弟因为肺炎夭折了。母亲吃了羊肉,发了奶,但吃奶的娃娃已经死了。母亲悄悄啜泣,那声音像一只苍蝇在屋子里来回飞翔。

父亲盯了母亲一眼,那只苍蝇就落了下来。

父亲突然叫我拿来书包。他耐心地替我削尖了铅笔,说:"拿着,我念,你写。"父亲一边抠着头皮一边一字一顿地念出了我的第一篇作文。这篇文章是这样的:我敬爱的舅舅斯丹巴,热爱最最敬爱的毛主席。他给人民公社放羊。老鹰抓走小羊时,他都哭了。我帮他放羊的时候,他看到太阳出来,说就像毛主席一样。他家里有一张毛主席和各民族小朋友在一起的像,他说毛主席是那些娃娃的父亲,我们就像那些娃娃一样。他以前学字为了念经,现在,他写了歌颂毛主席的诗……

写到这里,父亲叫我把作业本贴在墙壁上,在那里抄写印在毛主席像下的汉文颂词。我用正楷抄写,并不时用唾沫润湿笔尖以加重笔画,以使这段颂词和文章中其他部分区别开来。颂词说:"天大地大不如毛主席的恩情大,河深海深不如共产党的恩情深,爹亲娘亲不如毛主席亲。"

抄完了,父亲说:"你自己想个文章尾巴吧。"他又对舅舅说:"汉文的文章,尾巴是考究的。"

"不讲韵律?"

"好像不……太讲。"

我的文章的尾巴是这样,"舅舅说,以前我是万恶的土匪,毛主席救了我,我要做人民公社的好社员。"

父亲对舅舅说:"这下你就不会坐牢了。只是杀掉了羊,你就说羊被人偷了。"

"谁偷?"

父亲想了想说:"就说仁钦吧。"

"不能这样。"姨父仁钦说,"你真没有良心,雍宗。"

"他有。"舅舅说。

"不能这样。"母亲说。

"那怎么样?"父亲问。

"我没偷,为什么说是我?"姨父说。

"人家会相信。"

"那就说你自己。"

"说我,我不怕。"父亲颇为自得地说,"说我杀人有人信,说我偷东西是没人信的,你信吗,仁钦贡波?"

姨父摇摇头。

"那就只有说你了。"

姨父绝望地说:"羊子是大家吃的!"

"那没办法,只有你才有偷窃的名声。"

姨妈对母亲说:"我们倒霉,有你们这样的亲戚!"

"我们,"父亲说,"倒贴给你们家赔羊的工分。"

姨父摇摇头,继而又点点头。"好吧。"

在当地习俗中,早已默许了那么几个家族的人有偷窃行为,因为这是他们家族行为的一个组成部分,有了这样的部分,家族传统才完整。这就是说,人们对你的行为不一定用某一固定不变的准则为依据来评判,更多的情况下,你的行为若超越了自己的家族传统才是大逆不道,才是惹人非议的事情。比如允许父亲心高气傲,以延续头人家族的贵族气派；允许舅舅和外公的洁癖尽情表现，而使其他人生活中的肮脏更加突出；自然也就允许姨父保有他们家族的偷窃习惯，前提是不伤人害命，不翻墙撬锁。

七

小说写到这里，我妻子读了，她说你写你舅舅，但感觉起来却不是在写他。她是说我没有给阿古斯丹巴安排一个突出的位置。我对她的意见进行了认真考虑，她至少是身边少数几个愿意我把小说写得引人注目的人中的一个。然后我对她说："你不是想我把小说写臭的那种人，对吧？"

"对。"

"下次你跟我回家看看，让我怎么把他突出？"我还向她列举了我们家周围常见的那种不为人关注的人物。

她基本上同意了我这种不突出的写法。

她说："这一来，回家时，不用介绍，我就能猜出谁是你舅舅了，哪怕他不剃光头，不披紫红袈裟。"

我想这是一定的。

舅舅他总是处于某些事件的边缘。就是当他成为当事人时，他仿佛也能找到事件中和流动的时间中的缝隙，藏匿自己。这当然也是一种生存状态。在这小说进展中断的地方，我发现的不是某种可以归纳的东西，譬如某条经验，某种意绪，抽象的思想可以在其中生长。我只发现了事实，它先于我的叙述，先于思想。亲爱的读者知道，这些事实在我具有完整观念以前就已经产生，并已决定了现在这篇小说的格局。

　　舅舅一生随波逐流，从来没有想到过反抗自己的命运，因为他虔信佛教，相信一切均是前生及今生的因果报应。无论是后来他当上了生产队长还是那个从麻风病院痊愈归来的俄尔江向他敞开怀抱，他都当成命定之数，坦然接受。母亲经常告诉我，要像她的阿哥斯丹巴一样，而不要像父亲有牦牛一样的倔强脾性。这是母亲望子成人，同时对父亲表达她的嫉恨的一种方式。

　　舅舅也常常在父亲不在场的情况下，为我的怪异的脾气扼腕叹息。

　　正是这种共同的感受、共同的意愿，使母亲和舅舅的关系带有一种阴谋的味道，使他们举手投足间有一种情人般的默契。这种关系肯定增加了我童年那种无所归依的孤独与迷惘，同时还招来父亲深刻的妒忌。有一段时间，我甚至使用了"情结"这样的概念来认识母亲与舅舅的那种关系。为此，我要深深地自责。

八

　　我把那篇文章交给村小老师章明玉时，他笑了。

　　"我们下个星期才开始学习作文"，他说，"题目是《一件有意义的事情》。你的文章没有标题，这就是现成的标题。"章老师微笑的脸向我挨近，他口中吐出浓烈的大蒜味和肚腑中温热的内脏的气息，而我不敢把脸避开。从小我就讨厌一个男人对另一个男人做出亲昵的举动。

　　"阿来"，章老师说，"告诉我，你们家发生了啥子事情？"

"没有啥子事情。"

老师是四川人，我也用四川话回答他。

"肯定有啥子事情，肯定，不然你阿爸不会教你写这样的文章。"他的一只手放到了我肩上。

"不是他教我的。"

章老师突然嘿嘿地笑了。

"是"，我被这笑声吓住了，"是他教我的"。

他满意地直起身来，仰身倚在那把永远在吱吱嘎嘎呻吟的粗笨的木椅上面："现在，把啥子事情都全部讲给我听。"

我就把全部事情都讲给他听了。

听完了，他摸出一块钱，说："到代销店给我打碗酒来。"

我拎了空酒壶在村子中飞跑。舅舅正在村中广场上来回闲逛，见我慌慌张张地飞奔而来，以为我带来了什么不祥的消息。他的嘴慢慢张大了，看着我飞奔而过，一软腿坐在了广场上那根光洁的木头上面。这时父亲见我迟迟不归家，也来到了广场上。他和舅舅并肩在木头上坐下，并肩眺望越来越瑰丽的晚霞，看山沟里的阴影渐渐变蓝。我打酒回来，经过他们旁边，他们又一起看我替老师拎着那只小壶。壶没有装满，酒在其中晃荡，发出悦耳的声响，像波浪般的声响，像蓝色山峦下蜿蜒的玛岗觉卡河流淌的声响。他们坐着看我，眼里流出了慈祥与亲切。父亲抬眼对舅舅笑笑，舅舅却因为和他坐得太近而感到有些尴尬，他把屁股挪开一些，然后回报父亲以无言的笑意。

这是父亲和舅舅在公众场合第一次如此亲近地坐在一起。

村里人都十分熟悉父亲和舅舅那些有趣的往事。真是太有趣了。严格讲来，我们民族语言的词汇中形容词的数量不很多，丰富的是副词，加在数量有限的形容词前表示情感的变化，这令主要依靠形容词显示表现力的汉语难于翻译。所以。他们的话翻译过来就是："啧啧，真是太有趣了。"

我把酒交给章老师，从窗口上向他们张望。

章老师说："现在，全色尔古村每家都有一个人在像你一样看他们两个嘛。我要让好多人都看到阿来这第一篇文章。你回家吧，就这样告诉你阿爸。"

回家时，母亲给我端来食品，说父亲到广场上找我去了。

我说他和舅舅在一起。

母亲笑了。说舅舅是好人，父亲其实是更好的人，要是他一切遂心的话。母亲的笑变成了哭，她对我说："你要忘掉我诅咒你父亲的那些言语。"

我答应了。

其实，平时我对母亲那些诅咒并不在意，而她一提醒，我倒把那些咒语在心中温习了一遍。譬如说父亲像一块被狗啃过了埋在地下多年仍然不肯冷却的骨头，是被雷霆击焦了额头的狼，而这狼必定受到饥饿的驱使而四处猎猎地奔走。就是母亲这些咒语，无形中在我心目中树立起了父亲的理想形象。一个倔强的男人形象。在这里，母亲的咒语产生了魔力。父亲壮年时，保持了这种形象，使我对他敬而远之。老年时，父亲垮了，我的轻视之感又使我难以和他亲近。母亲的咒语决定了我和父亲关系的格局。

舅舅和父亲回家来了。舅舅说公安局的人明天就要来了，"阿来替我去放羊子，我等他们"。

父亲说阿来必须上学。

"他们肯定要来抓我。"

"那诗是我写的，你一个臭小和尚写得出那么漂亮的诗文？"父亲说。脸上又现出若巴家族传统的傲慢神情。他说:"你们当妈妈当舅舅的都要记住,阿来必须上学,要是太穷有人要买你们的眼睛你们就卖你们的眼睛。至于阿来的弟弟,要具有其他的本事。"

第二天一清早,舅舅的羊群就四散在山坡上了。

父亲打开箱子,取出压在箱底的那套破烂的但比色尔古村里任何东西都洁净的旧军服穿上,还仔细地洗了脸。

父亲坐下来,安然地享用早茶。母亲的举止更为恭谨,更为小心翼翼。早餐出奇地奢华。糌粑上撒了奶渣,奶渣上有新擞下的湛黄奶油。茶里掺了奶,并散发出生姜片的香味。还有厚厚的麦面馍、牛肉干。

吃完了,父亲从衣兜里掏出一枚军功章交给母亲,另一只手搭在我头上。他的眼里流露出难得的温情:"这个交给阿来,叫他记住他的父亲。"

母亲双手接过缎带已褪色的黄色勋章。

父亲笑了,说:"我还记得起你的样子,我从部队上回来那会儿你的样子。"

我看到母亲不是低下头,而是仰起脸来,轻轻合上了双眼,仿佛这样一来也看到了自己年轻时的模样,看到自己年轻时和那个自信英武的军人,那个头人后代相爱的情景。我第一次发现母亲有那么修长的漂亮睫毛。母亲原来十分漂亮这一事实令我惊异,就像父亲单薄瘦小的身躯却总是那么精悍倔强一样使我感到难以理解,因为按照舅舅斯丹巴的人生信条,我们除了活下去的愿望以外,不会再拥有其他美好的东西。

"我晓得你不想再在这地方过了,这里有这么多熟悉你家世的人,你走吧。有一个谁也不认识你的地方在等你。以后我叫你儿子来找你。"母亲睁开眼,平静地说。

"我会写信来的。"

"阿来会给你写信的。他是你的儿子。"

"你可以改嫁。"

母亲淡然地说:"我也想了,要是那人对我们的娃娃好的话。"

父亲叹息了。

随后他说:"不好也不要紧。我的娃娃要不怕人家对他不好。"

我看着父母平静地交谈,看到父亲在家里头一次独自享用了这么多东西,脸上全无愧怍之色。不包括肉和奶油,他起码吃掉了整整一天的食品。肉和油是过节才有的。吃完了,也谈完了。他响亮地喷着嘴,然后吩咐母亲:"牙签。"

我想我是看到我未曾谋面的爷爷的形象了。

母亲到门角的扫把上折下一小截细枝递到父亲手上。父亲仔细地剔了牙。父亲有剔牙的习惯。所以他张口说话时没有村里男人们口中那种臭烘烘的气息。

父亲身上的洁净癖性总是给人一种乖张而又古怪的感觉。

直到正午,父亲都穿着一身洁净的旧军服,坐在村中广场上那根老木头上。脚边是最后一条没被裁制成我的裤子的旧军被,一条军被结结实实方方正正地捆扎好了。

九

章明玉老师已抄好了我的作文《一件有意义的事情》张贴到学校的墙上。父亲过去把那张墨汁淋漓的大纸揭下来,在太阳下晾干,叠好，收进他小小的被盖卷里。父亲背起了被盖卷，准备自己去投案时，工作组到了。

父亲背起背包，一身没有领章的旧军服，那情景并不像是生活失败要逃遁他乡，却像是在外功成归来一样。就在村中这个小小的、同时又显得空旷凄凉的广场上，我们村里的全体村民，也包括父亲在内，都曾目睹过村里的年轻人当兵复员回来，他们都是一身这样的装束，神气活现。不多久，这些退伍军人给安置了工作，又以同样的装束离开村子，比如贫协主席长手保仓的儿子王成。王成是他在部队上自己改的名字。这次他作为公安方面的成员和工作组一道回来了。

"听说，"他轻描淡写地说，"这里出了一点事情，我们来过问一下。"

他们的到来几乎吸引了全村子的人。

广场上几乎有了一种节日的气氛，要是人们不因为期待一件突然的事情产生一个明确的结果而显得过于拘谨的话。

我还记住了，工作组所有人都穿着旧军服。

那时候的军服，尤其是旧军服已是政治地位的象征。

父亲那身50年代的斜纹卡其军服引起了全体工作组成员的兴趣。他们的眼神是惊奇的、怜悯的，更像是想自己享有那旧军服。

舅舅下山来了。他的脸色愤怒而又慷慨。他拨拉开人丛，也把张着肥厚嘴唇想对他说点什么的姨父拨拉开去，可他只在那根老木头前看到了我。

"他们带他进去了。"我说。

"是啊，他们把雍宗带进章老师的房子了。"

有少数几个人同声说道。

现在，一堵人墙静静地面对着广场对面的小学校。小学校两头是教室，正中是老师的住房。每每来了工作组，议事都喜欢占用老师的房子，因为那里面有办公桌、椅子、水瓶，以及汉式的玻璃窗户，而且公家的人就是喜欢公家的房子。

人墙前面站着我和舅舅。

我们一点听不到屋里的声音。

人们无声无息地看到舅舅做出一副十分狰狞的样子走向那间房子。

头上一片晴朗无云的高远蓝天。

轻风徐徐，送来被烈日蒸烤出来的浓重的泥土的香气，又稠又腥的泥土香气。

十

现在，那个广场已经完全荒芜了。

鉴于色尔古村特别贫困的状况，政府有计划地安排了一部分住房迁移，顺河而下三百余里，到地形地貌几乎和这里相同的新地区重新开垦。那是解放前被一场瘟疫毁灭的村庄遗址。离开的大多是些在此地没有多少根基的外来户。1976年以后，留下的住房随着生活状况的改变，新房都建到玛岗觉卡口子上的大河边上去了。在那里平坦的台地上开辟了新的耕地。大多数人家都有了汽车、拖拉机从事长途或短途运输。木头、牛皮、羊毛以及各种药材都是大宗可供运输的货源。新色尔古村的房子大多都高大气派，但不像老色尔古村那样紧凑。三十来户人家的房子散布在大河两岸，保持着明显的距离。这种距离成为村里家族与家族、家族内部彼此隔膜猜疑的物质表象。

母亲说，老色尔古村那么多破败的房子，原来因为人畜活动而踩得板结坚硬的土地长起了那么深的荒草：肥胖的荨麻，又壮又高的牛蒡，白天经过那里都有一种会遇到鬼魂的恐惧。

说到这些，母亲有一种解脱了梦魇的感觉。

我们家迁出的时间比较晚。

迁出来后，母亲说："你阿爸的脾气也随和多了。"

我和母亲在家门前交谈时，远处的地边上，移动着父亲瘦小的身影，他在修补栅栏。

我说我想去老色尔古村看看。

母亲说："不，去帮你阿爸干点活路吧。他还是那样不晓得休息。以前穷，现在好了，你弟弟一趟汽车就能挣几百元钱，可他还是不肯休息。"

那天剩下的时间我一直帮父亲干活。

父亲还是那样沉默寡言，但他内心的阴郁较过去要舒缓多了。我还能修补篱栅，外表看去依然那么熟练。我尽量克制着我的笨拙，我掩饰得很好。父亲站在旁边端详着我，我感到他的眼光十分古老，里面包含着成千上百个年头，好多代祖先的目光，这些目光一齐注视自己的后代勤劬地修补自家地边上的栅栏。

我的修补工作是把上年扦插的柳条中未发芽的那些拔出来，然后插进新砍的柳条，希望它们能在疏松的森林黑土上，在春风中发芽抽条。父亲雍宗把一根又一根的柳条递到我手上。这样简单的劳作使我身上，以及内心深处都升腾起一股热力。我还感到，有一些渺远沉重的东西通过这种方式传递到了我的手中。

后来，年老的父亲对成年的儿子说："累了，休憩一阵再干吧。"

我躺下来，静听着正在返青的草地上一片窸窸窣窣的嫩草破土的声音。仰躺着，我能看到背后平缓的山坡、桦树洁白修长的树干和黑色的虬曲枝条，再后面是蓝天和轻淡的云彩。

还是父亲打破了沉默。

"你儿子长得很乖。"

"他是你孙子。"

"我喜欢他,你要带他回家来。"

"等他断了奶。"

"再生一个吧。"

"已经办了独生证了。"

"你能肯定他能有出息吗?"

"我要尽力。"

"我相信你会尽力的。我们家的人都是这样。你弟弟从外面带回来一部录像,录制的是美国一家人的事情。你写东西,能写写我们一家人吗?"

"我会试试的。"

转过头来,我看见父亲激动起来了,脸上有生气,眼里有了光彩:"我会给你讲清楚一些事情的。"

"你和舅舅怎么回事?"

"没什么事。反正你母亲那家人我都看不顺眼。你猜猜你舅舅最近干了件什么事情?他要把你妹妹说给她表哥!我倒不在乎是近亲。反正你妈和他姐姐不是同一个父亲。可他们一家人就守着那点地过日子,你姨父还是偷东摸西。那次他到庙子上去看你舅舅,就偷了一副马笼头,给人家逮住了。"父亲笑了,他说,"你想想,现在马笼头有什么用?谁家没有一两部带轮子的东西?你妹妹可不能嫁到那样的人家。"

父亲那天说了我这辈子听他说的最多的话。这使我心头升起一种十分温柔的凄楚感情。父亲已经老了。

父亲说他知道我的心情。他说我们兄弟能够养活他和母亲,等他们老了以后。他说前年有县上的干部来过,说要替他落实政策。一打听,落实以后每月给他发放十元钱的补贴。他说:"你们的钱来得真是时候哇。去你们妈的!"父亲又说:"以后我老了,不能动了,阿来你就每月给我那十块钱。"

"我不是要钱,你懂那意思吗?"

"我懂,父亲。"

说到这至关动人的地方,父亲又暴露出他乖戾的坏脾气。他的眼中又暴出阴冷的绿色火苗。

"她懂吗?你城里的老婆。"

于是,我又想起老色尔古村广场上那根已经朽腐了的老木头。

我又躺倒在地上,从背后端详我的生身父亲。这个不可过于亲近的古怪老头。他头发已经花白了,脊梁依然挺直,衣领上有一圈浅浅的汗垢。我想象着要是没有共产党没有解放,他当上头人会像我们的哪一个先人。

他们曾以各种不同的方式统治过老色尔古村,那个已经完全颓败的村庄。他若不是慷慨仗义,便一定刚愎残暴。依我的经验,身板瘦小的人,永远精力旺盛、性格顽强,一旦有权在手,就容易走上两个极端。

然后是我。

当然我不会由我这个曾经美丽而今依然十分善良的母亲生养。那么,我那出自名门望族的母亲又该是什么样子?

而现在,我却感到自己身下沃土的热力和春天里才有的那份松软。封冻的土地解冻的过程就是土壤疏松膨胀的过程。越过父亲的单薄坚实的肩膀,可以望见家里的寨楼里升起了淡淡的炊烟。我知道了,父亲对延续家族传统有自己的理解,而他无可奈何的深沉悲哀是我无法参与的。而且,在一定程度上,那个曾经辉煌一时的家族与我毫无关系。我是这种黑土地和分布着这种土壤的更为广大的地区孕育出来的另一样东西。

十一

我将很难忘记，也很难描写父亲描述那件事情时的面部表情。他吐字清晰，语意连贯，但他脸上的几条精瘦的肌肉不时抽动，就像有鬼怪在他腹腔里倒腾，而他眼中的迷茫神色肯定不只是因为陷入了并不久远的回忆。

村里人几乎都肯定父亲脑子有不对的地方。

而理解脑子不对的人必须自己的脑子也出一点问题。我发誓我宁愿自己的脑子出点问题。

父亲说，后来舅舅说，过去你救了我，现在我把你救了，你就不能再看不起我了。

"喊！好像在主席像上写字的是我，不是他们柯基家的人一样，好像不是我那身军装而是他把我救了一样。"

那天，算算该是十八年前的那一天正午，父亲凛凛然走进我小学老师的那个有简单的办公桌椅的房间。这个房间里的椅子已被三个工作组员占据了。章老师为他们每人备了一碗水。父亲站着，章明玉老师也把一碗水放在他伸手就可以够到的窗台上。父亲从屋里这几个人的衣服上嗅到了常常在清洁的房间里出入，而且经常有多余的衣服替换的人身上才有的肥皂味道。久违的肥皂味道。

那几个人轮番地扫视父亲。

这种扫视唤醒了他身上的全部力量。同村的贫协主席长手保仑的儿子王成说:"怎么,被盖卷都打好了,准备逃跑?以前我们的上辈替你们当牛做马连逃跑都不敢。"

"你的上辈当娃子是替我的上辈。我替共产党打仗,我参军才十几岁……"

"你是不是想逃跑?"

父亲直截了当地回答:"是。我想逃到监狱里去。"

这句话产生了特殊效果。工作组中那个上了点年纪的人皱着眉头,慢慢站起身来:"你当过兵是吗?"

"七年。"

"还负过伤呢。"章老师赶紧补充。

曾经是他的学生的王成,白了老师一眼,章老师就尴尬地退到一边去了。

"人家进了监狱想出来,你怎么想逃进监狱?"

父亲脸上是不屑解答的神情,然后又沉沉地叹息了一声。

那人也叹息了一声。

"坐下,我们谈谈那件事情。"

"你为什么在伟大统帅衬衣上乱涂乱抹?"

"主席老人家衣服上是你写字的地方?"

"我累了,想去监狱里休息。"

这时,章老师拿出了父亲原来授意我写的那篇东西。他们传看那篇文章时,父亲说:"那是假的。"

"是真的。"

斯丹巴舅舅也在这时冲进了这间屋子,他高举着双手,宽大的袍袖来回摆荡,而大张着的嘴巴却久久没有声响。他终于发出了声音说:

"是我，是我。我是土匪，他是解放军。你们不要抓走他。他有妻子，有可怜的娃娃，他妻子是我妹妹。抓我走吧。"

王成威胁说："哼，你们以为同时抓走两个就不可以吗？这些人显然事先串通好了！"

事情就是这样变得复杂了。

"是不是叫他们先回去？等我们慢慢调查。"

但王成勇敢地表示了反对意见。"不能放，必须先拘留起来。"

晚上，章老师被挤出了那间屋子。他第一次正大光明地在他的相好那里过夜。自此，章老师和那女人的关系在村里人眼中有了合法性质。王成回了家。当夜他家的喜庆气氛和我家的悲凉气氛形成了鲜明的对比。母亲要我为舅舅和父亲到外公泽尕尔甲那里去卜上一卦。我去外公那里时，遇到章老师，他要我趁便取来舅舅家里那幅主席画像。

去外公那里要穿过一片麦地。麦浪翻沸时，辉映着星光，像一条恶龙腾挪时鳞片上险恶的光泽。

那天我想杀了外公。

屋里黑咕隆咚的。我听到外公坐在黑暗深处哭泣。

我点亮铜盏里的灯草。

外公盘腿坐在那里，张开没牙的嘴巴哭泣。枯干的躯体里大概已没有任何水分了，他哭着，但眼里没有一滴泪水掉落下来。

他说："阿来，我没有我预想的那种死亡了。"

他预想的死亡方式和众多僧侣冀求的死亡方式一样。那就是吃饱喝足由亲属或教众供奉的食物，满足了对粮食以及洁净饮水的渴求，坐在满是岁月积尘的厚厚的垫褥上，静待灵魂悄悄脱离肉体，蛮得轻盈透明。但现在不行了。

"外公，你占卦了吗？"

"不用占卦我也知道,我将冻饿而死,就像你舅舅那些死在青黄不接季节里的羊子。"

外公的脸上没有眼泪,鼻孔下却挂着一溜清亮的闪着玻璃光泽的鼻涕。

"你帮我站起来。"

我就帮他站起身来。他无力地挥了挥手,又跌坐在地下,再次张大嘴巴哭泣起来。他的哭声十分接近于吟诵经卷的声音,模糊、悠长,又相当洪亮。我听着他这底气十足、训练有素的声音,知道他不会立时死去。这一天夜晚因此具有恐怖色彩,我不敢离开这间远在村外的屋子。

外公停止了哭泣,双目炯炯地注视着我。起初他的眼光还给我一种脸膛被火烧灼,被毒虫叮咬的感觉。渐渐地,脸、脑袋都麻木了。我睡着了。

但我不敢肯定自己真的置身于梦境,因为所有一切都在这间住着两个过去的和尚的屋子里发生。先是一朵边缘整齐舒展的云彩降落下来(从哪里降落下来?),后来就不是云彩了,是毛主席像和那光洁的白衬衫,但又看不清领袖的面容。然后是外公,还是那副慈眉善目的模样,只是腿脚显得从未有过的灵便。

他说:"你阿爸和舅舅从监狱里寄钱来了。"果然,外公撒给我一沓票子。票子在空中翻飞。当我在地上捂住了一张时,一张张票子从虚空中像飞机一样向我俯冲而来,而且伴以《北京的金山上》的乐曲。票子们悄行的速度很快便超过了我清点的速度。转眼间,我就被票子压倒了。现在,这些票子有了体积也有了质量,源源不断地压下来,我感到窒息。我要呼喊外公来救命,却发不出声音了。黑暗里外公蜷缩着一动不动,一双眼光闪闪,像只猫头鹰一样……这个过程延续得很长。我在梦中眼睁睁地看到一片稀薄地光芒从黑暗中衍生、滋长,最后,那双眼睛终于消失了光芒。

天亮了。

我先去小心地取下那幅惹了麻烦地画像。

外公也醒了。

他开始用双手摩擦脸部的皮肤。每天,他都要以这种方式检查自己血液的热量。他不吩咐我为他准备早茶。

我把我的梦告诉了他。

他听了摇摇头,说:"这种梦以前肯定没人做过。"

然后就不再言语了。

我终于走出了那屋子,不论前面等待我的将是什么。

呼吸着田野上不论高低贵贱都可以自由呼吸的清新空气,迎着初升的朝阳,我迈开了轻快的步子。

十二

那天夜晚两个工作组的人披衣坐在床上,夜里轻寒起来,他们就用被子捂住双腿,舅舅松了袍带,在身上裹紧了,顺着墙根躺下。父亲坐在他那卷小小的被盖上。

舅舅后来总是爱嘀咕:"那组长是个好人。"

"我们慢慢摆上一摆。"那个组长说,"我要上床躺躺了,以前我的腰、腿、屁股都挨过炸弹。"

父亲说:"那个组长是个北方人,他说他以前是国民党的排长,投降过来,后来当了营长。以前我的麻子副连长也是俘虏过来的,脾气很怪。而这个人脾气十分地好。"

那人率先自言自语地向父亲披露了自己的身世。斯丹巴舅舅被深深感动了，一股脑儿道出了自己的全部经历。父亲做翻译，对他的一些交代进行了修改。

"我抬了抬枪口，子弹肯定就从他头皮上飞过。"舅舅说。

父亲说："我们把他抓住了。他跪在地上祈求饶命。"

舅舅说："我被俘虏后，求他把我放了。他不肯，他骂我是土匪！"

父亲说："我叫他逃跑，可他不，他不想连累我还有他的妹妹。"

父亲这时真正有了一种罪恶深重的感觉，那些虚构的事实也像真正发生过的一样，历历在目。父亲大睁着眼睛，严厉地注视着想象出来的那个卑劣的、没有骨气的苟活于人世的家伙。同时想到这罪恶将把他带到一个陌生的世界里，而有了一种轻松的感觉。这种感觉是打他回到这个村子以来从未有过的。这夜父亲的感觉和他儿子感受到的恐怖正好相反。

听完父亲转述的舅舅的故事，那另外一个呼呼大睡的工作组员对组长说："他把许多没有的罪过加到了自己头上。"

那人又用藏话对父亲说："你说的我都听见了。"

"天哪！"父亲呻吟起来。

到天亮时，父亲和舅舅被告知可以回家了。

父亲先回到了家。

舅舅在广场上被王成拉住，舅舅感激涕零地问王成，他能拿出什么东西来对工作组表示感谢。

"这个色尔古村哪一家子能拿出东西来对我们表示感谢？"

"那怎么办？"

"有倒是有。现在旧军衣是最值钱的了,人人都想要旧军衣。"

那天中午,广场边的学校墙壁上贴出我的那篇作文,我看到父亲也在人群里,换上了平时的服装,对这篇他自己构想出来的文章露出茫然的神情。此时,我和父亲都不知道舅舅偷走那套军装送给了王成,也不知道王成和他一家竟把这件事四处张扬,或许是因为送了旧军衣,王成替父亲说了情,才没有被刑罚处置。这些传言,使父亲备受比进监狱更加深重的耻辱。

在父亲看来,舅舅的这种行为是无法让人原谅,不能宽恕的。这种行为替另一家族增加了无上光荣,而把父亲曾经名声响亮的家族置于母亲他们柯基家族一样的地位。这种家族为了吃饭活命,会做除了杀人之外的所有事情。

那时父亲还不知道这一切。他站在广场上,欣慰地看着我的第一篇文章张贴在我们村子的广场旁边。

章老师又按照盼咐,把外公泽尕尔甲写了字的那张主席画像张挂起来。画像被烟熏成了茶色,太阳照上去,茶色转换成淡淡的金光,外公用淡蓝的墨水书写的藏文优美颂词更是金光闪闪,灿烂夺目。我的汉字短文和外公的优美颂辞在人群里引起了许多赞叹。

我看到性情孤傲的父亲在拼命抑制因这些赞叹引起的激动。

到后来,一些和外公年岁相当难得出门的老人也来了,他们耳聋眼花。人家对他们讲述眼前的事情时对着他们的耳朵大叫大嚷。他们大张着昏花的眼睛,不断地点头、点头,然后低声自言自语。他们的话语天真幼稚,仿佛出自儿童的心中。

"要是以前,泽尕尔甲的这个外孙肯定是个了不得的喇嘛。"

"高贵的门第里总出聪明的后代!"

"为聪明的娃娃祝福!"

"祝福！"

"祝福！"

那天，这群老人是最后从广场上散去的。从他们颤抖的背部就可以猜出他们脸上为别人感到幸福的表情。他们的拐杖在阳光下闪烁着明亮的光芒。因为耳聋眼花，老人们生活在一个真诚的世界。因为这个，在我的这组将不断接触到人、人生、人心的糟糕方面的小说里，将不把描写恶、软弱、苦难作为目的，也不在这里描述广场上曾经发生的一些叫人感到不愉快的事情。

十三

晚上，工作组离开了。

父亲的拳头猛一下落在母亲肩胛上。母亲摇晃了一下，随即站稳了脚跟。这一拳一定很重，父亲扼住了自己的手腕。

我只希望母亲扑上去咬住父亲的喉咙，像疯狗一样地撕扯。但母亲没有。她抱住我，跪了下来，眼里流露出可怜巴巴的神色。我的眼中却喷吐着难以遏制的怒火。

母亲的罪过是把那套军装交给了舅舅。

"阿哥斯丹巴说交了军装你们都有救了。"

"只有你们家的人才怕进监狱而不怕在众人面前丢了脸面！"

母亲哭了。

父亲突然听见我说："你要再打阿妈，我把你杀了。"父亲的身子震动了一下，但脸上却没有任何反应。母亲哭得更伤心了，她伏在我胸前，泪水打湿了我的衣裳，好心的母亲哭诉的冤屈全是父亲遭受的冤屈。父亲点燃了火塘，过来对母亲说："不要哭了。"

父亲还十分用力地拍了我的肩膀。

十四

从此，舅舅不敢再登我家门前的光滑石阶了。

遇见我们或向人讲起我家的事情时，舅舅总是显得悲哀而又惭愧。

我经常看到他放牧的羊子四散在坡上。当然我还能想象出他懒散地躺在山坡上借阳光取暖的模样。他不在的时候，我和母亲会偷偷去看外公。外公依然一副慈眉善目的模样。母亲还和外公用一种特别超然的语言交谈。

"我要求解一件事情。"母亲说。

"凡是人的智慧所能达到的我将尽力达到。"

"有一个人是那个妹妹的哥哥，有一个人是那个妹妹的丈夫。"母亲是这样称呼舅舅和父亲的。"向我详述他们聚散无常的缘由。"

外公的声音变了，仿佛来自遥远的地方，在屋子里引起了嗡嗡的回响。母亲以十分平淡的语调从他俩在战场上初次相遇说起，直说到现在。完了，外公吩咐我们自己找取食物。我们吃东西时，他念了祝颂的经文，然后打来一碗净水，丢下一粒粒麦种，仔细端详从麦粒上升起的点：鱼眼似的晶莹气泡。

"前世有两个人。"外公说。

两个人中一个外出，一个趁机勾搭了他的妻子，并偷盗了他家的钱财。那人回来后，就勾搭了另一个人的女儿作为报复。两个人相约决斗。先勾搭人家妻子的那个人使了计，因为他害怕了。他说："好吧，月圆的时候吧。"当时正是月上中天的时候。结果，勾搭女儿的人以为是下一天晚上。他去的时候，他的对手说："今天十六了。有胆量昨天为什么不举起刀子。"他只好回家杀了自己的妻子，然后娶了那人的女儿。这样他胜利了，但他没能杀死自己的仇人。

"这是一段必将转到来世的孽缘。"

这个故事讲得我们心惊肉跳。

父亲知道了，说："屁话。"

舅舅则信以为真了。

从此他精心侍养生产队的羊群，年年被评为先进社员。他还经常修桥补路，并在夏天的早晨早早起来，打掉小路两旁的露水。当村里那个据说当年十分漂亮的女人从麻风病院痊愈出来时，他说他怜悯她的孤独，让她生下了一个健康的孩子。外公曾多次表示要向他传授医术，但他以为自己罪孽深重不肯接受，对外公侍奉也更殷勤了。

外公活了很长时间都没有死去。他死时我也未能参加他的葬礼。那时我正在外流浪。安葬外公时父亲去了。躯体已经干枯的外公被白布以盘坐的姿态包扎好了，从舅舅和父亲的手里徐徐降入坟坑。坟坑里放置着桶状的棺材。舅舅和父亲又全力在外公头上盖上棺盖。棺盖落下时清丝严缝，发出一声闷响。这时太阳还没有起来，坟边的新土上凝着轻霜，稀落的鸟鸣声又薄又脆。而外公的灵魂肯定早已升到高处，看着太阳升起，然后把光芒投射到送葬的人们仍然需要阳光来温暖的躯体上。

舅舅好几次对父亲欲言又止。

父亲说："你算对得起他了。"

"我对不起你。"

父亲"哼"了一声。舅舅脸上现出痛苦的神色。

"除了那件事我是无所牵挂了。"

"还有你的儿子要你牵挂呢。"父亲冷冷一笑,然后踏着寒霜扬长而去。他身后正传来人们往坟坑里填土的沉闷声响。

四年前,舅舅终于离开了色尔古村,去原先待过的庙子里做了喇嘛。

十五

舅舅终究没有回来。

第二天,我就要启程回城了。

父亲带着得意的神情望着我,他对母亲说:"看看你们家族的人吧,哪一个曾经有过出息?你看我儿子。阿来是我们若巴家族的人。所以你哥哥不好意思来看他了。"说这种话的要不是我父亲,我会用拳头让那脸得意之色消失得干干净净。

但我只能别过脸对母亲说:"告诉舅舅,下次回来我到庙子上看他去。"

父亲哼哼一声,站起身来,上楼睡觉去了。

这时一个模样清秀的小伙子进屋来了,他吐吐舌头,问:"姑爷睡了吗?"

"睡了。"母亲说。

他坐下来,就再也没有说什么了,只是在我说话时不断地露齿微笑。坐到深夜，他又笑笑，站起身来走了。

母亲说："这就是你舅舅和麻风女人生的娃娃。"

第二天早上，我这个表弟又来为我送行。

我请他原谅我父亲的乖戾脾气。他清清爽爽地一笑，说："亲戚们的脾气我们都是知道的，雍宗姑爷就是那个脾气，心性高傲的人都是那个脾气。"他还说，我的父亲比他的父亲聪明。

他的话使我心中宽释了许多。

最后，他拿出一架照相机，要和我合影留念。一个月后我收到了他邮寄的没有附信的两张照片，一张是我和他的合影，一张是舅舅身披袈裟的照片。我没有留意自己的形象，那形象里肯定留有父亲那种把生活中的一切都看得过于严重的痕迹。表弟那一副单纯的笑意叫我想起早年舅舅的笑容。照片上的舅舅却瞪呆了眼，木然地张开了嘴巴，似乎到了老年，才意识到人生的复杂，对世事感到茫然。

舅舅和父亲已经老了。

遥远的温泉

上篇

我们寨子附近没有温泉，只有热泉。

热泉的热，春夏时节看不出来。只有到了冬天，在寨子北面那条十多公里纵深的山沟里，当你踏雪走到了足够近的距离，才会看见在常绿的冷杉和杜鹃与落叶的野樱桃与桦树混生林间升起一片氤氲的雾气。雾气离开泉眼不久，便被迅速冻结，升去了继续升腾的力量，变成枯黄草木上细细的冰晶。那便是不冻的热泉在散发着热力。试试水温，冰冷的手会感到一点点的温暖。在手指间微微有些黏滑水不能饮用，因为太重的盐分与浓重的硫黄味。盐、硫黄，或者还有其他一些来自地心深处的矿物，在泉眼四周的泥沼上沉淀出大片铁锈般红黄相间的沉积物。

冬天，除了猎人偶尔在那里歇脚，不会有人专门去看那眼叫卓尼的热泉。

夏天，牛群上了高山草场。小学校放了暑假，我们这些孩子便上山整天跟在牛群后面，怕它们走失在草场周围茂盛的丛林里。嗜盐的牛特别喜欢喝卓尼泉中含盐的水，啃饱了青草便奔向那些热泉。大人不反对牛多少喝一点这种盐水。但大人又告诫说，如果喝得太多，牛就会腹胀如鼓，吃不下其他东西，饥饿而死。所以，整个夏天，我们随时要奔到热泉边把那些对盐泉水缺乏自控能力的牛从泉眼边赶开。如今，我的声带已经发不出当年那种带着威胁性的长声吆喝了，就像再也唱不出牧歌中那些逶迤的颤音一样。当年，沉默的我经常独自歌唱，当唱到牧歌那长长的颤动的尾音时，我的声带在喉咙深处像蜂鸟翅膀一样颤动着，声音越过高山草场上那些小叶杜鹃与伏地柏构成的点点灌丛，目光也随着这声音无限延展，越过宽阔的牧场，高耸的山崖，最后终止在目光被晶莹夺目的雪峰阻断的地方。

是的，那是我在渴望远方。

远方没有具体的目标，而只是两个大致的方向。梭磨河在群山之间闪闪发光奔流而去，渐渐浩大，那是东南的远方。西北方向，参差雪峰背后，是宽广的松潘草原。

夏天，树荫自上而下地笼罩，苔藓从屁股下的岩石一直蔓生到杉树粗大的躯干，布谷鸟在什么地方悠长鸣叫。情形就是这样，我独坐在那里，把双脚浸进水里，这时的热泉水反而带着一丝丝的凉意。泉水涌出时，一串串气泡迸散，使一切显得异样的硫黄味便弥漫在四周。有时，温顺的鹿和气势逼人的野牛也会来饮用盐泉。鹿很警惕，竖着耳朵一惊一乍。横蛮的野牛却目中无人，它们喝饱了水，便躺卧在锈红色的泥沼中打滚，给全身涂上一层斑驳的泥浆。那些癞了皮的难看的病牛，几天过后，身上的泥浆脱落后，便通体焕然一新，皮上长出柔顺的新毛，阳光落在上面，又水般漾动着光芒了。

牧马人贡波斯甲说："泥浆能杀死它们身上的小虫子。"

贡波斯甲还说："那泥浆有治病的功效。"

贡波斯甲独自放牧着村里的一小群马。他的马也会来饮盐泉。通常，我们要在这个时候才能在盐泉边上碰见他。

他老说这句话，接着，孩子们就哄笑起来，问："那你为什么不来治治你的病？"

贡波斯甲脸上有一大块一大块的皮肤泛着惨白的颜色，随时都有一些碎屑像死去的桦树皮从活着的躯干上飘落一样，从他脸上飘落下来。大人们告诫说，与他一起时，要永远处在上风的方位，不然，那些碎屑落到身上，你的脸也会变成那个样子。一个人的脸变成那种样子是十分可怕的。那样的话，你就必须永远一个人住在山上的牧场，不能回到寨子里，回到人群中来。也没有女人相伴。

而我恰恰认为，这是最好的两件事情：没有女人和一个人住在山上。

住进寨子的工作组把人分成了不同的等级，让他们加深对彼此的仇恨。女人和男人住在一起，生出一个又一个的孩子，这些孩子便会带来半饥半饱的日子。我就是那样出生长大的孩子中的一个。

所以，有一段时间，我特别想一个人和贡波斯甲一样，没有女人并一个人住在山上。

我的舅母患很厉害的哮喘，六十多岁了，她的侄女格桑曲珍，我好些表姐中的一个，是寨子里歌声最美的姑娘，工作组要推荐她到自治州文工团当歌唱演员，不知怎么她却当上了村里的民兵排长。她经常用她好听的嗓子对着舅母的房子喊话。她喊话之后，那座本已失去活力的房子就像死去了两次一样。喊话往往是人们集体劳动归来的时候，淡淡的炊烟从一家家石头寨子里冒出来，这一天，舅母家的房顶便不会冒出加深山间暮色的温暖炊烟。舅母从石头房子里走出来，脸也像一块僵死的石头。她从自家的柴垛上抽出一些木柴，背到寨子中央的小广场上,这时,天空由蓝变灰,一颗颗星星渐渐闪亮,夜色降临远离世界的深山,舅母用背去的木柴生起一大堆火。人们聚集在寨子中央的小广场上,熊熊火光给众人的脸涂抹上那个时代崇尚的绯红颜色。舅母退到火光暗淡的一隅。火把最靠近火堆的人的影子放大了投射出去,遮蔽了别人应得的光线与温暖。我们族人中一些曾经很谦和很隐忍的人,突然嗓音洪亮,把舅母聚集家庭财富时的悭吝放大成不可饶恕的罪恶,把她偶尔的施舍变成蓄意的阴谋。

最近的阴谋之一是给过独自住在山上的花脸贡波斯甲一小袋盐,和一点熬过又晒干的茶叶。

这个传递任务是由我和贤巴完成的。后来,贡波斯甲表弟的儿子贤巴又将这个消息泄露给了工作组。总把一件军大衣披在身上的工作组长重重一掌拍在中农儿子贤巴的瘦肩膀上说:"你将来能当上解放军!"被那一掌拍坐在地上的贤巴赶紧站起来,激动得满脸通红不知所措。结果,当天晚上,寨子里又响起来了表姐的好嗓门,舅母又在广场上升起一堆火,大家又聚集起来。又是那些被火光放大了身影的人,奇怪提高了他们的声音。那些年头,大家都不是吃得很饱,却又声音洪亮,这让人很费猜量。

我看着天空猜想,云飘过来,遮住了月亮。天上有很大的风,镶着亮边的乌云疾速流动,嗖嗖作响。

第二天,贤巴的半边脸便高高肿胀起来,有人说是他父亲打的,有人说,是花脸贡波斯甲打的,甚至有人说,那一巴掌是我那一年就花白了头发的舅母打的。从此,我与贤巴就不再是朋友了。有人在我们之间种下仇恨了,这仇恨直到他穿上了军装回到寨子给男人们散发香烟,给女人们分发糖果时也没有消散。我是说,那时,他已经不恨我了,但我仍然恨他。

从此以后,我才在放牛的时候和贡波斯甲说话。他坐在泉水一边,低一点的地方,让我坐在泉水另一边,高一点的地方,他告诉我一些寨子里以前的事情。经他嘴讲出来的故事,没有斗争会上揭发出来的那么罪恶。他好像也没有仇恨,连讲起自己得病后跟人私奔了的妻子时,他那花脸甚至浅浅地浮现出一些笑意。

但他一看到侄儿贤巴,脸上新掉了皮的部分便显得特别鲜红,但他从来不说什么,只是不看他,只是别过脸望那些终年积雪的山峰。

他也问我一些寨子里的事情。这时,牛们使劲甩动尾巴,抽打叮在身上的牛虻。我告诉他,我想像他一样,一个人住在山上。他脸上露出痛苦而怜惜的表情,伸手做出一个爱抚的动作,虽然他的手伸向虚空,但是隔着泉眼,我还是感到一种从头顶灌注到脚底的热量。

我不敢抬起头来,却听见他说:"但是,你不想有跟我一样的花脸。"

我更不敢抬头应声了。

突然,他说:"其实,只要让我去一次温泉,在那里洗一洗身子,洗一洗脸,回来时,就光光鲜鲜的不用一个人住在山上了。"

这是我第一次听人说起温泉。

他告诉我温泉,就是比这更烫的泉水,跟这水一样的味道,但里面没有盐。他说,温泉能治很多的病症,最厉害的一手就是把不光鲜的皮肤弄得光鲜。双泉眼的温泉能治好眼病与偏头痛,更大的泉眼疗效就更加广谱了,从风湿症到结核,甚至能使"不干净的女人干净"。

我不知道女人不干净的确切含意,但我开始神往温泉。于是,那眼叫作措娜的温泉成了我有关远方的第一个确切的目标。我想去看一眼真正的温泉,遥远的温泉,神妙的温泉。我不爱也不想说话,父母又希望我在人群中间能够随意说话,大声说话。我想,温泉也是能治好这种毛病的吧。

我问花脸温泉在什么地方。他指指西边那一列参差着的雪峰,雪峰间错落出一个个垭口。公路从寨子边经过,在山腰上来来回回地盘旋,一辆解放牌卡车要嗡嗡地响上两三个钟头,才能穿过垭口。汽车从东边新建中的县城来,到西边宽广的草原上去。村里的孩子既没有去过东边,也没有去过西边。除了寨子里几个干部,大人们也什么地方都不去。以至于我们认为,人是不需要去什么太远的地方的。但是,贡波斯甲告诉我,过去,人们是常常四处漫游的。去拜圣山,去朝佛,去做生意,去寻找好马快枪,去奔赴爱情或了结仇恨。还有,翻过雪山,骑上好马,带上美食,去洗那差不多包治百病的温泉。

"但是,如今人像庄稼一样给栽在地里了。"花脸贡波斯甲叹了一口气,无奈地说。

回到山下,我去看种在地里的庄稼。

豌豆正在开花,蜜蜂在花间嗡嗡歌唱。大片麦子正在抽穗,在阳光下散发着沉闷的芬芳。看来,地里的庄稼真是不想什么远方,只是一个劲地成长。一阵轻风吹来,麦子发出絮絮的细语。我却不能像庄稼一样,站在一个地方,什么都不想。

有一天我受好奇心驱使,爬到了雪山垭口,往东张望,能看到几十里外,一条河流闪闪发光,公路顺着河谷忽高忽低地蜿蜒。影影绰绰地,我看到了县城,一个由一大群房子构成的像梦境一样模糊的巨大轮廓。转身向西,看到宽广的草原,草原上鼓涌着很多姑娘胸脯一样浑圆的小丘。那就是很切近的遥远。用一个少年的双脚去丈量这些目力所及的距离,不能用一个白昼的时间抵达的地点,就是我那时的遥远。而且,有一眼叫作措娜的温泉就在草原深处的某个地方。

我从雪山下来,贡波斯甲问我:"看到了吗?"

我说看到了草原。比我们山脊上的草场更宽更大罢了,上面有闪闪发光的河流与湖泊罢了。

贡波斯甲这个自卑的人,第一次对我露出了不屑的表情:"我是说你看到温泉了吗?"

我摇头。

贡波斯甲说:"啧,啧啧,就在那座岩石铁红的小山下面嘛。"

我没有看见那座小山。那一天,我觉得他脸上一直隐现出一种骄傲的神情。但我安坐在泉眼边上,突然觉得自己永远也去不了那样的地方,永远也想象不出一座铁红色的山峰是个什么样子。三只野黄羊从热泉里饮了水走开了,我觉得自己就像这些什么都不知道的野羊一样。

贡波斯甲说:"那个时候去温泉嘛,糟老头子是去医病,年轻娃娃是去看世界,去懂得女人。"

晚上,山风呼呼地吹过牧场的帐篷顶,我想,女人,好嗓门的表姐那样的女人,还是舅母那样苦命的女人。我睡不着,披着当被子的羊毛毯子走出帐房,坐在满天的星星下,坐在雪山的剪影前。看见远远的山谷那边,一团灯火,那就是贡波斯甲孤独的家。打从他花了脸,走了女人,他就成了寨子里的牧马人。其实,那个时候马已经没有什么用处了。老人们说,打从一个又一个工作组来了又走,走了又来,人就像上了脚绊的马给永远限制在一个地方了。他们只能常常在老歌里畅游四方。歌里唱的那些人,有的畅游之后回来了,有的就永远消失在遥远的地方。从我懂事起,人们就老说着从来不见人去的温泉。温泉就在雪山那边的草原上,那是过去的概念。现在的说法是,雪山这边是一个县的某某公社某某大队某某生产队。草原上的温泉又是另一个县的某某公社某某大队某某生产队。牧场也划出了边界。我们的牛群永远不能去到垭口那边的草原。而在过去的夏天,人们可能赶着牛群,越过垭口,一天挪移一次帐房,十多天时间便到了温泉的边上。

温泉就是上百里大地上人群的一个汇集，一个庞大的集市，一次盛大的舞会，和满池子裸浴的男女。

一个特别醉心于过去男人们浪游故事的年轻人酒醉后说了一句话。结果，只好自己在寨子里的小广场上生起熊熊大火，然后，垂着头退后，把脸藏在火光开始暗淡的地方。情形就是这样。生起火堆的人不该照到灼人的火光。

但他那句话还是成了一句名言，他说："他妈的生产队就像个牛圈。"

没人知道这句名言算不算真理，但过去驮着男人们走向四方的马，现在却由花脸照看着，因为什么事都不用干，长得体肥膘满。偶尔使用一下，也是给套上马车，把工作组送回县城或接进寨子里来。再就是拉着马车，把有资格开各种会的人送到公社去开会。马车也载回来一个小学教师，从此，我们识了字。马车也从公社供销社拉回来棉布、盐、茶叶、搪瓷盆子和碗和姑娘们喜欢的方格头巾与肥皂。有了这一切，还有什么必要在马背上忍受长路的艰辛呢。

我们的老师说："安居乐业是社会进步的标志。"

道理堂堂正正，远方的欲望却是鬼鬼祟祟的。

又一个工作组走了。会跳朝鲜舞的工作组长没有把表姐送进文工团，而且因为睡了我的表姐，自己也犯下了错误。错误的名字有两个。一个叫"生活作风不好"，一个叫"影响民族团结"。表姐的错误只有一个："腐蚀革命干部。"民兵排长是当不成了，再见到她时，舅母便敢于往两人之间的地上唾上一口。表姐的父亲看见了，生气地说："不就是跟个男人睡了觉吗？你年轻的时候也跟好些男人睡过。"

人们都说世道变了。

当然，大家觉得这世道变得也太快了一点。这些都是我坐在牧场的帐房外面,背后的天空缀满了冰凉的星星那个夜晚所想到的事情。

我看着花脸住处孤独的灯光,觉得我心里有个地方也像那有比没有还要糟糕的灯火一样。表姐就睡在帐篷里,重新成为牧场上的挤奶女。一般而言,每一群牛后面,会跟着一顶帐房。因为寨子与青稞地在山下的河谷里,而牧场在山上,在漫山的森林开始消失的地方。一顶帐房里有一个男人,背着猎枪,白天巡行牧场,驱逐豺狼。晚上则和几个挤奶女住在一顶帐篷里,这样,其中某一个很容易成为他的情人。我这样的孩子,只是在很短暂的假期来看守盐泉。差不多每天夜晚,我都会听到他们弄出些奇怪的响动。今天晚上也是一样。风很劲,夜很冷。我坐在外面的星空下,却突然想起了温泉:集市、舞会、赤身裸体的男女。我笑了。而风更劲了,夜更冷了。我披着毯子回到帐篷。这回却发现是表姐的羊毛毯子下发出奇怪的声音。别人只是低声地哼哼,而她真是好嗓门,好像是在欢快地歌唱。后来,那个好枪法的男人回到了自己的毯子底下叹息不止。另两个挤奶女发出斑鸠咕咕低鸣那种笑声。这个人我要叫他堂哥,但我不知道为什么要这么叫他。另两个女人一个我要叫她婶子,一个也要叫表姐,我也不知道为什么要这么叫她们。但寨子里所有人好像都是亲戚。即或彼此在旧怨中又添上了那么多强烈的新恨,也要彼此以亲戚的名目相称。但我知道,眼下这个被男人压迫着欢叫过后,又开始低声啜泣的女人是我真正的表姐,就像舅母是我真正的舅母一样。

表姐啜泣得有些抑止不住时,那个我要叫他堂哥的男人打起了响亮的呼噜。而那两个女人依然咕咕地笑个不止。我突然为之心痛,走过去,手脚无措地站在表姐身边。她突然一把我拉进了她的毯子。只是一瞬间,一个女人身体的全部奇异都被我感觉到了。这时,表姐开始放声大哭。她一边哭,一面亲吻我,说:"弟弟,弟弟。"结果把鼻涕眼泪蹭了我一脸。这时，那男人醒来了，走过来把我从表姐怀中拉了出来。我想不到表姐在快乐放纵后如此悲伤的更远的原因，只能把一切都归结于这个男人，这个我不知道为什么要叫他堂哥的男人身上。他更不该有些炫耀地拿出了村里只有两三个人才有的手电筒，先把强烈的光柱照在姐姐身上，然后，又照在了我的脸上，于是，我的双眼给晃得什么都看不见了。于是，平时心里所有的积郁都变成了愤怒，从心中冲上头顶。愤怒与仇恨在我脑袋中嗡嗡作响。这个嗡嗡作响的脑袋疯狂地顶了出去，撞在那个男人的肚子上，我听见了与牛蹄子踩进泥沼类似的声响。然后，男人哼了一声，猝不及防的身子向后仰去，倒向了身后的火塘。一声响亮，架在铁三角架上的铜锅里的开水，浇到了余火里，浇到了那个男人身上某个地方，连我的脚背上也溅上了一点。两个咕咕笑的女人惊叫起来："他疯了！他疯了吗？"表姐哈哈大笑，而那个男人却一边恶毒咒骂一边忍不住发出痛苦软弱的呻吟："杂种！哎哟，我的屁股，我要杀……该死，我站不起来了，哎哟！"

听着这些声音，特别是表姐的笑声，我脑袋里那些止不住的嗡嗡声停息了，我也想放声大笑。有人点燃了马灯。看臭男人的光屁股一半还坐在翻倒在地的锅沿上，一半坐在火塘里烫人的灰烬里，一脸痛苦的表情，我便把胸膛中涌动的笑声释放出来了。

想不到，刚才还在大笑的姐姐，跳到我面前，嚷道："你这狗东西，闭嘴吧，还笑得出来！"她一脸愤怒确乎是冲着我来的，而且，衣襟下面没有掩住的一对乳房也蹦跳着，像被铁链拴住却想窜出去咬人的狗。

我冲出了帐房，毫无目标地奔跑在夜半时分的高山牧场上。草抽打着，纠缠着我的双脚，冰凉甜蜜的露水飞溅到脸上，手上。有生以来，我第一次感到了自由的舒畅与快乐。这不是逃跑，而是第一次冲出了世界上那些声音的包围：斗争会上那些突然爆发出来的仇恨的声音，家里人因为贫贱而互相怨怼的声音，表姐那突然叫我懂得了，又让我突然不懂的哭笑与斥骂。

我继续奔跑，把身后表姐惊慌地呼喊我的声音远远地抛到身后，再也听不见了。跑过一个山坳，身后帐篷里的灯光不见了。我才放慢了脚步。夜露一颗颗沉沉地砸在我的脚背上。我穿过山谷来到了花脸那小窝棚跟前。窝棚里灯火已经灭了，我听到如雷的鼾声，从屋后的马圈里传来马匹浓重的腥膻气息。我在花脸门前一根大木头上坐下来，看着明亮的启明星越升越高，只裹着一条羊毛毯子的光身子越来越冰凉，被开水烫伤的脚背也隐隐作痛。但我不好意思敲门，我觉得自己是一个男人了，一个男人便应该忍受着痛苦一声不吭。

是忍不住的咳嗽声把贡波斯甲给惊醒了。

我听到他摸索着点亮马灯，咿呀一声打开柳条编成的柴门。于是，温暖的灯光笼罩在我身上，也让我看见了他关切的脸。他看着哆嗦不止的我，真的只是关切，而没有吃惊。他望望我所来的那个有着男欢女爱的帐篷的方向，一脸什么都懂的表情，从门那里闪开身子，把我让进了屋里。他一句话也没有说，便把我裹在一条更厚更大的羊毛毯子里，又往我口里灌进几口烧酒，然后，我便睡着了。醒来的时候，已经是满屋子金黄的阳光。火塘边一把擦得铮亮的铜壶中茶水翻沸有声，柳条编成的篱墙边一具马鞍上棕色的皮革发出铜器一样的光芒。这种景象对我而言，那种静谧中的诗意就像天堂。既然是天堂，我就要躺在那里一动不动，没有地老，也没有天荒。天堂里充满了干燥的木头特别的芬芳。这时，随着木门轻轻的咿呀一声，一片更强烈的阳光照进了这小小的屋子，晃得我睁不开眼睛。接着，对这又窄又低的木门来说，一个相当高大的身影遮挡住了光芒。我想，他就是天堂的主人，但我看不清他背着强光的脸。于是，我索性闭上眼睛。现在，我知道他就是花脸，也记起了昨天晚上那些事情。但我不愿睁开眼睛，仍然希望他就是天堂的主人。他走到我跟前来，嘴里哼哼了一句什么，又走开去，坐在了火塘对面，我悄悄睁开眼睛，看他给自己倒上满满一碗茶。他端起碗，在把脸埋进碗里前，他说："醒了就起来吧。"

我只好起来。叠好羊毛毯子，出去在山泉边上洗了一把脸，回来坐在火塘边上与他面对着面。他让我自己弄些吃的。我这才感到了自己的胃已经是一只空空的口袋了。同时，脑子也隐隐作痛。他指指我背后的一只矮柜。那里头的碗啊盘的，都是给客人备下的，今天我来第一次使用了。我弄干净了碗筷，开始吃东西的时候，他又拿过那具已经擦得铮亮的马鞍，用一大块紫红色绒布擦拭起来。擦过鞍鞒上的皮子，又擦悬垂在两边的马镫，最后是银光闪闪的铁嚼口。他的眼睛里也有明亮的光芒在闪烁。他如此专注于手上的活路，好像我根本不存在一样。我咳了两声，他也没有理会我。这与在热泉边上时的情形恰好相反。在那里，这个鬼影子似的存在着的人物，总是带着一点讨好的笑容，打听一点山下的事情。

现在，这个人因了这座小木房子，因了这副漂亮的马具，显得真实起来。我又咳了两声。他才停住了手，从马具上抬起眼睛。他的眼睛在问我：漂亮吗？

我轻声说：漂亮。好像要是我说得大声这一点，这些漂亮就不存在了。

他拍拍马鞍："是的，漂亮，以前，我跟这个好伙计去过多少地方啊！要是再不走，我，和那些马都要老死在这片山谷里了。然后，这副鞍子会跟这房子一起腐烂。趁我和马都还走得动，我真的要走了。"

"你要走？"

他点点头,轻轻地放下马鞍,就像一位母亲放下自己熟睡的孩子。来到门口,和我一起望着远方。

我说:"你想去温泉?"

他说:"你不想,是因为你不知道温泉的好。"

"温泉真能治好你的病?"

"病?我去温泉的时候没有病。那时我是一个精精神神的小伙子,天哪,我在那里看见了多少漂亮的女人。那么多漂亮的女人出现在草原上,就像温泉四周一夜之间便开满了鲜花。当然,我现在是要去治这该死的病。温泉水一洗,从里到外,人就干干净净了。"

走出那间属于他的屋子,我在心理上就有了一点优势,听着他这些梦一样的话,差点没有笑出声来,据我有限的知识,人的里面是很肮脏的,不管是吐出来的还是拉出来的,都散发着难闻的臭味。

于是,我便拿这话难他。

他伸出手来,想拍拍我的脑袋,大概是我眼中流露出了某种光芒,伸到半途的手,又像被风吹断的树枝一样掉下去了。他叹了一口气:"孩子,难道你不懂得人有两种里边。"

我不懂得两种里边是什么意思,但我懂得了他话中深深的怜惜之意。这种语气有种让人想流一点眼泪的感觉。于是,我站起身来,把目光投向更远的雪峰。然后,到就近的热泉边守候去了。

从另一个帐篷来的贤巴早已守候在那里了。看见我走近,他脸上露出了惊骇的表情,并且很敏捷地一跃便跳到盐泉的那一边去了。他像工作组长一样叉着腰站在上风头,脸上露出了居高临下的表情。他说:"你跟花脸住在一起?"

我心里不平,但感觉自己已经低他一等。于是,嘴里便什么话也说不出来了。

他说:"你表姐的裤带又不是第一次叫男人解下来,你还跑去跟花脸住在一起。"然后,他的嘴里就像面前不断咕咕地翻涌着气泡的盐泉一样,成串成串地吐出了一些平常从大人们口中才能吐出的肮脏的字眼。这些话和他凸出的门牙使我的脑子里又响起了昨天晚上那种成群牛虻盘旋的嗡嗡声。这声音越来越大,越来越尖厉,最后的结果是,一块石头从我手边飞了出去。用工作组演讲的方式说着大串脏话的贤巴捂着额头,像电影里中了子弹的军人一样摇晃着,就是不肯倒下,最后,他终于站稳了。血从他捂着额头的指缝中慢慢流出来。这回,他倒是用正常的声音说话了:"你疯了?"

我说:"你才是疯子。"

他叫起来:"笨蛋,快帮我止住血。"这下,我才真正清醒过来。奔到林间一块草地上,采了一种叫刀口药的止血药,一边跑,一边在口里将这药草嚼烂,奔到他身边时,他已经像电影里的英雄一样,仰面躺在一株高大的杉树下了。伤口不大,才嚼了两口药,就完全盖住了。我撕下一绺腰带,把伤口给缠上。腰带本身就是浸透了血一样的紫红色。这下,他就更像是一个英雄了。他脸上露出坚定的笑容:"行啊,你小子,跟我来这一手。"这才像是平常我们之间说话的口吻。

他就像电影里受伤的解放军一样躺在树下,我刚替他包扎好伤口,他便翻身站起来,用恶毒的眼光看定了我:"离我远一些,你已经脏了,你跟花脸在一起,你再也回不到寨子里来了。"

我的嘴巴因为嚼了药草,舌头麻木得像一块石头,什么也说不出来了。眼睁睁地看着他得意扬扬地下山去了。剩下我张大了嘴巴站在那里,好像是他打伤了我,而不是我打伤了他。贤巴朝山坡下奔去,我知道自己就此失去了一位朋友。我的朋友不多,所以,仅仅失去一位便足以令我愤怒不已。我捡起一块石头,狠狠地往山坡下那个飞窜的背影扔去。我的臂力还小,还是借助山的坡度,那石头在地上跳了好几跳,才软弱无力地滚动了他身边。他回过身来望了我一眼,我想,他的脸上一定浮出了讥讽的笑容,然后转身从容地走下山去。

    这是2001年4月13日,一个星期五的早晨,我在东京新大谷酒店的房间里,看着初升的太阳慢慢镀亮这座异国的城市,看着窗下庭院里正开向衰败的樱花。此时此刻,本该写一些描写异国景物与人事的文字,但越是在异国,我越是要想起自己的少年时代。于是,早上六点,我便起床打开了电脑。一切就好像是昨天下午刚刚发生一样。高山牧场上杜鹃花四处开放,杜鹃鸟的鸣叫声悠长深远。风在草梢上滚动着,从山脊一气到谷底,波动的绿色上一片闪烁的银光,一直荡到脚前,盐泉里刺激的硫黄味灌满了鼻腔。

    贤巴跑掉不一会儿,表姐来到盐泉边上,我以为她是来找我的。但她脸上露出了怨恨的表情,眼睛望着别处说:"我自己来守着那些瘟牛,不要添乱的人来帮忙。"

    我看她的样子非常可怜,想说点什么,但嘴巴麻木得什么都说不出来。只好像个傻子坐在那里一动不动。表姐肯定希望我说点什么。但那些药草把我的舌头给麻木了。终于,埋着头等待的表姐抬起头来,恶狠狠地瞪着我:"你怎么不说话,嗯?你那么厉害,怎么现在不说话了。"然后,表姐的泪水顺着面颊一串串流了下来,"都是你们,都是你们这些该死的亲戚把我毁了。"说到这里,她几乎是在大喊大叫了,"老天爷,你看看吧,看看我这些该死的倒霉亲戚把我的前途全给毁掉了!"

    表姐好像疯了。

    我从盐泉边逃开,回到贡波斯甲窝棚的时候,他坐在门前的木头台阶上用一块紫红的丝绒布擦拭鞍鞯。我看到他双眼里显出沉醉的光彩。他用那样的眼光看我一眼，立即，药草的魔法被解除了，我说："表姐说不要我回去了。"

"好啊，"他的眼睛再一次离开马鞍，落在我脸上，"好啊，那就跟我去温泉吧。"

"不是不准人随便到那么远的地方去吗？"

花脸没有回答，他把手指插进嘴里，打了一个响亮的呼哨，几匹马从山坡上跑来，站在了我们面前。它们喷着响鼻，机警的耳朵不断耸动，风轻轻掀起长长的鬃毛。贡波斯甲这时才低声地说："我管不了那么多规矩，再不去温泉，我的病就治不好，这些马也要老了。"

他眼看着马，手抚着马鞍，一脸的伤感让我心口发热发紧。他声音更加伤感地又说了一遍："你看，再不去，这些马就要老了。"

我假装没有听见，便转脸去看那些熠熠闪光的雪山。突然，他的声音欢快起来："嗨，小子，想骑马吗？"

那还用说，长这么大，虽然生产队有一大群马就养在那里，我还不知道骑在马背上是种什么滋味呢！贡波斯甲一边给马上鞍子，一边说："好，或许我去温泉的时候，你这聪明的崽子也想跟着去呢，我们没钱坐汽车，不骑马可不成，再说，以前去温泉都是骑马去，再去也不能坏了规矩。"

然后，他把我扶上马背，刚刚把缰绳递到我手上，便声音洪亮地吼了一声。马便应声飞窜而出了。我的身子向后猛然一仰，然后又往前一弹，同时嘴里发出了一声惊叫。我本能地用双脚紧钩住马镫，手上牢牢地握住缰绳。然后便是马蹄飞踏在柔软草地上的声音和耳边呼呼的风声了。眼前那些熟悉的景物，草地、杜鹃花和伏地柏丛、溪流、草地边高大的落叶松、比房子还要巨大的冰川磺石，这一切，都因为飞快的速度迎面扑来，从身旁掠过，落在了身后。一切都因为从未体验过的速度而陌生起来，新鲜起来。只有远处的雪山依然矗立在那里，巍然不动。马继续奔跑，我的身子渐渐松弛，听着马呼哧呼哧的喘息声，我的呼吸终于也和我的坐骑调和到一起。马要是再继续奔跑下去，我在马背上越发轻盈的身子便要腾空飞升起来了。升到比那些雪峰更高的天空中去了。骑手的后代第一次体会到了奔驰的快感。只要这奔驰永不停息，我便从这禁锢得令人窒息的生活中解脱出来了。

但花脸又是一声尖厉的呼哨，我的坐骑在草地上转了一个弯，差点把我斜抛了去了。但我用双腿紧紧夹住了马鞍。那种即将腾空的感觉让我快乐地大叫。然后，我又把身子紧伏在马背上，像一个老练的骑手听着风声灌满了双耳。最后，马猛地收腿站住时，我还是从马头前飞下来，重重地摔在了草地上。刚触地的那一刻，身体里面，从脑子到胸腔，都狠狠震荡了一下，我躺在那里，等震荡的感觉慢慢过去。花脸也不来管我，一边跟马咕叽着什么，一边卸他的宝贝鞍鞴。后来，一串脚步声响到我跟前，我还是躺在那里，眼望着天空。我心醉神迷地说："我要跟你一起翻过雪山。"

我闭上双眼，还是感觉到一个身影盖过来，遮蔽了阳光。我说："我要跟你一起骑马去温泉。"

然后，我听见了威严漠然的声音："起来，跟我回家。"然后，我看见了父亲那张居高临下的脸。我站起来时，父亲有些怜爱地拍掉我身上的草屑，但他和寨子里别的人一样，不跟花脸说话，他拉着我走出一段，花脸还木然在站在那里，我也频频回头。父亲脸上又一次显出一丝丝隐忍着的怜悯，说："那么，跟人家告个别吧。"

于是，我父亲站在远处，看着我又走回到花脸身边。

我走到了花脸跟着，却不知说什么才好，最后，还是花脸开口了。

他开口的时候,脸上浮现出了拒人于千里之外的高傲的表情:"你永远也别想跟我去温泉,可是我,什么时候想去就去了。"

他这么一说,我想再说什么就让牙齿把舌头给压住了。我张了张嘴,声音快要冲出嘴巴时,又被咽回到肚子里,再次转身向父亲走去。花脸再一次在身后诅咒般地说:"你永远也去不了温泉。"是的,我真的看不出什么时候能去传说中的温泉,雪山那边相距遥远的温泉。也许贤巴真的能当上解放军,也许表姐也可以再次时来运转,新一任工作组长会让她当上自治州文工团的歌唱演员,但是,当我随着父亲走下山去,看到山谷里就像正在死去一样的寨子出现在眼前时,彻底的绝望充满了心间。

也许是我眼中的什么神情打动了父亲,他有些笨拙地伸出手来抚摸我的脑袋,但我缩缩颈子躲开了他的手。他的手徒然垂下时,伴随着一声低低的叹息。

关于那一年,我还记得什么呢?只记得那一年很快就是冬天了。中间的夏天与秋天都从记忆里消失了。这种消失不是消失,而是一切都无可记忆。这种记忆的中止是好几年的时间。寨子里的生活好像一天比一天轰轰烈烈,但我的心却一天天沉入了死寂的深渊。从小学三年级到我离开村子上中学,只有三件事情,使一些时间能从记忆中复活过来。

一个是第二年的秋天,表姐结婚了。她是生下了孩子后才和寨子里一个年轻人结婚的。表姐亲手散发那些糖果。到我跟前,表姐亲吻了我的面颊,并在我耳边说:"弟弟,我爱你。"

旁边耳尖的人们便哄笑起来,问她:"像爱你怀里的孩子还是爱一个男人?"

表姐说:"就像爱我的亲生弟弟。"

舅母也上来亲吻她，说："孩子，你心里的鬼祟消除了。"婚后不久，很久不唱歌的表姐又开始歌唱了。冬天太阳好的时候，妇女们聚集在广场中央，表姐拿出丰盈的乳房，奶她第二个孩子，奶完之后，大家要她歌唱，她便开口歌唱。以前的很多歌那时工作组都不准唱了。表姐唱的都是工作组教的毛主席语录歌，但给她一唱，汉字的词便含混不清，铿锵的调子也舒缓悠长，大家也都当成民歌来听了。写到这里，我站起身来站在窗前吸一支香烟，窗外不是整个东京，我所见到的便是新大谷酒店一座林木森然的园子。黄昏就像降临一片森林一样，降临到这座园子四周的树木之上。有了阵风吹过，我的心，便像一株暮春里的樱花树一样，摇落飞坠着无数的花瓣。

一天表姐歌唱的时候，生产队的马车从公社回来。跟着穿旧军衣的工作组，一个穿着簇新军装的人从马车上跳下来。那是当上了解放军的贤巴。工作组对表姐的预言没有应验，但是，他们对贤巴的预言应验了。那个被工作组领着，因为穿了一身簇新军装而有些拘谨，同时也十分神气的贤巴现在是一名解放军战士了。工作组马上下达命令，和舅母一样处境的几位老人又在广场上生起了熊熊的篝火，只是今天他们不必再瑟缩着站在火光难以照见的角落听候训示了。给他们的命令的是"不要乱说乱动，回去老老实实待在家里"。

然后，举行了欢庆大会。贤巴站在火堆前，胸前扎着一大朵纸做的红花。同样的一朵红花也挂在了贤巴家低矮的门楣上。然后，工作组长当众用他把标语写满了整个寨子的毛笔蘸饱了墨汁，举在手上，看着人把一张红纸贴上了贤巴家的木门，然后，唰唰几笔，光荣军属几个大字便重重地落在了纸上。

贤巴参军了。但寨子里的大多数人依然觉得他不是一个好孩子。说他喜欢躲在人群里，转身便把听到的任何一点点事情报告给工作组。

所以，这天众人散去时，会场四周的残雪上多了许多口痰的印迹，好像那一天特别多的人感到嗓子眼发堵一样。但是，我们这些同龄人却十分羡慕他。他才比我大两岁，才十五岁就参军了。这意味着这个年轻人在这个新的时代有了最光明的前途，以后，他再也不用回到这个村子里来了，即便他不再当兵，也会穿着旧军装，腰里披一把红绸裹着的手枪，去别的寨子当工作组。甚至当上最威风的工作组长。

很多老人也说我不是一个好孩子，因为我不跟人说话，特别是对长辈没有应有的礼貌。工作队的人也这么说我，他们希望寨子里写汉字最好的学生能跟他们更加亲近一些，但我不能。父亲悲戚地说："叫人一声叔叔就这么困难吗？"但我一站到他们面前，便感到嗓子发紧发干，没有一点办法。小学校一年一度选拔少先队员的工作又开始了。我把作业做得比平常更干净漂亮，我天天留下来和值日生扫地，我甚至从家里偷了一毛钱，交给了老师。但是老师好像一切都没有看见。我们都十三四岁了，小学也快毕业了，但我还是没有戴上红领巾。而每年一度的这个日子到来的时候，我的心里仍然充满了渴望。一天，老师终于注意到了我的渴望，他说："你能把作文写得最好，你就不能跟人好好说几句话吗？"他还教了我一大堆话，然后领着我去见工作组的人。路上，我几次想开溜，但是那种进步的渴望还是压倒了内心的怯懦。终于走进了工作组居住的那座石头寨子。工作组长正在看手下人下棋，把双手交叉抱在胸前，他还不时耸动一下肩膀，以防披在身上的外衣滑落。他的手下人每走一手棋，他便从鼻子里哼一声："臭！"

老师不断用眼睛示意我，叫我开口，但我找不到一个合适的机会。因为工作组长几次斜斜眼睛看我和老师时，我都觉得他的眼光并没有落在我身上，而是穿过我的身体，落在了背后的什么东西上。人家用这样的眼光看你，只能说明你是一道并不存在的鬼影。

我感到舌头开始发麻，手上和脚上那二十个指头也开始一起发麻。我知道，必须在这之前开口，否则我就什么都说不出来了，否则红领巾便永远只能在别人的胸前飘扬了。终于，我粘到一起的嘴唇被气息冲开，嘴里发出了一点含糊的声音，连我自己都没有听清。

工作组长一下便转过身子来了，他说："哟，石菩萨也要开金口了！"

我的嘴里又发出了一点含糊的声音，老天爷如果怜悯我的话，就不应该让我的舌头继续发麻。可老天爷把我给忘记了。不然的话，舌头上的麻木感便不会扩展到整个嘴巴。

工作组长的目光越过了我，看着老师说："你看这个孩子，求人的时候都不会笑一下。"

老师叫我来，是表达进步的愿望，而不是求他。虽然我心里知道这就是求他，不然我的舌头也不会发麻。但他这么一说，我就更加委屈了。眼睛里有滚烫的泪水涌上来，但我不愿意在他面前流出泪水，便仰起脸来把头别向了另一边。这是我最后一点自尊了。

但别人还是要将她彻底粉碎，工作组长坐在椅子上，说："刚才你说的什么我没有听清，现在你说吧，看来，你说话我得仔细听着才行。"我的身后，传来了曾经的朋友，现在已经穿上军装的贤巴嘻嘻的笑声。而我的泪水马上就要溢出眼眶了。于是，我转身冲下了楼，老师也相跟着下来了。冬天清冽的风迎面吹来，我哇的一声哭了起来。

老师叹了口气，把无可救药的我扔在雪地里，穿过广场，回小学校去了。

我突然拔腿往山上跑去。我再也不要生活在这个寨子里了。曾经的好朋友贤巴找到了逃离的办法，而我还没有找到。所以，便只能向包裹着这个寨子的大山跑去。穿过残雪斑驳的树林，我一路向山上狂奔。我还看见父亲远远地跟在身后。等他追上我时，我的脸上泪水已经流干了。我坐在雪地上，告诉父亲我不要再上学了。我要像花脸贡波斯甲一样一个人住在山上。我要把挣到的每一分钱都给家里。

父亲什么也没说，但我看到他的脸在为了儿子而痛苦地抽搐。

沉默许久后，他说："我们去看看贡波斯甲吧。"

是的，这是我最后一次看见花脸。最后一次看见的时候，我们已经看不清他的脸了。木门吱呀一声推开时，屋顶上有些积雪掉了下来。雪光反射到屋子里，照亮了他那副永远擦得亮光闪闪的马鞍。木头的鞍鞒，鞍鞒上的革垫，铜的马镫，铁的嚼口，都油光铮亮，一尘不染。花脸背冲着门，我叫了他一声，他没有搭理我。我走进屋子，再喊一声，他还是不答应。然后，我感到一股阴冷的气息从他身上散发出来。就像寒气从一大块冰上散发出来一样。

死。

我一下就想到了这个字眼。

父亲肯定也感到了这个字眼，他一下把我挡到身后。花脸侧身靠在那副鞍具上，身边歪倒着两只酒瓶。他的脸深深地俯向了火塘里。火塘里的火早就熄了，灰烬里是细细而又刻骨的冰凉。父亲把他的身子扶正，刚一松手，他又扑向了火塘。父亲叹口声，低声说了句什么，然后跪下来，再次将他扶起来。让他背靠着他心爱的马鞍，可以驮他去到遥远温泉的马鞍上。这下，我真的看到了死亡。这是我第一次如此逼近死亡的真实表相。贡波斯甲的脸整个被火烧成了一团焦炭。这时，NHK电视新闻里正在播放新闻，说是在日本这个伽蓝众多的国度，有一座寺遭了祝融之灾。画面上是一尊木头佛像被烧得面目模糊的面部。那也正是花脸贡波斯甲被烧焦的面部的模样。

我最后看到的花脸贡波斯甲就那样带着被烧焦的模糊面容背倚着

那副光可鉴人的鞍具，我和父亲慢慢退到门口，父亲伸出手，小木门又咿呀一声关上了。于是，那张脸便永远地从我们视线里消失了。

我们在木屋的台阶上站了片刻。屋子四周是深可过膝的积雪。父亲砍来两段带叶的松枝，于是，我们一人一枝，挥舞着清除屋顶上的积雪。木屋依山而建，站在房屋两旁的边坡上，很轻易地，我们就够到了那些压在房顶上的积雪。雪一堆堆滑到地上。现出了厚厚的杉树皮苫成的屋顶。

一根火柴就将这座木头房子点燃了。

火光升腾而起，干燥的木头熊熊燃烧，噼啪作响。火光灼痛了我的脸。火的热力使身边的积雪滋滋融化，但我还是感到背上发冷，感到一股透心的冰凉。然后，房顶在火光中塌陷了。塌陷后的房顶更紧地贴着花脸的肉身燃烧着，火苗在风中抽动着，欢快地嚯嚯有声。一股股青烟飘到天上。好了，现在花脸的灵魂挣脱了肉身的束缚去到了天上。我抬眼仰望，四围的雪峰晶莹剔透，寂静的蓝无限深远。

山下的人们看到了火光，也上山来了。

寨子里当了民兵的年轻人，由工作组率领着首先赶到。穿军装的贤巴也跟大家一起冲上山来。面对慢慢小下去的火和不再存在的木头房子和房子里的那个人，他的表情坚定，他的悲伤表情里都有一些表演的成分。最后，全寨子的人差不多全部赶到了，看着火慢慢熄灭，一种带着歉疚之感的悲伤笼罩着人群，我看见贤巴脸上那点夸张的表情也完全消失了。

并且，在下山的路上，他和我并肩走在了一起。

我不想理会他，但他抽了抽鼻子，又抽了抽鼻子，说："你也应该争取当解放军。"

我说："为什么？"

他压低了声音说:"你也跟我一样,想永远离开这个该死的寨子。"他站住了,双眼直盯着我,而我确实有种被他看穿了内心的感觉。问题是,这种该死的生活不是想要摆脱就可以摆脱。就像不是想上天堂就能上到天堂一样。花脸是永远摆脱了。贤巴也永远摆脱了。现在,送他上到天堂的崭新皮鞋那么用力,踩得积雪咕咕作响。而我肯定离不开这个该死的寨子。想到这里,我的眼里竟然不争气地涌起了泪光。

泪光使贤巴表情复杂的面容模糊起来。

但是,我听见他有些骄傲,还有些厌恶的声音说:"真的,你就像个长不大的孩子。"

然后,他便一路用新皮鞋踩着咕咕作响的积雪,赶到前面,加入到了喧闹的人群中间。把我一个人落在了后面。我再回看身后,花脸的葬身之处,他放牧的那些马,从山上下来,喷着响鼻,四围在那座曾经的木屋周围,而雪地上反射的阳光掩去了意犹未尽的淡淡青烟。只是那些马,立在那里,一动不动,好像梦境里的群雕一般。

那天晚上,我真做了一个梦。梦见花脸牵着马,马背上是那副漂亮的鞍鞯,他的身后,是一树开满白花的野樱桃。他对我说:"我要走了。"

他挥挥手里的马鞭,樱桃树上雪白的花瓣便纷纷扬扬,如漫天飞雪。他拂开飞雪的帘子,再次走到我跟前:"我真的要到温泉去了。"

梦里的我绝望得有些心痛,我说:"你骗我,你去不了温泉,山那边没有温泉。"

他有些伤心,伤心的时候,他垂下了眼皮,这种垂眼的动作有点美丽女人悲哀时的味道。有点佛眼不愿或不忍看见下界痛苦的那种味道。

花脸死后不久,一队汽车开到了村口,因为失去了远方而基本没有了用处的马群被人赶下山来。一匹匹马给打上了结实的脚绊,赶上了汽车被木栅分成一个个小格子的货厢，每一匹马被关进一个小格子，再用结实的绳子绑起来，这些在雪山下自由游走的生灵立即便因为巨大的惊恐深深地萎靡了。汽车启动的时候，很多人都哭了。从此，我们的生活中就再也不会有马匹的踪影了。

有个工作组的同志劝乡亲们不要伤心。他说，这些马是给解放军去当军马，听着军号吃饭，听着口令出操，迎着枪炮声奔跑。但是工作组长说："狗屁，现在是社会主义建设时期了，这些马闲在这里没有用处，要知道还有好多地方是用人犁地呢！"于是，我们知道这些生灵是要去服犁地的劳役了。而在我们生活中，马只是与骑手融为一体的生灵，是去到远方的忠实伴侣。犁地一类的劳役是由气力更大的牛来担当的。

晓得了这些马的命运，更多的人哭了。然后，人们唱起了关于马的歌谣。我听见表姐的声音高高地超拔于所有声音上面。我的眼睛也湿了。在老人讲述的故事里讲到我们文明的起源时，总是这样开始，说："那个蒙昧时代，马与野马，已然分开。"那么，今天这个时刻，马和骑手永远分开。

这些马匹换来了一辆有些凶恶地突突作响，大口大口喷吐着黑烟的手扶拖拉机。只是它不像书上说的那样用来耕地，而是成了运输工具，第一次运输任务，就是送走这一轮的工作组，再迎来另外一轮的工作组，工作组离开的时候，贤巴也跟着一起离开了。那天，全寨子的人都站在路口，看着突突远去的拖拉机冒着黑烟爬上山坡，然后便消失不见了。

时间在近乎停滞的生活中仍然在流逝，近乎窒息的生活中也暗藏着某些变化。几年后，我上了中学，回乡，又拿到了新的入学通知书的那一天，父亲对我说："如果寨子里永远都是这种情形，你就永远不要回来。"

说这话的时候，他正认真地为我的皮靴换一副皮底。父亲还让我上山，好好在盐泉里泡泡我的一双臭脚。他脸上的皱纹难得地舒展开来，露出了沟壑最深处从未见过阳光的地方，他说："去吧，好好泡一泡，不要让你的双脚带着藏蛮子的臭气满世界走动。"藏蛮子是外部世界的异族人对我们普遍的称呼。这是一种令我们气恼却又无可奈何的称呼。现在，父亲带着一点幽默感，自己也用上了这种称呼。

我去了山上，也在盐泉边泡了泡自己的双脚。把双脚放在像针一样扎人的冷水里，再探入盐泉底部质地细腻的泥沼里，给我的双脚一种很舒服熨帖的感觉。但我不大相信这种方法就能永远地去掉脚上的臭气，如果这种臭气真是我和我的族人们与生俱来的话。想到这里，我便把双脚从泥沼里拔了出来，去看那座曾经的木屋。现在那里什么都没有了。当年的屋基上长出了一簇叶子肥厚的大黄。大黄是清热降火的药材。我对着这簇可以入药的植物站立了很久。又在不知不觉间走到它们中间，然后，一个东西猛一下，在被我看见前便被意识到了。一颗人头。一个骷髅！在一小块空地上，那个骷髅白得刺眼。上下两排牙齿之间有一种惨烈的笑意，而曾是两眼所在的地方，两个深深的空洞又显得那么茫然。

我感到自己的牙根上有凉气在游走，我倒吸着这咝咝的凉气，有些惊恐的声音脱口而出："花脸？"

没有回答。

当然没有回答。

然后我不由自主地跪下来，与这个骷髅面对着面。牙关里的凉意，此时像众多小蛇在背上游走。但我还是没有离开。而是与这个骷髅脸对着脸。这片山谷里，没有了马的踪迹，是多么地死寂无声啊！

我又对那骷髅叫了一声："花脸。"

一阵风吹来，周围的绿色都动荡起来，那骷髅好像也摇晃了一下。我以为是他听见了我，便说："我要走了。你的马也都走了。"骷髅没有回答。我就坐在那潮湿的泥地上，最初的惊恐消逝了，无影无踪了。我扯来几片大黄叶子，把骷髅包起来，我说："这里又湿又冷，还什么都看不见，来，我们去另找个地方。"

我找到了一棵冠盖庄严巨大的柏树，将那个头骨放在一个巨大的枝杈间。这样的地方，淋不到雨水却照得见阳光。而且旁边斜刺而出还有一棵巨大的野樱桃树，我想，节令到时，他会看到满树如雪的白花，这个位置也能让他像一个大人物一样坐北面南。加上他眼眶巨大，如果愿意，他不错眼也能同时看到东方与西方。东方的太阳升起来，是一切的开始。西边的太阳落下去，是一切的结束。当然了，西边还有雪山，雪山后面有草原，草原上很遥远的地方，据说有令一切生命美丽的温泉。

下篇

没有想到，十年后，我的工作会是四处照相。

我不是记者，不是照相馆的，也不是摄影家，而是自治州群众艺术馆的馆员。身穿着摄影背心，在各种会议上照相，到农村去照相，到工厂去照相，也到风景美丽的地方去照相。目的只是为了把馆里负责的三个宣传橱窗装满。三个橱窗一个在自治州政府门口，一个在体育场门口，一个在电影院广场旁边。宣传部长总是说着文件上的话："变化，要表现出伟大时代的伟大变化。"

但是，这个变化很难表现。

比如每一次会议，坐在主席台上的那些人都希望橱窗里有自己的大幅照片，主席台上的人一个个排下来，三五年过去，仍然一无变化。农民种庄稼的方式也好像没有什么变化，十年前，农民的地里有了拖拉机，又是十年过去，拖拉机都有些破旧了。倒不及变化刚刚出现时那样新鲜了。然后是给家家户户送来了现代光明的水电站，但是，不变的水电站又怎样体现更多的变化呢？我们所能做的，就是用不同的风景照片来调剂这些短时间内很难有所变化的画面。结果，有了不同的风景照片，这些图片展览好像就能符合表现伟大变化的要求了。

所以，风景是一个好东西。

对我那双镜头后面的眼睛来说，风景也真是好东西。我挎着政府配置的照相机，拿着菲薄的出差补贴四处走动拍摄风景照片。另一些挎着政府配置的照相机的家伙也四处游荡，拍摄风景照片。在这种游走过程中，不止是我一个人，开始把自己当成是一个摄影家，或者是一个未来的摄影家。于是我把持着的那三个橱窗，在这个小城里，作为重要的发表阵地就有些奇货可居了。很多照片从四面八方汇聚到我这里。于是，我又有了一个身份，一个编辑，一个颇有权威感的业余摄影评论家。三个橱窗的影响越来越大，越来越时髦。那些年，干部越来越年轻，越来越知识化，越来越追逐新潮。这些领导都把相机当成了小汽车之外的第二项配备，就像是今天的手机与便携式电脑。

我因此成了好多领导的朋友，一个好处是他们去什么地方时，可能在他们性能良好的越野吉普里把我捎上。大家一起在路上选景，一起在路上照相。一起把作品发布在我把持的橱窗里。这些个橱窗使我成了小城里一个很多人都知道的人物。我成了很多领导的艺术家朋友。甚至有开放的姑娘找来，想让我拍一些暴露的照片，作为青春的纪念。她们抱着人体画册，脸红红地说："就是要拍这种照片。"她们说，年老了，看看年轻的身体，也是一份很好的纪念。

布置橱窗时，我已经习惯有很多人围观，在身后赞叹。当然，这些赞叹并不全都是冲着我来的，虽然我摆放那些照片的位置很具匠心，虽然我蘸着各种颜料，用不同样子的笔写出来的不同的字总是美不胜收。但更多人的听上去那么由衷的赞叹，只有一小半是为了照片，一多半是为了照片后面那些熟悉的名字。人们说："啊，某局长！"

"看！某主任！"

这一天，我贴了半橱窗的照片，听了太多的这种赞叹，心里突然对自己工作的意义产生了一丝怀疑，便让对面小店送了一瓶冰啤酒过来，坐在槐树荫凉下休息。5月的中午，天气刚刚开始变得炎热。洁白而繁盛的槐花散发的香气过于浓烈，熏得人昏昏欲睡。

在很多人的围观下，我为一幅照片取好了标题《遥远的温泉》。并信笔写在纸上。是的，这是一幅温泉的照片。热气蒸腾的温泉里，有两三个女人模糊肉感的背影，不知是距离太远，还是焦距不准，一切看上去都是从很远的地方偷窥的样子。照片上的人影被拉到很近，但又显得模糊不清。这是我的橱窗里第一次发布这样的照片。前一天晚上，我与拍下这张照片的某位领导一起喝酒。听他向我描述他所见到的温泉里男女共浴的美丽图景。他也是一个藏族人。他说："他妈的，我们是退化了，池子里的人都叫我下去。结果我脱到内裤就不敢再脱了。"

"池子里人们笑我了。他们笑我心里有鬼。想想，我心里真是有鬼。"这张照片的拍摄者有些醉了，"伙计，你猜我怕什么？"

我猜出了几分，但我说我不知道。

他说："温泉里那些姑娘真是健康漂亮，我怕自己有生理反应，所以要一条内裤遮着，所以，最后只有跑到远处用长焦镜头偷拍了这些照片。"有些照片异常地清晰，但我们下了好大决心，才挑了这张面目模糊的，以为一个小心的试探。

我坐在树荫下喝着啤酒，写下了那个标题，并从牛皮纸信封里拿出这张照片时，那几团模糊的肉色光影一下便刺中了人们的眼球。人们一下便围了上来。虽然不远处的新华书店里就在公开出售人体摄影画册，录像带租赁店里半公开地出租香港或美国的三级片。尽管这样，模糊的几团肉光还是一下便吸引了这么多热切的眼球。正是这些眼球动摇了我把这张照片公开发表的信心。我不用为全城人民的道德感负责，但在展览上任何一点小小的不慎，都会让我失去那些让我在这里生活愉快的官员朋友。

于是，那张照片又回到了牛皮纸信封里。那几个标题字也被撕碎了。我又灌了自己一大口冰凉的啤酒。这时，一个穿着黑色西服，领带打得整整齐齐的官员自己打开一把折叠椅坐在了我的对面。

说他是一个官员，是因为了他那一身装束，因为他自己拿过椅子时那掩不住的大大咧咧的派头。他笑眯眯地坐在我面前，说："请我喝杯啤酒吧。"我把茶杯里的残茶倒掉，给他把啤酒斟满，我有些慵倦的脸上浮现出的笑容有些特别的殷勤。

他问："你不认识我了？"

我摇摇头，说："真没见过，但我猜，起码是个县长。"

"好眼力。"他说，他是某个草原县的副县长。

我说："那你很快就能当上县长。"凭我多年的经验，有两种人明知是假话也愿意听，一种是女人愿意你把她的年纪说小，一种是那些在仕途上走上了不归之路的官员，愿意听你说他会一路升迁。

他笑了，灌下一大口啤酒，说："我们这种人身上是一种气味的，有狗鼻子的人，一下就闻出来了。"

我说："你骂我呢。"

他说："我不是把你我两个都骂了吗？"

他说的倒还真是实话，他把当官的人，和一眼就认得出谁是当官的人的人都给浅浅地骂了。

他说："我认识你。"

我说："哪次开会，不是我来照你们这些一个个大脑袋，你当然该认识我了。"

"那次你到我们县，我就想赶回来见你，带你去看温泉，你一直想看的温泉。结果我赶回来，你们已经走了。"

说起温泉，我有些恼火，因为莫名的担心，我取下了这张照片，但我待会儿还得去向这张照片的摄影者做一些解释，并且不知道这些解释能否说服对方。

看我经过提示也没有什么反应，他把刚才摘下又戴上的墨镜又摘下来，隔着桌面倾过身子来，说："你这家伙，真不认识我了？"

这回，我看到了一双熟悉的眼睛，但没有到温泉一样遥远的记忆中去搜寻，最后，我还是摇了摇头。

他有些失望，也有些愤怒，说："你他妈的，我是贤巴！"

天哪，贤巴，有好多年，我都牢记着这个家伙，却没有遇见过他。现在，我已经将他忘记的时候，他又出现了。当我记得他的时候，我心里充满了很多的仇恨。当我将他忘记的时候，那些仇恨也消泯了。所以，他这个时候在我面前出现，真是恰逢其时。因此，我想，神灵总是在这样帮助他的吧。

于是，我惊叫一声："贤巴！"就像遇到多年失散的亲人一样。

他看着我激动的样子，显得镇定自若，他拍拍我的肩膀，看看表，用不容商量的官员口吻说："我去州政府告个辞，你把这个赶紧弄完，再回家把照相机带上。两小时后我来这里接你。"

他说着这些话时，已经走到了大街的对面一辆三菱吉普跟前，秘书下来把车门替他打开，而我不由自主地也相跟着与他一起走到了车子跟前。他在座位上墩墩屁股，坐牢实了，又对我说："记住，一定要准时，今天我们还要赶路。"

我还处在激动之中，带着一脸兴奋，连连说："一定。一定。"

当贤巴的座驾在正午的街道上扬起一片淡淡尘土，消失在慵倦的树荫下时，槐花有些闷人的香气阵阵袭来，我才想起来，这个人凭什么对我指手画脚呢？一个区区几万人的草原小县的副县长凭什么对我用这样的口吻说话。而我居然言听计从。街上有车一辆辆驶过，车后一律扬起一片片尘土，我被这灰尘呛住了。一阵猛烈的咳嗽使我深深地弯下腰去。等我直起腰来，又赶紧回到橱窗那里，把剩下的活干完。然后，回到办公室，打开柜子收拾了三台相机，和一大包各种定数的胶卷。

馆长不在，我在他办公室等了好一会儿，也没见他回来，于是，我才放了一张纸条在他的桌子上。背上了相机，再一次走上大街我心里开始嘀咕，这个该死的贤巴，十多年不见，好像一下便把过去的全部过节都忘记了。而我想起这一点，说明那些过节还枝枝杈杈地戳在我心口里。但我没有拒绝他的邀请。回去十几年，我想当年那个固执的少年是会拒绝的。但我没有拒绝。

仅仅是因为那个男女不分裸浴于蓝天之下的温泉吗？

我走到体育场前的摄影橱窗那里，贤巴乘坐的三菱吉普已经停在那里了。贤巴满面笑容地迎上前来，一开口说话，还是那种自以为是的腔调。他说："我以为你要迟到了。"

"你以为？"

他仍然是一副官员的腔调，"你们这些文艺界的人嘛，都是随便惯了的。"

我只知道自己是群众艺术馆的馆员，而是不是因此就算文艺界，或者什么样的人才能算文艺界，就确确实实不大清楚了。

他很亲热地揽住了我的肩膀，好像我们昨天还在亲热相处，或者是当年的分手曾经十分愉快一样。

他又叫秘书从我手上夺过了两只摄影包，放进了车里。

后来，我也坐在了车里，他从前座上回过头来，笑着说："我们可以出发了吗？"

槐花的香气又在闷热的阳光下阵阵袭来，我点了点头。

车子启动了。贤巴很舒服地坐在他的座位上，后排是我和他的秘书。看着他的硕大肥厚的后脑，我心里又泛起了当年的仇恨。或许还有嫉妒。这时，我从后视镜里看到了他的目光，望着前方，仍然野心勃勃，但其中也有把握不定前途的迷茫。我用相机替自己拍过照片，就像那些大画家愿意对着镜子画一张自己的自画像一样。我从自己的每一张自拍照中都看到了这样的目光。第一次看见这种神情的时候，我被自己的目光吓了一跳，我一直以为自己是一个随遇而安的人，但是，我的眼睛里野火一样燃烧着的东西却告诉我自己一直在渴望着什么。我想，面前这个人也跟我一样，肯定以为自己一直志存高远，而一直回避着面对渺渺前程时的丝丝迷茫。

这时，他说话了："我看你混得很不错嘛。"

我直了直脖子，说："没法跟你比啊。"

"小小一个副县长，弄不好哪一天说下去就下去了。"

"我想体会一下这种感觉还体会不到呢。"

这时，他突然话锋一转，说："听说你搞摄影，我就想，你总有一天会来拍我们县里的那个温泉。结果你一直没来。"

这使我想起了死去多年的花脸贡波斯甲，使我想起了已经淡忘多年的遥远的温泉。

贤巴从后视镜里看着我说："我说的这个温泉，就是当年花脸向我们讲过的那个温泉。"他还说，"唉，要是花脸不死的话，现在也可以自由自在地去看那些温泉了。"

"但是花脸已经死了。"我从后视镜里看着他的眼睛，说，"花脸死得很惨。"我的口气会让他觉得花脸落得那样的下场，和他是有一定关系的。但他好像没有觉得。他说："是啊，那个年代谁都活得不轻松啊。"我眼前又浮现出了花脸死去时歪倒在火塘里的样子，想起了他那烧焦的脸。现在，那个灵魂与血肉都已离开的骷髅还安坐在那株柏树枝杈上吗？这个季节，旁边细碎的樱桃花肯定已经开得繁盛如雪了。风从晶莹的雪峰上扶摇而下，如雪的樱桃花瓣便纷纷扬扬了。

我没好气地说："就不要再提死去多年的人了吧。"

"我们不该忘记，那是时代的错误。"贤巴说这话时，完全是文件上的口吻。汽车性能很好，发动机发出吟咏道路的平稳声音，车窗外的景色飞掠向后。一棵树很快陷落在身后，一丛草中的石头，一簇鲜艳的野花，都一样地飞掠向后，深陷于身后的记忆之中了。记忆就像是一个更宽广的世界，那么多东西掉进去，仍然覆盖不住那些最早的记忆。我希望原野上这些东西，覆盖了我黯淡的记忆。但是该死的记忆又拼了命从光照不到的地方冒出头来。是的，记忆比我更顽强。

贤巴又说起了温泉。我告诉这位县长，他说到温泉时有两种口气，一种是官员的口气，他用这种口气谈温泉作为一种旅游资源，要大力加以开发。他谈到了资金，谈到了文化。就是这该死的人人都谈的文化，但他话题一转，谈到了男女混同的裸浴。他的口气一下变得有些猥亵了。他谈到了乳房、屁股、毛发，少年时代的禁欲主义使我们看待一切事物都能带上双倍色情的眼光。这种眼光使我们在没有色情的地方也看到淫邪的暗示，指向众多的淫邪暗示。

他一点也不生气，而是哈哈一笑，拍着他司机的肩膀说："是的，是的，两种口气，官员的口气和男人的口气。"他的意思是说，谁让我又是官员又是男人呢？而我的意思是，如果我们奔向的是牧马人贡波斯甲向我们描述过的那个温泉，是我们少年时代无数次幻想过的温泉，那他就不该用那样的口气。于是，我不再说话。

他的眼睛已经被这话题点亮了。

他说："到时候你拿相机的手不要发抖，不要调不准焦距。"

我没有说话。

"哈，我知道了，你只要饱自己的眼福，不愿意变成照片与人分享嘛。还是拍些照片，以后就看不到这种景象了。"

这一天，我们住在县城。贤巴请我去了他家里，他的妻子是个病怏怏的女人，周身都散发着一些药片的味道。但还是端着县长夫人的架子，脸上冷若冰霜。贤巴有些端不住了，说："这是我的同学，我的老乡。"

于是，县长夫人脸上那种冷漠的表情更加深重了，口里嘟哝了一句什么。

我自己调侃道："乡下的穷亲戚来了。"

县长夫人表情有些松动，打量我一阵，说："你们那里真还有不少穷亲戚。"

我很好奇:"他们到这里来了。"

县长夫人盘腿坐在一块鲜艳的卡垫上,手里拿着一把精致的木梳,说:"他们来洗温泉。"

我心里有了一些恶意:"我来也是因为温泉。"

贤巴赶紧插进来,说:"他是摄影家,他来拍温泉。我们要把温泉这个旅游资源好好开发一下。"

县长夫人脸上的表情又松动了一些。眼睛看着我,话却是对她丈夫说的:"给办公室打个招呼,让招待所好好安排吧。"

说完,她好像是做了一件特别累人的事情,叹口气捶着腰走进了里间的房子。其实,此前她丈夫已经在招待所把我安顿好了。我害怕贤巴因此难为情,所以我不敢看他的眼睛。他把我送下楼,说:"她跟我们不一样,她是从小娇生惯养的,她爸爸是我的首长。"他说出一个名字,那口气中的一点点歉疚就完全被得意掩盖了,"那就是他爸爸。"

当然,他说出的确实是一个尽人皆知的名字。

这时已经是夜里了,昏黄不明的路灯并没有把地面照亮多少,却掩去了草原天空中群星的光芒。贤巴又问我老婆是干什么的。我告诉他是中学教师。县长说:"教师很辛苦。"

我说:"大家都很辛苦。"

他又声音洪亮地笑了。笑完,拍拍我的肩,看着我走出了院子。街上空空荡荡。一小股风吹过来。吹起一些尘土。尘土里卷动着一些破纸片,一些塑料袋。尘土里的马粪味和远处传来的低沉狗吠和暗淡低矮的星空,使我能够确信,已经来到了草原。

第二天,贤巴没有出现。

一脸笑容的办公室主任来陪我吃饭,说县长很忙。开会,审查旅游开发方案。还有很多杂七杂八的事情。我只好说我不忙。吃完午饭,我上了街。街面上很多小铺子，很多露天的台球桌。有几个小和尚和镇上的小青年在一起挥杆，桌球相撞发出响亮的声响。不时有牧民骑着被太阳晒得懒洋洋的马从街上走过。我唯一的收获是知道了去温泉有六十里地。我站在街边看了一阵露天台球，然后，一个牧民骑着马走过来，身后还有一匹空着的马。我竖起拇指，就像电影里那些站在高速路边的美国人一样。两匹马停下来。斜射的太阳把马和人浓重的身影笼罩在我身上。马上的人身材高大，这个身影欠下来，说："伙计，难道我们去的是同一个地方？"

我说出了温泉的名字。

他哈哈一笑，跳下地来，拍拍我的屁股："你骑有鞍子这一匹，上去吧！"他一推我的屁股，我一下便升起来，在高耸的马背上了。那些打台球人的，都从下边仰脸望着我。然后，他上了那匹光背马，一抖缰绳，两匹马便并肩嗒嗒走动了。很快就走出县城，翻过两座小丘之间的一个山口，一片更广大的草原出现在眼前。

"嗬！"不知不觉间，我发出一声赞叹。

然后，一抖缰绳，马便奔跑起来。但我没有加鞭，只让马离开公路，跑到湖边，就放松了缰绳，在水边松软的小路上放慢了步伐。这是一个季节性的湖泊，水面上水鸟聒噪不已。那个汉子也跟了上来，看着我笑笑，又抖抖缰绳，走到前面去了。这一路，都由他控制着节奏，直到草原上突兀而起的一座紫红色的石山出现在眼前。他告诉我山根下面便是温泉。看着那座赭红色的石山，看着石山缝里长出的青碧小树，我想到了火山。很多年前，就在这里，肯定有过一次不大不小的火山喷发。我把这个想法告诉他，他说："这话像是地质队的人说的。"

"我不是地质队员。"

两个人正斜坐在马背上说话，从我们所来的草原深处，一辆飞驰的吉普车扬起了一柱高高的尘土。汉子突然猛烈地咳起来。我开了个玩笑,说:"该不是那些灰尘把你呛住了吧?"

他突然一下止住了咳嗽,很认真地说:"不只是我,整个草原都被呛住了。"

这一路,我们都避开了公路在行走,但又一直伴随着公路。和公路一起平行向前。我们又继续策马前行。汉子说:"以后你再来这个地方,不要坐汽车来。"

我说那不大可能,因为我是从很远的地方来的。

他挥了挥手,说:"得了吧,你的前辈都是坐着汽车来洗温泉的吗?"我的前辈们确实不是坐着汽车来洗温泉的,而且,是在有了汽车以后失去了四处行走的自由。当然,后来又恢复了四处行走的自由,但是,禁锢太久之后,他们的灵魂已经像山间的石头一样静止,而不是一眼泉水一样渴望奔突与流浪了。很多人确实像庄稼一样给栽在土里了。他说:"我知道你是怎么想的,我是说,如果你真的想看温泉,想像你的先辈们一样享受温泉,那你就把汽车放在县城,骑一匹马到温泉边上来。"

"就像今天这样?"

他说:"就像今天这样。"

那辆飞驰的吉普车从与我们平行的公路上飞驰而过时,我们已经到了那赭红色的山崖下面。抬头仰望,高高的山崖上有一些鸽子与雨燕在巢里进出。他在这个时候告诉我:"我叫洛桑。"

我看着那些飞出巢穴的雨燕在空中轻捷地盘旋,过了一会儿,才明白他说的是什么。我说:"对不起,我早该问你的。"

他跳下马,我也下了马,两个人并肩走在一起,他说:"你该告诉我你的名字。"

我又颇为尴尬地说了一声对不起,然后告诉他我的名字。

洛桑笑了:"你总是这么心不在焉吗?"

我告诉他:"我一直在想温泉。"

他看了看我,眼睛里闪过一丝惊讶的亮光,但立即就掩藏住了。他说:"哦,温泉。温泉。好吧,朋友,温泉已经到了。"

这时,我们脚下掩在浅草中的小路,正拐过几块从崖体上脱落出来的巨大的岩石,西斜的太阳把岩石巨大的影子投射在身上,风吹在身上有些凉。当我们走出岩石的阴影,身子一下又笼罩在阳光的温暖里,眼前猛然一亮:那不单单是阳光的明亮,而是被斜射的阳光镀上一层银色的水面反射的刺眼光亮。

温泉!

遥远的措娜温泉,曾经以为永远遥不可及的温泉就这样出现在了我的面前!

我站在那里,双眼中满是温泉上的光芒在迷离摇荡,浓烈的硫黄味就像酒香一样,增加了恍惚之感。我站在那里,不知站了多长时间,只记得马在身后噗噗地喷着响鼻。这些光芒慢慢收敛了刺眼的光芒,让我看清楚了。从孤山根下的岩缝中,从倾斜的草坡上,有好几眼泉水翻涌而出。温泉水四溢而出,四处漫溢,在青碧的草坡上潴积出一个个小小的湖泊。就是那些湖泊反射着一天里最后的阳光,辉耀着刺目的光芒。

我把牵着的马交给洛桑,独自走到了温泉边上。水上的阳光就不那么耀眼了,只是硫黄味更加浓重。旷大的草地中间,一汪汪比寻常的泉水带着更多琉璃般绿色的水在微微动荡,轻轻流淌。温泉水注入一个小湖,又很快溢出,再注入另外一个小湖。水在一个个小湖之间蜿蜒流淌时,发出所有溪流一样的潺潺声响。

我坐下来,仿佛又回到了很多年前家乡寨子后面山上的盐泉边上。

鸟鸣与硫黄味都与当年一模一样。只是没有森林,也没有雪山。除了背后一座拔地而起的赭红色孤山,放眼望去,都是平旷的草原,一声浩渺叹息一样辽远的草原。

洛桑用马鞭敲打着靴子,让我收回了远望的目光。他说:"每一次,我都像第一次看见一样,都像看见一个新鲜的年轻姑娘。"

我说:"但是,这不是我一直想来的那个温泉。"

然后,我向他描述了花脸贡波斯甲曾经向我们描述的那个温泉。那个温泉,不像现在这样安谧、宁静,而是一个四周扎满帐篷的盛大集市,很多的小买卖,很多美食,很多的歌舞,很多盛装的马匹,当然还有很多很多的人穿着盛装来自四面八方。他们来到泉边,不论男女,都脱掉盛装,涉入温泉。洗去身体表面的污垢,洗去身体内部的疲惫与疾病。温泉里是一具具漂亮或者不够漂亮的躯体,都松弛在温热的水中。

也许真正的情形并不是那么天真无邪,那么自由,那么松弛,但在我的童年,花脸和寨子里那些来过温泉的上辈人的描述为我造成了梦境一样美丽的想象。现在,我来到了这个幻梦之地,这里却安静得像被人完全忘记了一样。草地青碧,蓝天高远,温泉里的硫黄味来到傍晚时分的路上,就像有种女人把某种美妙的情绪带到我们心头一样。还有一个叫洛桑的汉子,照看着两匹漂亮的马。马伸出舌头,卷食那些娇嫩的青草。

我一直坐在泉边。

不知过了多久,阳光中的热力减弱了很多。

身后的洛桑突然说:"来了一个人。"

果然,一个人正往山坡上走来。来人是一个乡村邮递员。他走到我们跟前,向洛桑问好,却对我视而不见。洛桑拿来一瓶酒放在地上,又拿出了一块肉,乡村邮递员从包里掏出一大块新鲜奶酪,然后,两个人脱得干干净净下到了温泉里。我也学他们的样子,下到水里,然后,把头深深地扎进温热的水里。水,柔软,温暖,从四周轻轻包裹过来,闭上眼睛,是一片带着嗡嗡响声的黑暗,睁开眼睛,是一片荡漾不定的明亮光斑。一个人在母腹中就是这个样子吧,佛经中说,世界是一次又一次毁灭,一次又一次开始的,那么,世界开始时就这样的吧。洛桑和乡村邮递员把大半个身子泡在温水里,背靠着碧草青青的湖岸,一边享受温泉水的抚摸,一边享用刚才备下的美食:酒、肉和奶酪。我却深深地把头扎在水里。每一次从水里抬起脑袋,只是为了把呛在鼻腔里的水,像牲口打响鼻一样喷出来,再深深地吸一口气,再一次扎进水里。

就这样周而复始,一次又一次扎入水中,好像我的生命从这个世界产生以来就从就没有干过别的。扎进水里,被水温暖而柔软地拥抱,睁开眼睛,是动荡不已的明亮,闭上眼睛,是结结实实的带着声响的黑暗。于是,我的生命变得简单了,没有痛苦,没有灰色的记忆。只是一次次跃出水面,大口呼吸,让新鲜空气把肺叶充满,像马一样喷着响鼻把呛进嘴里的水喷吐出来。这是简单的结结实实的快乐。是洛桑狠狠的一巴掌结束了我的游戏。

这些串成一串的温泉小湖都很清浅,当我把头扎向深水时,屁股便露出了水面。洛桑一巴掌把我拍了起来。看我捂住屁股的样子,乡村邮递员放声大笑。我从来没有想到过这个小矮人的腹腔里能发出这么大的声音。这太过洪亮的声音让我感到了尴尬。洛桑递给我的酒化解了这种尴尬。

酒,还有乡村邮递员的奶酪,加上正在降临的黄昏,使我与温泉的第一次遭逢部分地符合了我的想象。酒精开始起作用了,我说:"如果再有几个姑娘。漂亮的姑娘。跟我们一样赤身裸体的姑娘。"

这句话使两个人大笑起来："哦，姑娘，姑娘。"

"温泉里再没有姑娘了吗？"

两个人依然大笑不已。

很多年后，在东京，几位日本作家为我们举行的宴会上，大家谈起了日本的温泉。我问频频为我斟酒的老作家黑井千次先生，是不是还有男女同浴的温泉。川端康成小说里写过的那种温泉。老作家笑了，说："如果阿来君真的想看的话，我可以做一次向导。只是先听一个故事吧。"他说，他四十岁的时候，与阿来君差不多的年纪，离了喧嚣的城市，到北海道去旅行。一个重要的内容当然是享受温泉，同时，也想看看男女同浴的温泉。在外国人的耳朵里，好像整个日本的温泉都是这样。而在日本，你被告诉这种温泉在北海道，寻访到北海道，你又被告知那种温泉在更偏僻一些的地方。黑井千次先生遇到的就是这种情况。他住在北海道一家著名的温泉旅馆，但那里没有男女混浴的地方。经过打听，人家告诉他有这种温泉。他走了很长的路去寻访。结果他说："温泉里全是一些退了休的老头老太太，他们对我说：'可怜的年轻人，以前没有见过世面，到这里来开眼来了。'"黑井千次先生这个故事，在席间激起了一片开心的笑声。黑井先生又给我斟上一杯酒："阿来君，我告诉你这个温泉在哪个地方，只是，那些老太太更老了，一个四十岁的男人该被他们看成小孩了。"大家再次开怀大笑。

回到酒店，我开始收拾东西，明天就要出发去据说也有很多温泉的长野县的上田市。我眼前又浮现出了中国藏区草原上的温泉。草原宁静，遥远，温泉水轻轻漾动宝石般的光芒，鸟鸣清脆悠长，那光芒随着四时晨昏有无穷的变化。

我又想起那次在温泉时的情形了。

我说:"如果这时再有几个姑娘……"

洛桑和乡村邮递员说,如果我有耐心,多待一些时候,就可以碰到这种情形。但在花脸贡波斯甲和寨子里老辈人的描述里,从晚春到盛夏,温泉边上每一天都像市集一样喧闹,许多赤裸的身体泡在温泉里,灵魂飘飞在半天里,像被阳光镀亮的云团一样松弛。美丽的姑娘们纷扮长发,眼光迷离,乳房光洁,歌声悠长。但是,当我置身于温泉中,这一切都仿佛天堂里的梦想。我把这种感觉告诉了身边两个男人。我们都喝得有点多了,所以大家都一声不响,躺在温水里,听着自己的脑海深处,什么东西在嗡嗡作响,看星星一颗颗跃到了天上。

洛桑说:"这种情形不会再有了。这个规矩被禁止了这么多年,当年那些姑娘都是老太太了。现在的姑娘,学会了把自己捂得紧紧的,什么都不能让人看见。男人们被土地,被牛群拴住了,再也不会骑着马,驮着女人四处流浪。一匹马关得太久,解开了绊脚绳也不会迎风奔跑了。"

"只有我,每天都在路上。"乡村邮递员还没有说完,洛桑就说,"得了吧。"

小个子的乡村邮递员还是不住嘴,他说:"我每天都在到处走动,看见不同的女人。"我看见他口里的两颗金牙上有两星闪烁的亮光。

洛桑说:"住嘴。"

邮递员又灌下一口酒,再对我说话时,他胃里的腐臭味扑到我脸上,"朋友,我是国家干部,女人们喜欢国家干部,因为我们每个月都有国家给的工资!"

洛桑说:"工资!"然后,两个耳光也随之落在了邮递员的脸上。邮递员捂着脸跳上岸,瘦小身子的轮廓被夜色吞没,使他看起来更像是一个不太具象的鬼影。他挨了打却笑出了声,话依然冲着我说,"这狗日的心里难受,这狗日的眼红我有那么多女人。"

洛桑从水里跳出来,两个光身子的人在夜色中绕着小湖追逐。这时,下面的公路上突然扫过一道强光,一辆吉普车大轰着油门离开公路向山坡上冲来。雪亮的灯光罩住了两个赤身裸体的男人。洛桑强壮挺拔,邮递员瘦小而且罗圈着双腿。车灯直射过来,两个人都抬起手臂,挡住了双眼。车子直冲到两人面前才吱一声刹住了。车上跳下一个人,走到了灯光里。邮递员放下手臂,嗫嚅着说:"贤巴县长。"

洛桑像牙疼似的哼了一声。

贤巴县长对他视而不见,径直走到洛桑面前,说:"我的朋友呢?"

洛桑一下没有回过神来:"你的朋友?"

我在水里发出了声音:"我在这里。"

贤巴说:"我在乡政府等了你很久,我以为你会去乡政府。"

我说:"我是来看温泉的,到乡政府去干什么?"

贤巴说:"干什么?找吃饭睡觉的地方。"

"难道跟他们就没有吃饭睡觉的地方?"

副县长说:"穿上衣服,走吧。"然后他又转身对洛桑说,"你这种人最好离我的朋友远一点。"

"县长大人,是你的朋友竖起大拇指要跟我走的。"洛桑又灌了一大口酒,对我说,"原来你也是个大人物,跟你的朋友快快地走吧。"

这时,那个乡村邮递员已经飞快地穿上衣服,提起他的帆布邮包,钻进夜色,消失了。

贤巴拉着我朝汽车走去,洛桑也一把拉住了我。我以为他改变了主意叫我留下来,如果他说你留下,我想我会留下的,但他说:"就这么走了?国家干部骑了老百姓的马不给钱吗?"

我还光着身子,贤巴把一张五十元的纸币扔给这个脸上显出可恶神情的家伙。纸币飘飘荡荡地落到水里，洛桑笑着去捞这张纸币，我穿上衣服。坐在汽车里，温泉泡得我浑身很舒服地瘫软，脑子也因此十分木然。我半躺在汽车座椅上，汽车像是带着怒火一样开动了，车灯射出的两根光柱飞速扫过掩入夜色的景物，一切刚被照亮，来不及在眼前呈现出清晰的轮廓便又隐入了夜色。很快，汽车摇摇晃晃地开上了公路，声音与行驶都平稳了。

贤巴转过脸来，这几天来那种客气而平淡的神情消失了，当年参军前脸上看人常有的那种讥诮神情又浮现在他那张看上去很憨厚的脸上："拍到光身子的女人了吗？先生，时代不同了，你不觉得那是一种落后的风俗吗？"

"我觉得那是美好的风俗。"

汽车颠簸一下，贤巴的头碰在车身上，他脸上讥诮的神情被恼怒代替了："你们这些文人，把落后的东西当成美，拍了照片，得奖，丢的可是我们的脸。"

我不再说话，在这么大的道理前还怎么说话？这种话出现在报纸上，电视上，写在文件里，甚至这么偏僻的草原上也有人能把这种道理讲得义正词严，而我已经习惯沉默了。

突然我又想起了刚刚离开的温泉。不断鼓涌，静默地吐出一串串珍珠般晶莹气泡的温泉。甚至，我恍然看到阳光照亮了草原，风吹着云影飞快移动，一个个美丽健硕的草原女子，从水中欢跃而起，黄铜色的藏族人肌肤闪闪发光，饱满坚挺的乳房闪闪发光，黑色的体毛上挂着晶莹的水珠，瞬息之间就像是串串宝石一般。

我甚至没有提出疑问，这种美丽怎么就是落后呢？

我只是被这种想象出的美丽所震撼。我甚至想，我会爱上其中的哪一个姑娘。温泉把我的身子泡得又酥又软，车子要是再开上一段，我就要睡着了。但车灯射出的光柱停止了摇晃，定定地照在一幢红砖平房上。这是辖管着温泉的乡政府。当晚我们就住在那里。县长下来了，乡里的书记、乡长、副书记、副乡长、妇联主任和团委书记都有些神情振奋，开了会议室，一张张长条的藏式矮几上摆上了手抓羊肉，和新酿的青稞酒。乡长派人叫发电机在半夜12点准时停电的小水电站发个通宵，然后脱了大衣，举起了酒碗。大家喝酒，唱歌，藏族的酒歌，情歌，也有流行歌。

这个镇子很小，也就十几幢这样的平房吧。乡政府里歌声大作时，已经睡着的大半个镇子又醒过来了。我们宴集场所的窗玻璃上贴饼子一样，贴满了许多生动的人脸。一些羞怯而又兴奋的姑娘被放了进来，她们喝了一些酒，然后就与干部们一起唱歌跳舞了。

我希望这些姑娘不要这么咪咪傻笑，但是她们却兴奋地咪咪地笑个不停；我也希望她们脸上不要浮现出被宠幸的神情，但是她们明白无误地露出来了。

我想对贤巴说，这才是落后的风俗。但贤巴县长正被两个姑娘围着敬酒，他已经有些醉了。他很派头地勾勾指头叫我过去。两个带着巴结笑容的姑娘也向我转过脸来。我在他们身旁坐下来，贤巴又是很气派地抬抬下巴，两个姑娘差不多是把两碗酒灌进了我的嘴里。她们实行的是紧贴战术，我感到了坚实乳房一下又一下的碰触。这种碰触的记忆已经很遥远了。所以我不由得躲闪了一下，贤巴咧着嘴笑了："怎么，这不比想象温泉里的裸浴更有意思吗？"

两个姑娘也跟着笑了，我觉得这笑声有些放荡。但也仅此而已。一些放荡的笑声，一些浅尝辄止的接触。

贤巴悄悄地对两个姑娘说："这家伙是我的朋友，他带了很高级的照相机，要拍女人在温泉里的光屁股照片。"

又是一些放荡的笑声，一些浅尝辄止的接触。

当然，他们比我更深入一些，但也只是一些打情骂俏，如果最后没有宽衣解带，这种打情骂俏也是发乎情止乎礼仪的意思。虽然我也看到了一些人的手在姑娘身上顺着曲线游走与停留。送走这些姑娘的时候，天已经快亮了，瞌睡与酒意弄得人脑袋很沉。我和副县长住在一个屋里。上床前，贤巴亲热地擂了我一拳。我又感觉到年少时的那种友谊了。上了床后，贤巴又笑了一声，说："你这个人呀！"

"我怎么了？什么意思？"

他却发出了轻轻的鼾声。我的眼皮也沉沉地垂了下来。醒来的时候，才发觉连衣服都没脱就上床了。但这一觉却睡得特别酣畅淋漓。窗户外面有很亮的光线，还有牛懒洋洋的叫声。贤巴已经不在床上。我推开门，明亮的阳光像一匹干净明亮的缎子铺展在眼前。院子里长满茸茸的青草，沿墙根的几株柳树却很瘦小。土筑的院墙之外，便是广大的草原。炊事员端来了洗脸水。然后又用一个托盘端来了早餐：几个牛肉馅包子和一壶奶茶。他说："将就吃一点，马上就要开中午饭了。乡长他们正在向县长汇报工作，汇报完就开饭。"

我有些头痛，只喝了两碗奶茶。

我端着碗站在院子里，听到会议室里传来响亮的讲话声。那种讲话用的是与平常说话大不一样的腔调。在这个国家的任何一个角落都可以听到。

我信步走出院子。

这个镇子与我去过的其他草原小镇一模一样，七零八落的红砖或青砖的房子都建在公路两旁。土质路面十分干燥，脚踩上去便有尘土飞扬。更不要说阳光强烈的时候，常常有小旋风平地而起，还间或有一辆卡车驶过，会给整个镇子拉起一件十分宽大的黄尘的大氅。这么多蒙尘的房子挤在一起,给人的印象是,这个镇子在刚刚建好那一天便被遗忘了。宽广的草原无尽延伸,绿草走遍天下,这些房子却不动不动,日复一日被尘土覆盖,真的像是被遗忘在了世界的尽头。我踩着马路上的尘土走进了供销社。有一阵子,我什么也看不见,但感到袭上身来的轻轻寒气,然后听到了一个熟悉的咻咻的笑声。这时的我眼睛已经适应了光线的变化,又能看见了。我看见一个摆着香烟、啤酒的货架前,那个姑娘的脸。是昨晚上在一起的欢歌、饮酒并有些试探性接触的姑娘中的一个。

她说:"啤酒?"

我摇摇头,说:"烟。"

她说:"男人们都喜欢用酒醒酒。"然后把一包香烟放在我面前。我付了钱,点上香烟。一时感到无话可说。这个姑娘又咻咻地笑起来。昨天晚上,有人告诉了我她的名字,但我却想不起来了。她笑着,突然问:"你真想拍温泉的照片?"

我说:"昨天我已经拍过了。"

她的脸有点红了,说:"拍女人,不穿衣服的。"

我点了点头,并为自己的不坦率有些不好意思。

"那拍我吧!"说这话时,她的声音变得有些尖厉了,并用双手捂住了脸。然后,她走出柜台,用肩膀推我,于是,我又感到了她另外部分柔软而温热的碰触,她亲热地凑过来,说:"走吧。"那温热的气息钻进耳朵,也有一种让人想入非非的痒。

我们又重新来到了明亮灼人的草原阳光下,她关了供销社的门,又一次用温热的气息使我的耳朵很舒服地痒痒,然后说:"走吧,摄影家。"

我被这个称谓吓了一跳,她说:"贤巴县长就是这么介绍你的。"

穿过镇子时,我便用摄影家的眼光看这个镇子上的美女,觉得她的身材有些不恰当的丰满。我是说她的腰,扭动起来时,带着紧裹着的衣服起了一些不好看的褶子。但她的笑声却放肆而响亮。我跟在她后面,有些被挟持的味道。就这样,我们穿过镇子,来到了有三幢房子围出一个小操场的小学校。一个教室里传出学生们用汉语念一首古诗的声音,另一个教室里,传来的却是齐声拼读藏文的声音。这个笑起来很响亮,却总要说悄悄话的姑娘又一次附耳对我说:"等着,我去叫益西卓玛。"

于是,我便在挂着国旗的旗杆下等待。她钻进一间教室,于是,那些齐声拼读藏文的声音便戛然而止。她拉着一个姑娘从教室里出来,站在我面前。这个我已经知道名字叫益西卓玛的姑娘才是我想象的那种美人形象。她有些局促地站在我面前。眼睛也躲躲闪闪地一会儿望着远处,一会儿望着自己的脚尖。

供销社姑娘附耳对她说了句什么。

益西卓玛便扭扭身子,用嗔怪的声音说:"阿基!"

于是,我知道了供销社姑娘名叫阿基。

阿基又把那丰满的紫红的嘴唇凑近了益西卓玛的耳朵。她觑了我一眼,然后红了脸又嗔怪地说了一声:"阿基。"就回教室里去了。

阿基说:"来。"

便把我拉进了一间极为清爽的房子。很整齐的床铺,墙角的火炉和火炉上的茶壶都擦拭得闪闪发光。湖绿色的窗帘。本色的木头地板。这是一个让人感觉清凉的房间。我坐在椅子上,看着靠窗的桌子上,玻璃板下压着房主人的许多照片。我觉得这些照片都没有拍出那个羞涩的美人的韵味来。

我正在琢磨这些照片,阿基站在我身后,用胸口碰了碰我的脑袋,然后身子越过我的肩头，把一本书放在我面前的桌子上。原来是一本人体摄影画册。我随手翻动，一页页坚挺的铜版纸被翻过，眼前闪过一个个不同肤色的女性光洁的身体。这些身体或舒展或扭曲，那些眼神或诱惑或纯洁，那些器官或者呈现出来被光线尽情勾勒，或者被巧妙地遮蔽与掩藏。这时，下课的铃声响了起来。铜质的声音一波波传向远方。门咿呀一声被推开，益西卓玛老师下课了。她拍打着身上的粉笔末，眼光落在画册上，脸上又飞起两朵红云。

我听见了自己咚咚的心跳。

阿基对益西卓玛伸伸舌头，做了一个鬼脸，再次从我肩头俯身下来，很熟练地翻开其中一页，那是一个黑色美女身上布满水珠一样的照片。她说："益西卓玛就想拍一张这样的照片。"

益西卓玛上来狠狠掐了她一把。阿基一声尖叫，反身与她扭打着笑成了一团。两个人打闹够了，阿基躺在床上喘气，益西卓玛抻了抻衣角，走到我面前，说："是不是从温泉里出来，就能拍出这种效果。"

我不知为什么就点了头，其实我并不知道一个女人光着身子从温泉里出来是不是这种效果。

"我下午没课，我们……可以，去温泉。"

她面对学生时，也是这种样子吗？阿基问我要不要啤酒，我说要。问我要不要鱼罐头，我说要。她便回供销社去准备野餐的食品。阿基一出门，两人一时没话，后来还是我先开口："这下你又有点老师的样子了。"

她说："这本画册是我借学校图书馆的，毕业时没还，带到这里来了。"不等我再说什么，她又是命令学生的口吻，"去拿你的相机，我们等你。"

回到乡政府，他们的会还没散，挎上摄影包后，我想，我到温泉来想拍什么照片呢？然后，又听到自己的心脏跳得咚咚作响。

两个姑娘很少待在水里，她们大多数时候都在青草地上摆出各种姿势，并在摆出各种姿势的间隙里咯咯傻笑。有时，阿基会扑上来亲我一下。后来，她又逼着我去亲益西卓玛。益西卓玛样子很羞涩，但是，你一凑上去，她的嘴巴便像蚌一样微微张开，还有那嘴唇微微的颤动更是夺人心魄。我已忘了来温泉要拍的并不是这种照片。这两个草原小镇上的姑娘，态度是开放的，但衣着却是有些土气，两者之间不是十分协调。但现在，她们去除了所有的包裹与披挂，那在水中兴波作浪的肉体，在阳光下闪耀着鱼一样炫目水光的肉体，美丽得让人难以正视，同时又舍不得不去正视。

她们不断入水，不断出水，不断在草地上展开或蜷曲起身体，照相机快门应着我的心跳声嚓嚓作响。

我真不能说这时的我没有丝毫的邪念。我感到了强烈的冲动。

两个姑娘肯定觉察到了这种冲动。她们又把身子藏在了水中，嘻嘻地笑着说："你怎么不脱衣裳？"

"你怎么不敢脱衣裳？"

对于知晓男人秘密的女人又何必遮掩与躲藏，我动手脱衣裳。我这里还没有解开三颗扣子，两个姑娘便尖叫起来："不准！"脸上同时浮现出受辱的表情。看我面有愠色，她们又对我撩来很多水花，然后靠在岸边抬头努嘴，说："亲一个，来嘛。"

"来嘛，亲一个。"

我的吻真是带着了激情，可是，两个嘴唇刚碰到一起，女人像被火苗舔着了一样，滑溜溜的身子从我手里滑开了。阿基是这样。益西卓玛也是这样。不过，益西卓玛在我怀里勾留了稍长一点的时间，让我感受了一下她嘴唇的与身子的震颤。但最后,她还是学着阿基的样子,火烤了一样尖叫一声,从我手上溜走了。两人蹲在轻浅的温泉中央,脸上一致地做出纯洁而又无辜的表情,眼神里甚至有一丝哀怨。让你为自己的男人的欲望产生负罪之感。我无法面对这种境况,背过身子走上温泉旁的小山岗。

我坐在一大块岩石上,一团团沁凉的云影慢慢从头顶飘过,体内的欲望之火慢慢熄灭,代之而起的是淡淡哀伤。我走下山岗时,两个姑娘也穿好衣服了。她们在草地上铺开了一条毡子,上面摆上了啤酒和罐头,还有谁采来一束太阳菊放在中间,配上她们带来的漂亮杯子煞是好看。但那气氛却不够自然。我脸上肯定带着抹也抹不去的该死的人家欠了我什么的表情,弄得两个姑娘一直露着有些讨好的笑容。就在这时,我们听见了汽车的声音,然后看见汽车在草原上拉起的一道黄尘。

很快,贤巴副县长就带着一干人出现在了我的面前。

我发现他脸上的表情有些莫名的峻严。两个姑娘对他露出灿烂笑容,眼里的惊恐之色无法掩藏。

贤巴不理会请他坐下的邀请,围着我们展开在草地上的午餐,围着我们三个人背着手转圈,而跟随而来的乡政府的一干人抱着手站在一边。看着两个姑娘脸上惊恐之色越来越多,我也有种偷了别人什么东西的那种感觉。

贤巴终于发话了,他对乡长说:"我看你们乡政府的工作有问题,就在机关眼皮底下,老师不上课,供销社关门……"乡长便把凶狠的眼光对准了两个姑娘。

两个姑娘赶紧手忙脚乱地收拾摊子,贤巴又对乡长说:"是你管理不规范才造成了这种局面,"然后,他走到两个姑娘面前,说,"其实这也没什么，以后好好工作就是了。今天，我放你们的假，我的这位摄影家朋友要照点温泉里的照片，就让他照吧。当然，"他意味深长地笑起来，"我这可能都是多事，可能你们早已经照过了。"

两个姑娘赶紧赌咒发誓说没有。没有。

"那等我们走了你们再照吧。下午还有很长时间。"

两个姑娘拼命摇头。

副县长同志很温和地笑了："其实，照一照也没什么，照片发表了就当是宣传，我们不是正要开发旅游资源吗？可惜我们这里是中国，要是在美国那种国家，你们在温泉里的裸体照片可以做成广告到处发表，做我们措娜温泉的形象代表。"

两个姑娘在乡长的示意下，十分张皇地离开温泉，连那些吃食都没有收拾就回镇子上去了。

贤巴坐下来，对我举举两个姑娘留下的漂亮酒杯，不客气地吃喝起来。那气派远不是当年跟工作组得到一点好处时那种故意做出来骄傲了。

我没有与他一起吃喝，而是脱光了衣服下到温泉里。

水温软柔滑，我的身子很快松弛，慢慢躺倒在水里。在日本上田市一座叫作柏屋别所的温泉山庄，我也这样慢慢躺倒在一个不大的池子里。池子四周是刻意布置的假山石，甚至还有一株枫树站在水边，几枝带嫩叶的树枝虬曲而出，伸展在头上，没有月亮，但隔着窗纸透出的朦胧灯光却有些月光的味道。池子很小，隔着一道严密的篱墙，伴着活泼的撩水声传来女人压低了的笑声。我学着别人把店伙计送来的小毛巾浸热了搭在额头上，然后，每个人面前的水上都漂起一个托盘，里面有鱼生、寿司和这家店特制的小糕点，然后是一壶清酒。清酒度数不高，但有了酒，就有了气氛。隔壁又传来活泼的撩水声，我对陪同横川先生说："隔壁有女人。"

他笑了，啜一口酒，看看那堵墙，说："都是些老年人。"

而这确乎就是川端康成曾经沐浴并写作的温泉中的一个。在温泉山庄的陈列室里，便张挂着他字迹工整的手迹，那是他一本小说的名字：花之圆舞曲。

大家想起了黑井千次先生的话，于是都压低了声音笑起来。

当大家再次沉默时，我想起了自己在草原上第一次沐浴温泉时的情景。

心里有气的县长大人坐在岸上猛吃海喝，我自己泡在水里，乡政府的人不吃也不洗，他们在费力琢磨县长跟他远道带来的朋友是个什么样的奇怪关系。所以，我从水里伸手要一瓶啤酒的时候，也就要到了啤酒。其实，那只是要借机掩饰心里的不安。后来，温泉水和啤酒的联合作用，很快就让我心情放松下来。我不就是拍了些姑娘裸浴温泉的照片吗？更何况，他们还不能确定我们拍了照片。县长带着些怒气吃喝完了，回过身对我说："泡够了吗？"

我穿上衣服，大家便上路了。乡政府的北京吉普紧紧地跟在我们车屁股后面，经过镇子的时候，贤巴对司机说："不停了，回县上去。"

司机一轰油门，性能很好的进口越野车提速很快，我们的车子后面扬起大片的黄尘，把那个镇子掩入了尘土。镇子上有两个姑娘把她们的美丽的身体留在了胶卷里，把她们某种自己也难以理解的渴望留在了我的心上。乡政府的吉普车又在尘土里跟我一段，然后，终于停了下来。

副县长吐了一口气，说："他们肯定是呛得受不了了。"

司机没心没肺地说："也许这样能治好他的气管炎。"

副县长有些恨恨地说："他的管理能力太差了，哼，乡上的干部不上班出去野餐。"

他这些话使我心里的不安完全消失了:"好了,县长大人,我叫了两个姑娘,准备拍几张照片,也不至于把你冒犯成这样。"

他哼了一声。

我的话更恶毒了:"你是不是草原上的皇帝,这些姑娘都是你的妃子。"

他说:"不管我们怎么努力工作,你们这些臭文人,都来找落后的证据。"

"人在温泉里脱了衣服洗澡就是落后吗?"

"女人洗澡男人都要守在旁边吗?"

我真还无法回答,便转脸去看窗外美丽的草原。眼睛很舒服,耳朵里像飞进了许多牛蝇嗡嗡作响,副县长同志滔滔不绝地讲着一些似是而非的大道理,讲得自己脸上放光。

我说:"你再作报告,我要下车了。"

他用怜悯的眼光看着我,说:"知道吗,小子,过了这么多年,你的臭毛病一点都没改变。"他叹了口气,"本来,我们要新成立一个旅游局,开发旅游,我把你弄来想让你负点责任,想不到……唉,你就是往宣传栏里贴照片的命。"

"你让我下车。"

"会让你下车的,不过要等回到了县上。不然的话,你回老家又会说,贤巴又让你受了委屈,狠心的贤巴把你扔在草原上了。"沉默了一会儿,他又说,"其实,寨子里那些人懂得什么?他们说什么我才不在乎呢!他们从来不说我好话,我不是好好地活着吗?活得比谁都体面!"

我与贤巴重建童年友谊的努力到此结束。这是令两人都感到十分沮丧的事情。只是,自认是一个施与者的贤巴,沮丧中有更多的恼怒,而我只是对人性感到沮丧而已。

更何况，我并不认为，我没有在别的地方受到人性的特别鼓舞。

第二天早上，我离开了草原，副县长同志没有来送别。车子奔驰在草原上，我的心情又开朗起来。我没有因为与这个县将要产生的旅游局长或副局长的宝座擦肩而过而若有所失。而因为草原美景，因为汽车快速奔驰而带来的快感而高兴起来了。

同时，我心里有些急切，快点回到单位，紧紧锁起暗房的门，把那些彩色胶卷冲洗出来。事实也是如此，回到州府已经是黄昏时分，这天是周六，很多人在街上散步。我把自己关进暗房，操纵板上灯光闪烁，药水刺鼻的味道使人新鲜，洗印机嗡嗡作响，一张张照片被吐了出来。这下，我才感到了沮丧。两个姑娘远没有当时感觉的那么漂亮。那些诱惑的声与色，那些不可逼视的光与波都消失不见了。照片上的人除了笑容有些生动之外，就是一团团质感不强的肉团而已。

我收拾好东西，走到街上，心里有些茫然若失。夜已经深了，街灯一盏盏亮向远处，使镇子上短促的街道有了纵深之感。两家歌厅里传来声嘶力竭的歌唱。街上的槐花还开着，但刚刚开放时那浓烈的香气已经荡然无存了。细细的夜风吹来，有些枯萎的花瓣便飘落下来。我躺到床上时，身上的一些花瓣就落在床前。

我躺在床上说："花脸啊，你骗我，温泉没有你说的那么美好。"只是我不清楚这话是清醒时说的还是在梦中说的。

如果是梦，我怎么没有见到贡波斯甲。

如果不是梦，我再怎么伤心也不至于说这没有用处的话。

照片上的女人没有画册上那么漂亮，是因为她们并不上相，加上我的手艺也不及那些大师。温泉不是花脸所讲的温泉，是因为时代变了。这是贤巴副县长说的。

我把那些照片封装在一个大纸袋里，塞在文件柜里边一个抽屉里锁了起来。有关那个遥远温泉的想象与最初的记忆也一起封进了那个纸袋。我给那个抽屉多加了一把锁。

对我来讲比较容易的是，我与童年朋友贤巴的相互遗忘。但是，他好像不愿意轻易被人忘记。这是一个比较糟糕的情况。第二天上班，同事们便问我，什么时候离开去高就草原县的旅游局长。馆长还对我说，可以把小城里的橱窗腾出来，专门做一期某县的旅游景点宣传专刊。照片就用我这一趟拍回来的东西。

关于这个问题，我不好对馆长多说什么。

馆长说："这是馆里对你高升表示一个意思，你知道，我们这种单位也就只能做这么大一个人情。"

我告诉馆长，我不会去当什么子虚乌有的旅游局长。

馆长笑了，拍拍我的肩膀，说："窝在我手下，是委屈你这个人才了，本来，我准备向组织上反映，我也不想干了，你来接我这个班，但是，现在，嗨呀，不说了，不说了，以后你要多关照啊！"

这么一说，我也不敢解释说我不走了。更何况，我也没有太想当这个馆长。这样过了几个月。大家看我的神情，便有些惋惜又有些讥讽的味道了。因为某县的机构调整了，贤巴同志升任县长，县政府果然新设了旅游局。县上发了请帖，派了车来接报社电视台的记者参加旅游局的挂牌仪式，艺术馆因为有两个橱窗，而得到了一张请帖。旅游局长不是我，请帖上自然也不是我的名字。我的一个同事把请帖给我看。上面写着他的名字。

"该你去，你拍得比我好。"我说的是老实话，他的照片确实拍得比我好。

同事看我反应平淡，叹了口气，说："弄不懂你是个什么人。"

我想，我有时也弄不懂自己想要什么。就像我悄悄写下的那些小说那样不可捉摸。之后，馆里的什么好事，比如调一个好单位，干一点有油水的事情，评职称与先进，都没有我的份了。你想，你连旅游局长都不想当，还会对什么事情感兴趣呢。这一切，我的童年朋友贤巴都让我感到他的存在。他告诉我可能当上旅游局长时，这个可能已经不存在了。但他又把这件事情让所有与我相关的人知道。他在地上画了一个饼。他以为这个人在这方面肯定是饥饿的，所以，他画下这个饼，然后用脚擦去，然后才告诉这个人，原来这地上差点长出一个饼，但你无福消受，这个饼又被老天爷拿走了。你看，现在地上什么都没有了。确确实实，地上又是一片被人踩来踩去，踩浮了的泥巴。你还可以画上很多东西，然后，又用脚毫不费力地轻轻擦去，就像这些东西从来就没有存在过一样。

但是，这么复杂的道理，怎么对人讲得清楚呢？于是，我只好假装没有听见。如果有人实在要让我听见，我就看看那个柜子，想想里面那个上了两把锁的抽屉，笑笑，再想想那两个姑娘，我的笑容有些意味深长。

当另一个县发来请帖，邀馆里派人去拍摄他们的温泉山庄开营仪式时，大家都想起来，我有两年没有出过公差了。于是，馆长便把这个好差使给了我。这事是在馆里的全体会上决定，大家鼓掌通过的。下班的路上，馆长跟我走在一起。他说，我去的这个县的县长与我的老乡贤巴，两个人都是风头正健的年轻县长，两个人做什么事情都相互较着劲，馆长说："你那个老乡刚成立了旅游局想开发温泉，这边不声不响，先就把温泉开发出来了。你去，我们给他好好宣传一下。"

馆长这么说，好像我特别想报复贤巴一下，好像我们多出两个橱窗，就可以狠狠报复贤巴一样。但馆长是好心，同事们也都是好心，我无话可讲。

这个温泉隔我的家乡，比草原上那个温泉要近上百公里。只是从来没人说起过这个温泉。

县里派了一个宣传部的干事接待我们这一干不很要紧的人。我问他，什么时候发现的这个温泉？

他说："发现？只是开发罢了，温泉又没藏起来。"

"怎么以前没有听说过。"

他有些不耐烦了，说："现在不就听说了吗？"

车行一百多公里，就是这个县的县城。当夜就住在招待所里。第二天早上起来上路，我们的车便加入到了一个近百辆小车，并有警察开道的车队里。晚上下过雨，已经是九月份了，落在河谷里打湿了河滩上大片卵石的雨在山顶上是雪，高处的雪被阳光照亮，闪烁着耀眼的光芒。车队在这样的风景中缓缓行驶了十多公里。一道青翠的松枝装饰的牌坊出现在眼前。鼓乐齐鸣，穿着民族服装的美丽姑娘手捧酒碗与哈达等在那里。车队停下来。官员们登上了牌坊前铺了红色化纤地毯的讲坛，讲话，又拿起剪子断了拦路的红绸。大家走进牌坊，便进入了一个簇新的温泉山庄，再剪开一个阀门上的红绸，大号碗口那么粗的一股水，便通过一个管子哗哗地流入温泉山庄中央的游泳池里。水溅在瓷砖铺出的池底上，声音欢快响亮。温泉特有的硫黄味盖过了人们的喧闹，四处弥散开来。一个新的旅游资源的开发大功告成了。我自己的相机，身边的很多相机举起来，快门声响成了一片。噼噼啪啪，就像劈柴垛子从高处垮了下来。

餐厅里的欢宴结束后，那池子里的水也注满了。很多人都换上事先准备的游泳衣裤走入了水中。人太多了，所以只有领导被安排到有单独的温泉浴池的客房里休息。我没带游泳衣裤,又没有进单间的资格,便约了几个有类似情况的人顺着引温泉水下山的钢铁管道往山上走去。进入树林后,钢铁管道便潜入了地下,但新填埋的黑土指出了方向。

我们在桦树、榉树与松树混生的树林里一路向上,林子里,身前身后不时有几声鸟鸣,脚底下的苔藓潮湿松软。然后,风把硫黄味送进了我们的鼻腔。在一个小山涧里,翻过一株倒在地上正在腐朽的巨大云杉树干,温泉的源头便出现在了我们眼前。

从一株红桦树根紧抓着的岩石下,温泉咕咕有声,翻涌而出。然后就在一个混凝土蓄水池中汇聚,经过一个滤水口,进入碗口粗的铸铁水管,奔往山下了。滤水口的水面上,堆积起来了大堆的落叶,这对本就十分洁净的水又起了一次过滤作用。当然,我们来这里不是来看这个蓄水池的,而是想看看温泉本来的样子。原来温泉水流淌的山涧中,水已经干了,于是,满涧里只剩下了很多长满青苔的累累石头。而在那些石头中间,现在还有几个闪亮的水洼,想来,当温泉水还在涧里自由流淌的时候,那一个个水洼便是可以沐浴身体的地方,虽然,这比草原上的温泉局促了许多,但有几个人躺在里面沐浴身体还是完全可以的。我们在温泉边上坐了一些时候,觉得上山时汗湿的背上有寒意起来,大家站起来,摸摸坐湿了的屁股,再环顾一次四周,便开始迈步下山了。甚至没有人拿出相机来拍一张照片。一条小路很清晰地从泉眼处开始,从比山涧高一点的树林中顺着山涧蜿蜒。我们顺着这条路下山。转过两个山弯,一个小木屋出现在眼前。而且,木屋顶上还冒出袅袅的青烟。走进木屋,火塘上架着的锅里透出阵阵肉香。木屋里有三个人。一个小姑娘正用肉汤喂一个眼睛上搭着一条湿毛巾的老女人,老男人有些木然地对我们笑笑,不停地抽他自己的烟斗。眼睛上搭着毛巾的老女人脸上露出笑容,说:"又来人了,也是来治病的吧。"

此行中好像只有我懂得藏话，于是，我说："我们来看看温泉。"

老太太说："这温泉灵啊，多洗几天，我这眼睛就又能看见了。"

她推开嘴边的肉汤，拿掉毛巾坐起身来。露出她眼眶通红，并不停流泪的双眼。她说："女儿，去吧，给新来的人腾些地方，今天晚上我们就有三家人了。"

她女儿告诉她，是一些看风景的干部。老太太有些失望地哦了一声，又倒向地铺，再次把毛巾搭在眼睛上。我们退出木屋，在屋子旁边看见一个岩石，细细的两股温泉便从岩石中央的裂缝里翻涌出来，加上石头上的两个小洼，多少有些像一对泪眼。那个姑娘走出来，用这水洗了毛巾，又用一只铜罐打了水，把毛巾浸在里面，又回木屋里去了。

我算是看到人们是如何用温泉治疗疾病了。

这时，从树丛那边，传来了一个人很难过，也很奋力地呕吐的声音。往前几步，是这温泉的又一个泉眼。一个人正伏在那里呕吐，一个女人，是他的母亲吧，一只手扳着他的肩头，一只手拍打着他的背部。那人吐过了，直起腰来大口喘息着，看到我们，他年轻瘦削的脸上露出了热情的，也是无力的笑容。他说："听说今天山下很热闹。"

我点点头："你这是治什么病。"

"胃里的毛病，"他母亲说，"我儿子没病的时候，一头牛都扛得起来，现在瘦成什么样子了。"

小伙子显得十分虚弱，但他还是说："喝这水洗胃，吐了喝，喝了吐，把肚子里不干净的东西吐光了，胃洗干净了，我的病就好了。"

这时，有一个同伴问了一个很蠢的问题："为什么不去医院？洗温泉能治病也可以住在山下，你们不知道山下的温泉山庄住得好，吃得也好吗？"

这是一个愚蠢的问题，我感到自己心里蹿起了莫名的怒火，但那个脸色苍白的年轻人仍然笑着:"这里不用花钱啊!"

说完,他又俯身在温泉上开始很艰难地大口大口吞咽硫黄味浓重的温泉水,他呻吟着,吞咽着,我们背过身走下山去,很快,便听到他再次呕吐的声音。我加快步子,把这声音远远地抛在了后面。

因为这个声音,我失去了在丰盛晚宴上的胃口。餐厅里觥筹交错,我不想煞大家的风景,便离席走到外面。温泉山庄门口,立着一个巨大的广告牌,上面列出了这温泉水中所含稀有矿物质的成分,并说这泉水有治疗风湿、皮肤病与美容的功效,我望望正掩入暮色的山林,想起那些在温泉边治病的人们。他们相信温泉无所不能的功效,是因为传说的魔力,而这个广告牌上的文字,是一个权威医疗机构的鉴定结果,是真正的科学,当然,走进这科学的大门,你需要很多的金钱。

作为庆典活动的一个组成部分,晚会开始了。十多个歌舞节目过后,焰火在浓重山影的背景下升起来,带着尖厉的啸声,在星空下绚烂地迸散,并掩去了星空。晚会的后半段是交谊舞会,脱去了演出服的漂亮女演员穿梭在一个又一个领导的双臂之间。

我去外面的马路上散步,夜色清凉,永恒的星星又布满了天空,山沉沉睡去,我不知道山上温泉边上的人是否也有山一样踏实的睡眠。

一个地方无论远近,要么你从来不去,一旦去过一次,就好像订立了一个合同,就会不断去与它相会。我与这个温泉也是一样。真的,过去我连听也没有听说过这个温泉的名字。但自打有了第一次的相会,往后的几年里,我总会经过这个地方。不是专门去这个地方,但总是在去一个什么地方时经过这里。有些时候,我们停下来,在附近山崖上飞泻而下的山泉擦洗干净汽车,再在温泉山庄的露天泳池里把自己洗得干干净净。温泉浴让人胃口大开,所以,日益多起来的餐馆的生意看起来都很不错。有些时候,车子就从温泉山庄旁飞驰而过。即便那样,也可以看到,围绕着这个温泉山庄,盖起了一幢又一幢说不上好看,但也说不上难看的小楼,不几年,温泉山庄这里俨然是一个繁华的小镇了。后来,镇子上还建起了一个矿泉水厂,这一路的商店里,都有这个厂的产品出售。

有一天,我坐在车里,与同行的人惊叹这个因旅游而勃兴的小镇的变化时,突然想起了我童年的朋友贤巴。想起了他想开发的那个更加美丽的温泉。那个温泉旁有一座赭红色的岩峰,有宽广的草原,那美丽的景色会使那里的温泉旅游更容易开展。这次,我是跟一个纪录片摄制组一起出行的。我是向导也是顾问,我拿出地图,告诉导演,将增加一段重要的行程。他问我为什么?

我说:"一个温泉。"

他看了看我:"温泉?"

我点点头:"温泉。"

导演说:"他妈的,温泉。也许你是有道理的吧。"

我笑了。

导演也笑了,说:"我觉得你总是有道理的。"

其实,我也早就意识到了这一点。当我意识到这一点的时候,我便拿起了笔,在小说里讲我那些大多数人觉得没有道理的事情。当我写得有些名气的时候,我不用再为那些个橱窗拍摄或张贴照片了。

两天以后,我们因为下雨,滞留在一个县城里。导演因为预算在门口皱着眉头看天,我躺在床上,百无聊赖中拿起了床头上的电话。我要了一个114,查到了草原县政府的电话。

电话打到了县政府办公室。我没有说要找贤巴县长。我只说想打听一下他们那里温泉旅游的情况。

对方有些警惕:"你是干什么的?"

我报了一个旅行社的名字："听说了贵县草原很漂亮，还有温泉。"

对方松了一口气，告诉了我一个电话号码。

电话通了："你好，某某县旅游局。"

我说，想打听一下贵县的旅游资源的开发情况。

"哪一方面？"

"比如……温泉。"

对方捂住了话筒，过了很久，话筒里才响起了另外一个人的声音："请问你是想投资吗？"这是贤巴的声音！他的声音有些急切。"我们的措娜温泉是一个很好的投资项目。"

我说："对不起，我只是一个想来旅游的游客。"

他没有听出我的声音，啪一声把电话扣上了。想来这个野心勃勃的家伙的日子不是十分好过。那个成功开发了那个温泉山庄的人，当时是一个副县长，现在也提拔为县长了。最近又出国考察意大利旅游，人们说回来定还要升迁。但贤巴却待在旅游局里等待投资商的电话。好像，他的屁股被粘在县长的椅子上再动不了了。

十天后，我们的汽车爬出最后一道峡谷，开阔的草原展现在眼前。

当天下午，我们就来到了措娜温泉。赭红色的石头山峰耸立在蓝天下面，耸立在宽广美丽的草原中央。但是，当温泉出现在眼前时，我大吃一惊，摄制组的人都大失所望。因为我向他们反复描述，同时也在反复重温的温泉美景已经不复存在了。溪流串联起来的一个个闪闪发光的小湖泊消失了。草地失去了生气，草地中那些长满灰白色与铁红色苔藓的砾石原来都向那些小湖汇聚，现在也失去了依凭。

温泉上，是一些零落的水泥房子。

这些房子盖起来最多五六年时间，但是，墙上的灰皮大块脱落，门前的台阶中长出了荒草，开裂的木门歪歪斜斜，破败得好像荒废了数十年的老房子。随便走进一间屋子,里面的空间都很窄小,靠墙的木头长椅开始腐烂,占去大半个房间的是陷在地下的水泥池子,那些粗糙的池壁也开始脱皮。腐烂,腐烂,一切都在这里腐烂,连空气都带着正在腐烂的味道。水流出破房子,使外面那些揭去了草皮的地方变成了一片陷脚的泥潭。

再往上走,温泉刚露头的那个地方被一道高大的环形墙围了起来。从一道石阶上去,原来泉眼被直接围在了一个露天大泳池中间。泳池四周是环形的体育场看台一样的台阶。同来的摄像失望地放下了扛在肩头的机器,骂了句什么,在水泥台子上坐了下来。

大家都骂了句什么。

我却突然想到了古罗马的浴场。但这里没有漂亮的大理石,没有精美的雕刻。有的只是正在开裂的水泥池面。所以,这个想法让我哑然失笑。不知是笑自己这奇怪想法,还是笑敢于在这样漂亮的风景上草率造成这样建筑的人。笑过之后,我也在水泥台阶上坐了下来。导演递我一支烟,口气却有些愤愤然:"你不是说这儿挺美的吗?什么美丽草原上的珍珠串,什么裸浴的漂亮女人,妈的,你看看这都是什么。"他举着一根曲曲弯弯的柳棍,挑起一条被人丢弃的肮脏的破裤子,然后,又走到水边,用棍子去捅沾在池壁上的油垢与毛发。这些东西,在原来的水池里,很快就在草间,在泥石里分解了。那是自然界中丰富的微生物的功劳。但在这样一个水泥建筑里,微生物失去了生存条件,污垢便越积越多了。

一个更为奇怪的现象是,这里修起这样一片建筑,却不见一个管理人员来打扫,来维护,只有草率的建筑在浓重的硫黄味中日渐腐朽倾圮。这个世界上,如此速朽的东西是有的,但没想到在这里见到了。

我又想到了当年把这个温泉描绘得有如天堂的贡波斯甲,如果他看到这个景象,那张花脸上会出现什么样的表情呢?不会了。那个时候,他就哀叹过,每一个人都给固定在了一个狭小的地方,失去了四处走动的自由,那个温泉是要让人忘记了。事实也正如他所说的那样。但他肯定想不到,贤巴会成为县长,更想不到县长贤巴想靠温泉挣钱,却把这个温泉给毁掉了。

我们坐在这片基本已被毁弃的建筑旁的草坡上,默然无语。这时,在下面的山脚下,出现了两个行路的人。温泉流过那些破败的房子,又从简易公路下穿过,在沟底的灌木丛中潴积起来,形成了一个小小的湖泊。这两个路人在那里停下来,脱下衣服走进水里洗了起来。我们与之相隔很远,但从姿态上仍可以看出是一个男人和一个女人。大家都掩蔽着自己引颈长望,看得出来是希望水里发生点什么故事。但是故事没有发生。两个人洗了一通,上岸穿好衣服,背上包又迈开草原牧民那种有些罗圈的步子上路了。

我跑到山下,站到那汪水边,用手试试水温,才发现,到这里,水的热度差不多已经散失殆尽了。但是,岸边的草地,一丛丛小叶杜鹃,使这小湖显得那么漂亮。我们在这个湖岸边坐下来,摄像打开了机器。这时,上方的公路上响起汽车的刹车声,然后,大片的尘土从斜坡上漫卷而下。尘土散尽后,一干人站在公路上,叫我们上去说话。

我们上去了。

叫我们说话的人是乡政府的人。他们气势汹汹地盘问我们来此采访得到了谁的批准。

我告诉他们我们拍纪录片,不是新闻采访。

他们不认为这两者之间有什么分别。其实,他们就是不同意我们拍这个温泉。

把一个本来美丽的地方变成这个样子确实不是什么光彩的事情。

我有些愤怒地告诉他们，我们要拍摄的都是一些美丽的镜头，这样的景象怎么能入我们的镜头？

对方还问："那为什么待在这里，而且一待就是两三个小时？"

我说：我来过这里，这里曾经是一个美丽的地方，在很多人的记忆里，这里都是一个美丽的地方，我待在这里是想不通这个地方怎么被糟蹋成了这个样子。那次还是你们的贤巴县长请我来的。

他们中的一个人想起了我："对，对，你跟两个姑娘……对对，哈哈，对对，哈，跟她们两个，好好，请到乡政府去吧，我们通知贤巴县长，也许他会来看你。好像你们是老乡，对吧？"

我们在乡政府安顿下来，还有丰盛的饭菜。但一种戒备的气氛却在四周弥漫。吃饭的时候，我笑着对乡长说："我感觉有被软禁起来的味道。"

乡长笑笑，没有说话。

最后还是我忍不住问他那温泉怎么弄成了这么一副模样？他想了想，灌下一口酒："哎，你还是问你的朋友吧。他一会儿就要到了。不过，你最好不要提这档子事，这是他的心病，也不知什么时候能够治好了！"

我们出去散步的时候，乡长又叹口气说："我在这里代人受过，旅游没有搞起来，温泉被毁成那样，老百姓把我骂死了。"

我问他这个项目是不是贤巴主持开发的。

乡长说："那还能是谁，旅游局是他一手组建的。这也是旅游局开张做的第一件事情。"

"那也不该糟蹋成这个样子。"

乡长苦着脸说："反正就成了这个样子，县里花了钱，我们乡里这些年的一点积蓄也全部投进去，结果呢，外地的游客没有来，当地的老百姓也不来了。等到搞成了这个样子，再出去找投资，人家一看那个地方，唉，什么意思都没有了。我亲自听到一个投资的人说贤巴县长和他的手下人都管不好这样的项目。"

我不想理清这理不清的是非，便向他打听当年那两个姑娘。

乡长说："都不在了，教书的那个，什么都不要跑了，听说去了深圳，在一个民俗村里表演歌舞。供销社那个，辞了职跟一个药材商人做生意去了。"他有些难看地笑了笑，"你看，我们这些地方再不发展，什么人都留不住了。"

我好像不需要到这里来听这样的道理。两个人转到兽医站，两个兽医正在院子里忙乎，一个用铁碾子碾药，一个用带压力计的压力锅蒸馏柏树皮。过去曾有一位深谙医道的僧人在这里研制出好几种效力很好的兽用药。我一问，这两个人正在用这位去世高人留下的验方制造兽药。我坐下来，听两个兽医给我说一个个方子中用些什么药草。他们说出一味药来，我立即便想起这些药草开着花结着果的样子来，其中一味药叫龙胆草，就开着蓝色的花朵摇摇晃晃，在我们的身边。正说话时，有人来通报乡长，贤巴县长从县上赶来了。乡长赶紧起身，我觉得自己没有这样的必要，仍然坐在那里与两个兽医交谈。乡长走了。两个兽医却表情漠然。他们搬来自己整理出的一部药典。药典用的全是寺院抄写经文所用的又厚又韧的手工纸，每一个药方中，都夹进了所有药草的标本。他们说，这是那个老僧人留下来的。老僧人的遗愿之一，就是建一个现代化的兽药工厂。但是，县里没有人过问这样的事情，只有商人来愿意出一笔巨资买走这本药典。我翻看那部药典，里面夹着的一株株标本，散发出植物的清香。

就在这时，院子外面响起了一个人响亮的笑声。这笑声有点先声夺人的效果，如果是在戏剧舞台上，那就表示一个重要人物要出场了。果然，披着呢子大衣的贤巴县长宽大的身子出现在兽医站窄小的院门口,他的身子差不多把整个院门都塞满了。他站在那里,继续笑着,我们有些默然也有些漠然地看着他好一阵子,他才走进院子里来,跟两个站起来的兽医握手,说:"辛苦了,辛苦了。"

两个兽医握了手,站在那里无所适从,恰好压力锅内压力达到预设高度,像汽笛一样嘶叫起来。两个兽医趁机走开,忙活自己的事情去了。贤巴紧拉住我的手:"怎么,来了这里也不向老乡报个到,怕我不管饭吗?"

他这么做有些出乎我的意料。本来,我以为他会为了把温泉糟蹋成这个样子而有些惭愧,但他没有。那个刚才还牢骚满腹的乡长又满脸堆笑跟在他后面,贤巴不等我说话,便转过身去问乡长:"你没有慢待我的朋友吧。"

乡长说:"都安排了,安排了。"

"你的乡长很尽职,他们把温泉看得严严实实的,根本不让人接近。"

贤巴拍拍我的肩:"我的好老乡,你不知道管一个县有多难,温泉开发在经济上交了一点学费,但是,我常常说,作为一级政府,为官一方,我们不能把眼光只放在这么一个小的问题上。"他耸耸肩膀,往下滑落的大衣又好好地披在了身上,他再开口,便完全是开会作报告的腔调了。他说:"你看到没有,我们因陋就简盖起了的温泉浴室,虽然经济回报没有达到预期,但是,这种男女分隔的办法,改变了落后的习惯,所以,我们应该看到移风易俗的巨大作用。我们很多同志只把眼光放在经济效益上,而看不到这种改变落后习俗的方式,对于精神文明建设的作用。而且,如果用长远的眼光看问题,改变落后的生活方式,也是改变投资的软环境,投资终究会搞起来的。"

我本来是想劝劝他,为了温泉,或者为了少年时代我们对这个温泉共同的美好想象,可他把话作报告一样说到这个份上,我的嘴也就懒得张开了。我不是官员，但按流行的话来说，我一直生活在体制内，遇到像这样夸夸其谈，谎话连篇的大小官员是很寻常的事情。并不应该感到大惊小怪。也许是因为这个温泉，也许是因为我们共同的少年时代，我才希望他至少有一点痛悔的表示。

也许这些自欺欺人的谎话也是刚刚涌到他嘴边，于是，他有些晦暗的脸上泛起了光芒，他撇开我，把身子转向乡里的干部。他的眼睛闪烁着激越的光彩，声调却痛心疾首："是的，温泉开发不是十分成功，遇到了一些问题，资金的问题，改变农牧民落后的风俗的问题，可是，这些都不是最主要的问题，最大的问题是保守。改革开放这么多年，温泉躺在这里这么多年了，没有人想过要做点什么。也没有人说过什么。我做了，调查的人来了，风言风语也跟着来了，县长选举时也不投我的票了，可就是没有人想一想他正面的意义！"

到底是做了这么些年的官员，我看他一番话说得下面这些人都有些激动了。也就是从今天开始，这个因温泉而失意的官员，要把自己打扮成一个改革先驱，一个勇探雷区的牺牲者了。

我不想听这种振振有词的混账话，我来这里，是为了构成我少年时代自由与浪漫图景的遥远的温泉。穿过很多时间，穿过很宽阔的空间，我来到了这里。来寻找想象中天国般的美景。结果，这个温泉被同样无数次憧憬与想象过措娜温泉美景的家伙的野心给毁掉了。

他用野蛮的水泥块，用腐朽的木头，把这一切都给毁掉了。

我离开了那群官员，也离开了我的同伴，把车开到那赭红色岩石的孤山下，又一次去看那眼温泉。太阳正在落山，气温急剧变化使一些小旋风陡然而起，把土路上的尘土卷起了，投入到早已面目全非，了无生气的温泉之上。

如果花脸贡波斯甲活到今天，看到温泉今天的样子，看到当年的放羊娃贤巴今天的样子，他会万分惊奇。他会想不明白，一个人怎么如此轻易地就失去了对美好事物的想象。任何一个有点正常想象力的人，怎么会在一个曾经十分喧闹，也曾经十分落寞的美丽温泉上堆砌这么多野蛮的水泥，并用那些涂着艳丽油漆的腐朽的木头使晶莹的温泉腐朽。我用常识告诉自己，这水不会腐朽，或者说，当这一切腐朽的东西都因腐朽而从这个世界消失了踪迹时，水又会咕咕地带着来自地下的热力翻涌而出，但是，那样一个漫长的过程，不再属于我们这些总是试图在这个世界上留下些什么痕迹的短促生命。

在故乡的热泉边上，花脸贡波斯甲给了我们一种美好的向往，对一种风景的想往，对一种业已消逝的生活方式的浪漫想象。那时候，我们不能随意在大地上行走，所以，那种想象是对行走的渴望。当我们可以自由行走时，这也变成了一种对过去时代的诗意想象。

也许，像贤巴这样的人，最早看穿了这些想象的虚妄，于是，他便来亲手摧毁了产生这一切想象的源泉。

我坐下来，望着眼前颓败的风景，恍然看见家乡热泉边的开花的野樱桃，看到了花脸贡波斯甲，而我不再是一个孩子了，我是一个曾经与他浪游四方的风流汉子，他临死的时候曾经嘱托我告诉他温泉今天的消息。于是，我听见自己说："伙计，什么都没有了，我们的儿子把它毁掉了。"

他不问我为什么。我知道他有些难过。

但他没有血肉的头颅闭不上双眼，于是，他的难过更加厉害了。我感到天都跟着暗了一下。结果，那个我亲手放树上去的头颅便从树上跌落下来。那些头骨早已在风中朽蚀多年了。跌到地上，连点响声都没有便成为了粉末，然后，一缕叹息一样的青烟升起来，又像一声叹息一样消散了。

鱼

一

初识鱼性的时候，觉得这种生物喜欢静默，而且慵倦，就像久久盯着它们出神的几个还不会说话的婴儿一样。岸上，树下阴凉处那几个婴儿在吮吸着拇指，眼望深陷在碧蓝天空底下的几朵云彩。和水中的鱼一样，婴儿们明亮的眼睛永远都显得安详而又迟钝。这种安详来自谷地四周的满被森林的黛绿群山，来自村子渐渐扩散的炊烟。

那其中的一个婴儿很少吮吸拇指。他趴在岸边，注视着水中的鱼。一个夏天下来，因为阳光的作用，孩子赤裸的屁股上的肌肤将比脸上的肌肤更为粗糙深暗。后脑上头发茂盛，额前的发际却抬得很高。这种孩子从落地起额头上就有浅浅的皱纹，但直到老死——倘若万一有幸活到老死的话——那皱纹也不见得会加深多少。现在一个这样的孩子脸上不时波动着从水上反射的稀薄的阳光。脑子后面是丰富而又细密的声音。声音来自锄草的女人，修理栅栏的男人。声音还来自生长中的树木，拔节的青稞、小麦、燕麦和苎麻，来自昆虫、飞禽和走兽，这些声音在孩子听来单纯而又明净，仿佛鱼族所生存的清澈水流。

现在，鱼们随着太阳热力越来越高，从深水中游了出来，尾巴慢慢摆动，翕动着愚蠢的阔嘴，并努力昂起和身躯相比略显方正的脑袋。就是这样，它们执拗地游向流速缓慢的浅水。春天的流水很清寒，鱼在卵石的河底游动蛰伏时的神情态势都显得凶残，并且疑虑重重。而现在是夏天了，河水变得丰盈，漫出了平常的河道，低洼处的青草就只能在水下生长了。青草中那些依然清晰可见的牛羊蹄印中躺满了大大小小的鱼。前不久的日子，大群的母鱼还拖着鼓胀的肚腹在草丛中四处奔突，在被雄鱼追逐的过程中，把成串铮亮的淡黄色的卵挣落在草叶上。然后，夏天里最暖和最安静的日子来到了，河水涨到最高点，所有使群山、田野、空气、流水变成绿色的植物，如果继续生长就会变得难以遏止，变得疯狂，挤占人类的生存空间。草甸、针叶林、针叶阔叶混交林、牲畜、扬花的燕麦都散发出令人昏昏欲睡的气息，这个季节，男人们容易感到困倦，他们躺在等待修补的栅栏的阴影下，听宽阔的庄稼地中央飘过来女人们尾音漫长的婉转歌声。这些人进入睡眠后，虱子才放心地从头发里出来，享受阳光。虱子最多的恐怕是那个看鱼的婴儿。这个娃娃和其他娃娃不大一样，有人归结为是因堂姐和堂兄结成夫妻，近亲繁殖的结果。近亲婚配的后代总是一种极端的生命形式：不是过于痴呆就是过于聪敏而且寿限很短。往往也是这种人家，因为血统纯粹而产生高贵的感觉。而且由于是近亲之间互通有无，聚积的财富不易流散。在这个名叫柯的村子里，到一定时候，近亲婚配的方式使一个家族显赫了几代人后，纯粹由于生理上的原因，这个家族又走向衰微。于是，又一个家族采用同样的方式取得显赫的地位，成为血统纯粹的贵族，拥有最大的羊群，最多的奶牛，房子里散发出陈年的被虫蛀空的粮食的气味，那种略为有些辛辣、有些酸甜味道的气味能刺激人的鼻腔、喉管，叫人产生一种近乎窒息的感觉。到了这种时候，这个家族的最后一个孩子会喜欢一些怪的东西。

譬如这个婴儿喜欢鱼。

鱼是令人敬畏而又显得神秘的东西。

这一带的河里只有一种鱼。

在这条河沿岸，好多深处林间的安静的村子的语言差异极大。但对鱼的称呼都是两个相同的音节：久约。"久"音重浊，"约"音舒缓轻细，然后在齿缝中慢慢消失。就这样，敬畏与神秘之感充分展示出来了。

鱼们被温暖的阳光照耀，静伏在水流下边。水在阳光下缓缓流淌，并微微起伏。这一来水面就有了绸缎一样的质感。

水流上散发出鱼的气息。

这种气息像是来自水中腐败的青草。从明亮的寡淡的水上升起的鱼腥味以及河底烂泥的气味比正午时分的树荫还要浓重。一群群没有鳞甲，颜色像污泥，脑袋和上截身躯与蛇相仿的鱼躺在河底的淤泥与青草中，慢慢侧翻身体，亮开一片片白中带着淡茶色的肚皮。

那个婴儿发出了愉快的笑声。

河水中，前些日子产下的卵已经完全孵化了。缝衣针一样大小的鱼苗快捷地游动，显得很快活，也很胆小。一片带着凉意的云影，一阵夹着泥土味道的风都会使它们迅速逃遁。当它们渐渐长大，趋于成熟，引人注目的首先是那双鼓突的眼睛：明亮，天真，以及遗传性的深重的忧伤。

那个长久观鱼的婴儿的眼睛也会变得和鱼眼一模一样。

二

这是 1958 年夏天。

看鱼的婴儿是个遗腹子。父亲战死在草原上。名字是叔叔起的：夺科。叔叔不知道名字的实在意义。

宗教势力强盛的时候，新生婴儿的名字都由学问高深的精通书面语言的喇嘛来取。而正规的藏语文字和本地方言很少有相似之处。日子安稳的岁月一长，宗教势力又渐趋衰微。人们起名不再依靠喇嘛，但依然使用原有的现成名字。而且知道名字的意思。正规的称呼还应在名字前冠以家族的名称。

那么看鱼的婴儿就叫作莫多·夺科。

但今后的日子里，他将被称为鱼眼夺科。

鱼眼夺科在水边俯察鱼群时，发出了无忧无虑的欢笑。笑声咯咯，仿佛一只失手的木碗滚下梯级密集的楼梯。这时，他母亲秋秋感到乳头像被尖锐的麦芒刺中般的痛楚。秋秋在合作社的麦地中拔草。麦子长得非常茁壮，这是合作社的第一季庄稼。她望望头顶上深蓝的天空，就是从那遥远的天际下传来了丈夫已经战死的消息。她感到蓝空变得更为深远了。于是，又默默地弯下腰去拔除茎秆粗壮的苦蒿。

因为思念，秋秋身上的女人气息不太浓烈。泪水差点就要溢出眼眶。泪水消退后，留下些使眼角刺痒的含盐的东西。麦地连着远处一片碧绿的草地，眼前的一切重又变得空空荡荡。从来没有谁明确地告诉过她丈夫——也是她的堂弟是怎样死去的。所以，在她想象中丈夫一次次死了,又一次次复活,然后又一次次死去。秋秋也一次次体验到了死亡的滋味。想象丈夫是被枪弹击中死去时,心头便有滚烫的尖硬的东西掠过。想象丈夫死于刀劈,脖子上会有缠上了蛇那样令人心悸的冰凉……

给夺科取名的叔叔先是在栅栏阴影下躺着假寐,蒙眬中感到一条条鱼游进脑海。这个瘦弱的小伙子坐起身来,一时间感到心烦意乱,起身往河边走去。

他从树子下面走过时,树荫像水一样漫过头顶,然后流下脚跟。一条隐隐约约的路从庄稼地边积水的低洼的草地中穿过。洼地里开满黄色的单瓣花朵。脚下的草皮很松软,并散发着水中密集的鱼群的那种气味。他毫无声息地穿过这片洼地,就像在另外一个人,或者是一群人的梦中行走一样。他回头看看,刚刚被他脚步踩倒的草正在慢慢竖立起来。草皮下受到挤压的积水咕咕作响。他甚至以为那是梦中才有的鱼的叫声。咕咕,咕。咕咕。忧伤而又沉稳。走过洼地后,坚硬的地面使他清醒过来。想起听人说过,梦见鱼是不祥的征兆。

当他的身影投向河面时,那些小鱼猛一下掉头蹿向河心,使他脸上差点就有了笑容。那几个被安顿在河边草地上的娃娃看到他的到来,都慢慢从口中拔出了吮吸得干干净净的手指。侄儿夺科正俯身向着河面。他快步过去抱他起来。一下他就含住了叔叔的一根手指,没命地吮吸开了。婴儿的口中唾液又多又稠,没牙的肉嘟嘟的齿龈来回错动着,他立即想到鱼看不到牙齿的嘴巴,赶紧把手指从侄儿口中拔出来。婴儿立即哭了,哭声响亮,使水下静默的鱼群骚动了好一阵子才慢慢地平静下来。那些鱼本来已经竖起背鳍,拖在河底的尾巴搅起了泥沙,绷紧脊梁做好了快速逃遁的准备。它们就以这种僵硬的姿势悬浮在水中凝神谛听,见那哭声没有带来任何威胁,又慢慢放松了身躯沉向河底的淤泥。

叔叔低头察看哭声突然止息的孩子，看到夺科的眼睛像鱼眼一样鼓突，感到眼前水光荡漾，不禁又一阵心悸，手中像不经意间摸住了蛇一样冰凉的鱼。

太阳已经当顶了。

拔草的女人们转身向河边过来。

夺科的叔叔夏佳抱着娃娃走到麦地边上。看着女人们不断伸出黝黑的茁壮的手臂拨拉开麦子，从中分出一条道路。一棵又一棵正在扬花的散发着香气的麦穗，一一划过那些赤裸的手臂，沉甸甸地撞击在女人们温软的腹部，他身子不由得像麦子一样摇晃起来。他甚至想象死去哥哥的妻子像她的名字秋秋一样清新可喜。

这时，孩子被人从怀中夺走了。

他看到一张丑陋而又怨气冲天的脸。赤裸的胸前，乳房像两只小小的口袋，上面还满布着被麦芒划出的血痕。就在这年冬天，村子里开始出现汉文报纸、书籍、连环画和一些文件。这些东西不是一下就出现了的。而是以一种比较自然的积少成多、循序渐进的方式出现。几年后聪敏的鱼眼夺科会认得不少汉字，会发觉自己母亲的脸和连环画上地主婆之类的脸十分相像，甚至连那些不及鱼眼夺科聪敏的孩子也会发现这一点。

三

秋秋怨气冲天地把儿子从醉了酒一般闭着眼摇晃着身子的小叔子

怀中扒拉出来。往孩子口中塞进乳头，奶汁就自动地流泻出来，奶汁流淌引得乳房深处一阵阵发紧。秋秋只好抬起来轻轻搓揉。和她在同一年生产的索南的母亲、贤巴的母亲也都用同样的动作一手搂着娃娃，一手在乳房根部轻搓慢揉。目前，秋秋还不知道日后的命运。而只知道乳汁被吸空后，自己心中又变得十分空洞了。她对命运的感触是一种永远叫人摸不着头脑的奇妙的东西。年轻时，她曾渴望爱情，没有得到正常的爱情后又曾渴望某种非分的爱情。她知道自己家比较殷实，知道自己丑陋，所以，知道自己没有什么指望。

秋秋看到小叔子站在几个哺乳的女人面前，一股怨气禁不住又冲天而起。

"呸！"

她啐了一口，把口中正在咀嚼的草根也吐了出来，汁液丰富的草根使口水都变成了令人厌恶的绿色。口水淹没了两只蚂蚁。她又气冲冲地啐了一口。怀中的孩子和小叔子都同时受到惊吓，秋秋心里平顺了一点。

小叔子的模样很像战死在草原上的丈夫，这种相似却是地里刚刚抽穗的麦子和已经成熟的可以开镰的麦子的那种相似，小叔子虚岁十六，脸廓上的绒毛，薄薄的鼻翼，疏淡的眉毛都说明他还是个孩子。而死去的丈夫，在这一年以来的想象中一次次变得越加苍老了。

她想象在今后的某一天，小叔子不会再是这样小小的个头，细嫩的皮肤了，指节、手腕关节和喉结都会变得粗大坚硬，还有一头浓密拳曲的头发。那时，曾经属于他兄长的全部产业：房子、儿子，一些传家的珠宝，合作化后剩下的奶牛、菜园，以及老人弃世时特意叮嘱留下的一件狐皮大氅和一件水獭皮大氅，以及几条名贵的波斯地毯，当然，还有一个坏脾气好心眼的婆娘都将由他继承下来。

想到这里，秋秋心中不禁涌起柔情，又想像六年前那样，把他的头按在自己乳房上面。现在，秋秋身上已经嗅不到无人问津的老姑娘身上那种特殊的气味了。那种气味不是眼下身上这种新鲜泥土与自己肌肤的气味，而是裹在身上的那种布料的气味与上面干燥的尘土的寡淡的气味。整天跟在自己屁股后面东跑西颠的堂弟夏佳则散发着清水和青草的气息。夏佳害怕鱼。堂姐把他放在地头，他就听话地坐在柏树或云杉的阴凉底下。夏佳母亲生下他时就死了。他是个可怜的娃娃。至少秋秋母亲死时，她已经记得死人的模样了。她静静地躺在一条粗糙的牛毛毯子下面，咽气前憋得乌黑的脸也变得白净了。虱子从渐渐变冷的身上爬出来，那些虱子飞快地爬动，使死亡带上了一些惊慌失措的味道。那些虱子消失后，死亡就变得平和安详，具有了忧郁的抚慰人心的力量。后来，秋秋听到丈夫死讯时，一言不发，听到自己的心脏跳动，一下，又一下，发出当年母亲下葬时冻土落在棺盖上的声响。

秋秋一下子又想到五年前那个夏天。

那时，人们都在自己的地里劳动。那时秋秋已经二十八岁了，已经有了老姑娘的怪僻行为，拔草时，她带着儿子一样的堂弟夏佳。远远躲开前来帮工的同村乡亲。突然，她感到一阵凌厉的风声，抬眼就看见一只鹰敛紧双翅，平端起尖利的爪子扎向河面，抓起一条大鱼。那鱼在太阳强光下变成了一团白光，待鹰翅展开，遮断阳光，鱼又变成鱼——一条苦苦挣扎的鱼。

鹰飞过头顶时，玩耍的堂弟一声锐利的尖叫，鱼便从鹰爪下滑落下来，像一摊鼻涕一样，"啪嗒"一声摔在秋秋面前。它又弓了一次脊梁，努力做出在水中游动的姿势。这一努力没有成功，就甩动几下尾巴：啪嗒，啪嗒，啪——嗒，啪——嗒——嗒，一下比一下更没有力气。然后，一鼓肚皮死了，一些透明的胶状物，从它身上滑落，流到麦芒和草叶上。秋秋赶紧从那地方走开，发出了一阵骇人的惊叫。当人们从远处的麦地向她跑来时，她才用拳头把嘴巴堵上。

父亲最先来到她身边。

父亲把女儿搂到地头的树荫里坐下，并折下柏枝让她深嗅那清新洁净的香气，而且非常耐心地听她哭泣。然后问她哭完了吗。我好了，阿爸。那就转过脸来。父亲说：我死了以后你要把婚事办了。我已经在我兄弟临死时答应过他了，把这些地、牛羊都合起来。以前是一起的，父亲说，现在又要合起来，让夏佳的哥哥娶你。

父亲说：要亲上加亲，像是……像是在牛奶中加糖一样。秋秋你不漂亮，但你会生下壮实的儿子。当然那时我已经死了。

父亲你不会死。

当时她这样恳求父亲。

现在，秋秋给怀中的儿子换了一个乳头，说：我们的父亲都不会死。泪水便从眼眶中慢慢涌出。透过一片迷离的泪光，秋秋又看到父亲松开盘坐的双腿，以双手撑地才从草地上抬起屁股，然后单腿跪起，再把手压在膝盖上，张大嘴吞咽了好多新鲜空气，然后一鼓腮帮挣扎着摇晃了一阵子。父亲站稳了。他又说：婚事是去年弟弟临终前自己亲口答应的。

秋秋看着父亲转身从自己面前走开。身子又摇摆起来。但他还是一步一步走远了，最后消失在一片麦浪中。父亲被人发现时，身躯已经僵硬了。他侧卧在麦子中间，身子舒展轻松，只是半边脸上沾上了不少泥巴。洗去泥巴，现出被麦茎划破的伤口，一缕鲜红的血液从伤口中渗出，流进了泥土。

当夜，夏佳就梦见伯父。

梦中，伯父变成了鱼，不断翕动嘴巴却说不出话，脸上沾满了泥巴。有两次，他差点对堂姐说伯父变成了河里的鱼。但他终于忍住了，没有吐露这个秘密。在柯村甚至更为广大的地区，鱼的形体被认为是缺乏美感的，甚至是令人厌恶的，和许多软体动物一样，譬如蟾蜍、蚯蚓、蜥蜴、蜗牛、蚂蟥、各类水蛭，同时又是值得怜悯的。一个从未有过动物学家的民族不知道它们吃些什么。于是认为既然它们活着而又没有食物，必然时刻被饥饿所折磨。那么，它们必定是遭到天罚的动物。因为前世罪孽过于深重：聚敛了太多财富，过于残忍、狡诈，如此等等。在这一点上，鱼又是可怜的动物，人们对待鱼的态度和对待一个患了麻风病的乞丐的态度十分相似。鱼族因此日渐庞大，当它们黑压压地布满一道道水流平静的河湾时，又叫人产生不祥之感。这一点和乌鸦相仿佛。

次日，夏佳在人们祭祷伯父的时候去看那条死在麦地里的鱼。

终其一生，他也难以明白，当时为什么要努力克服恐惧，去看那条鱼。

鱼，其实就是一条鱼。

四

夺科转眼间就到了上学的年龄。

夺科，和他同岁的索南等人将成为第一批上汉文学校的孩子。学校建在邻近一个比柯村大的村子。他们每天带上午饭去那里上学。夺科的父亲被迫娶了大自己八岁的堂姐，后来离家参加叛乱，战死在草原上。

在同一时期，出身贫寒的索南父亲赶牲口给解放军运送炮弹、草料。战争结束后带回家许多压缩饼干、罐头、船形帽，以及一些似乎极其轻松有趣的有关死亡的故事。在全中国都在忍饥挨饿的那几年里，柯村的收成一直很好。索南家每年还有一头肥猪可杀。那时的猪种未经改良，家猪的模样也和野猪十分相像，显得瘦小精悍。一般只能长到六七十斤。而索南家的猪总能杀到八十斤上下。

用来称猪的是一杆老秤。

秤杆上的漆皮已经全部磨光，露出光滑细腻的木纹。秤是夺科家的，整个柯村就这么一杆秤。生铁铸成的砣早就丢了。村里人打记事起就都有到夺科家借秤的经历，都记得打自己记事时起，秤砣就是一块坚硬的卵石。

用秤最多的是春秋两季。

春天是人们互换各种作物种子的季节。

秋天则是杀猪宰羊的季节。

索南记得自己五岁那年，家里又要杀猪，知道父亲又要叫自己去借秤，就偷偷走开了。在村口他遇到鱼眼夺科。

"我们家杀猪了。"索南神情悲戚，小心翼翼地说。

"你们家又杀猪了？"夺科问，"我要到河边去了。"

"我也想去。"

"我不让你去。我的鱼会害怕你。明天，这些鱼就不会出来了。一打霜它们就要到洞里去了。"

索南还记得自己问他鱼在岩洞里，在灌满了冰冷的水的岩洞里吃些什么。鱼眼夺科说他也不知道，口气十分惭愧。直到几年以后，夺科有一天突然在上课时告诉他，冬天那些鱼肯定钻到地球的另外一边去了。既然老师说这里是黑夜时那里正是白昼，那么，这里的冬天也就是那里的夏天。

索南是个聪明的孩子，又提了一个问题，很深的洞一定很黑，鱼怎么可以看见。这问题使敏感腼腆的夺科深深垂下脑袋。索南看到夺科的颈项很细，上面筋脉分布清清楚楚。他立即在地理课上完成了汉语课的作业：用"就像……一样……"造句。那句子是这样造的：我叫他的头低下去了，就像我砸断了他颈项的骨头一样。

但这是后来的事了。

当时，他却听话地站立在原地。看着夺科弯腰钻过栅栏的空隙，进了麦地，然后，整个人就从麦地中消失了，只剩下些沉甸甸的麦穗和一些身着破衣烂衫的假人在风中轻轻摇晃。

背后的村子里，传来午间公鸡啼鸣的声音，以及谁家的院门被推动的咿呀声。

他转身向村里走去。快到自家院门口时，又改变了主意去了夺科家。屋外的阳光过于强烈，刚进屋时，他的双眼什么也看不见，他只听到村里的丑女人用柔和动听的声音说："秤就在你背后。"他转过身去摸索，突然"当啷"一怕碰响了秤盘。当他把秤稳拿到手时，余音还在屋子中嗡嗡回响。这时，索南的眼睛已经适应屋内的光线了。看到墙、碗橱，上面在新年时捺上的万寿纹与日月同辉图案已经被烟熏得泛黄了。夺科的妈妈就站在碗橱旁边。

她笑了笑，问："你家的猪膘很厚吧。"

"这么厚。"他伸出自己的小巴掌。

"以前，我们家年年杀猪都是你比的那么厚的膘。"

"现在杀的猪没有膘？"

"我家已经三年不杀猪了。没有。"秋秋突然神情古怪地笑了，

"我男人死了，我没看见他死。地分给地少的人了，可我还可以看见地里的麦子。你到窗口去看吧，那些地以前大都是父亲和我男人家的。"

"三年了，"她又说，"我们都没有杀过猪了……你把秤拿走。"

索南想说点什么："我看到夺科了，他说他要到河边看鱼。"

"让他看，可怜的东西。"

索南不知道她是说鱼还是自己的儿子是可怜的东西，就转身下楼。门外的强烈阳光使他闭上了双眼，这时，他听到一个柔媚的女人的声音在叫他的名字："索南！"

他睁开眼，又听到叫了一声。他把头转过去，看到了窗户里秋秋那张丑陋的脸。

"你回家告诉你阿爸"，她的声音变得恼怒而又急促了，"秤我不要了，换你们一块猪肉吧。夺科，还有，我都要忘记猪肉的味道了。"说完，砰一声关死了窗板。

五

秋秋很满意自己的这一举措，窗板合拢的声音是那样的干净利落。

她坐下来，斟了一满碗茶，放在火塘上首通常是男人占据的位置上，然后以男人的姿势在那块地毯上坐下。以喝大碗酒的架式喝茶，并且喝出了咕噜咕噜的声响。

不论男人女人在饮食方面弄出声响都是不合规矩的。除非是很饿很渴，或者有什么事情做得值得炫耀的男人，才会故意弄出很多声响。

这茶很浓。给她留下满嘴苦涩的味道。

这个丑女人，这个寡妇想象自己变成男人，自己的女人不用养猪就可以吃到猪肉。难道不是吗？就是屁股下面这块还有五成新的三尺见方的地毯，就可以从那个贪财的家伙那里换到一头又肥又大的羊子。这座村里最为高大气派的房子里难道没有足够的东西换取美味的东西？有的。自己家族的财产在上几辈人那里只是慢慢地聚敛而从未散失。其实，这一切都是天意而非人为。那么现在也到了命定的家道中落的日子。既然命中注定让一个女人像一个男人一样挥霍，那就挥霍吧，哪怕她是一个丑陋的、谁也不爱的女人！秋秋站起身来又啪哒一声掀开另一扇窗户，向对面那幢寨楼呼唤起来："噉！夏佳！夏佳！夏——佳——"

小叔子在楼顶平台上出现了。

"你在叫我吗，嫂子？"

"知道我在叫你就赶快过来！"

"马上就去？"

"马上！"

小叔子尖削的脑袋从楼梯口落下去了。他瘦弱腼腆，肤色细腻，仿佛一个女人。秋秋知道他不是女人，就像她已经想象自己是男人一样，内心深处的某种东西固执地认为夏佳应该是个女人，多愁善感的、纤弱娟秀的姑娘。夏佳来到这里先要下楼，下楼时总是小心翼翼，然后穿过院子。然后才又一次穿过这边的院子，再上一次楼梯，这需要一点时间，而他只会花比任何人更多的时间。秋秋一边想一边利索地脱掉身上那件破旧得不成样子的袍子。从衣架上随手扯下一件紫红色的呢子长袍穿上，又系上一条水绿色的腰带，下边的院子里依然没有什么动静。她开始从容地打量衣架。这个我们称之为衣架的东西是这样的：一根光滑的曾经香气浓郁能防虫蛀的柏树干悬挂在屋子左侧，衣物都一样搭在上面。另一根杆子上搭着些崭新的地毯与被褥。还有剩下的杆子用来悬挂各种风干的肉。眼下，那木杆上只有些深色的油迹。

秋秋看着那根空着的挂肉的杆子，想起以前那里挂着整只的羊子，整扇的猪肉，想起那些陈年的猪肉散发着难闻的哈喇味道。

这时她听到院门被人推开时的咿呀声，门咿呀了三次。推门的人显得犹疑。她又在火塘上首坐下。楼梯一被踩响，她就亮开嗓子："你上来吧，不要害怕。"同时，她也意识到了完全不必用这么响亮的声音来说话。但小叔子的头刚一从楼梯口冒出来，她又用同样响亮的声音说："过来坐下吧，你不要害怕！"

"我没有害怕。"小叔子咕哝着。

确实，秋秋自己也不知道小叔子有什么值得害怕。

但她还是又一次说了："你坐下，不要害怕。"

"好吧，我……坐下。坐下了。"

"坐下了吗？"

"嫂嫂，你……是怎么啦？"

"我？"

这话问得十分突然。秋秋的眼睛转到自己身上。看到自己穿上了死去丈夫的衣裳，下垂的眼睛又看到自己宽大的鼻尖。

"你问我吗？"

小叔子没有说话，他这才注意到嫂子穿上了新衣服。

"你问我，我穿了一件新的衣服。好不好看？"

小叔子窘迫地把眼光垂向自己的脚尖。

"给我倒碗茶。碗在这里，好了。你自己也倒一碗……啊，你喝茶连点声音都没有，猫喝水才是那样……以后，你想弄出多大声音就弄出多大声音。要是没有别的姑娘爱你，你又爱上了，就把我当成那个姑娘，想怎么样就怎么样吧。"

秋秋带着快意注视小叔子低垂着头，端着茶碗不知举起还是放下。

"今天，我们喝的是茶，以后我们就该喝酒了。以前，你哥哥喝酒时我还心疼呢。老辈人都说喝酒会败了家业。"

泪水却慢慢涌上来，溢满了眼眶。

"你哥哥他不爱我。"

"他爱你。"

"那他为什么去打和他没有相干的仗。你说吧，那是为了什么？"

"我，我不知道。"

泪水又慢慢流了回去。秋秋的经历与性格都决定了她的泪水从不外流，都是从里到外，又从外向里循环。可以感到的是：泪水中的盐分愈变愈浓，现在泪水每一次溢漫都使眼球刺痛。秋秋听说过西北方向的千年湖水里凝结的盐像冬日凌晨美丽的霜针。她试着用手去触摸眼球，但没有摸到那样的东西。小叔子呆呆地望着，他能望出什么呢？望到一个女人的内心深处？

她笑了笑，"我是叫你晚上过来吃肉。"

"……"

"我用那杆老秤换来的，那杆老秤。我估摸了一下，你那里，我这里的东西可以换好多吃的东西。"

"我记得父亲用秤称借贷出去的东西，又用秤称回来。"

"好了！你侄儿在河边看鱼呢。去叫他回家！"

夏佳下了楼，热辣辣的泪水又一次涌满她眼眶。

这时，西垂的夕阳已靠近山垭口，光线几乎是平直地射进窗户，落在地板上、墙壁上变成一片锈红色。一些木头朽腐,一些岩石风化的某一阶段都会呈现这种红色。

六

"嘘——"

鱼眼夺科听到背后的脚步声。这时,水面已被夕阳辉映得五彩缤纷,入眼的只是水面上金属般的光芒,水下的一切都看不见了。但他仍然感到水下小些的鱼已经离开河岸,在从河上吹过的风刚刚变凉时它们就离开了。更小些的在十多天前就开始陆续离开,然后就没有再回来。

一阵轻风挟带着来自西北方向雪山的寒意吹过河面,吹皱的水面又恢复平静后,现出静伏水底的那些鱼,黝黑的小鱼已经游走。涨满河槽的水也已经跌落了许多,那些半大的鱼和少数几条大鱼依然待在夏天里它们待的地方,只是因为深秋河水清浅才显露出来。这时,又一阵风使那些鱼消失在细密的波纹底下。

夏佳禁不住打了个寒噤。

"夺科。"

"嘘——"

"你母亲……"

"嘘。"

"叫我叫你……"

"嘘!"

"叫你回家。"

夏佳不顾侄儿的嘘声,坚持说完秋秋吩咐他说的话。但他也只不过把秋秋的吩咐当成一句需要如实转达的话,而不是一件非完成不可的事情。

夏佳小心翼翼地站到侄子身边看那些呆头呆脑的,同时也令人感到恐惧的鱼。

夏佳觉得要不是这些颜色、躯体都只和蛇相近似,永远不停地吞食清水并煞有介事地咀嚼清水又吐出清水的鱼,秋天的流水,秋天河底的石头、砂粒,落在河底的秋天的阳光金币般的光点一定比夏天的河水漂亮。夏天漂亮的是河岸的草地,草地上云杉、柏、柳树以及桦树的可人阴凉。夏天的流水不是一种纯净的东西,单单它的气味也显得过于杂乱,夏天的河流带着秋秋那种女人的味道。

夺科鼓突着一双鱼眼说:"今天这些鱼就要离开了,明年再来。"他问:"夏佳叔叔,这些鱼冬天去什么地方?"

"你母亲叫你回家吃肉。"

"鱼一走,冬天就要来了。"

"你妈用家里的老秤换了肉。"

"秤?那条鱼才叫老呢。"

"猪肉。"

夏佳强调说,同时听见自己喉咙里咽下一口唾沫,他的嘴巴里居然尝到了猪肉的香味,感受到满口油脂的快意。

"叔叔你看那条鱼的胡子。"

"哪条?"

"胡子像蜘蛛腿一样乱动的大鱼。"

夏佳突然感到心中对这个没有父亲的孩子充满温柔的怜悯。一股辛辣的东西流入鼻腔，刺激得他差点咳嗽起来。

"我们不看鱼了，我们回家去看你妈妈，她在等你。"注视着河面一片金光，一种别样的柔情涌上夏佳心头，他又说："她等你阿爸，他没有回来。你不能老叫她来等你，回家吧！"

夺科拔出含在口里的拇指，把食指竖在嘴前又一次发出了嘘声。他踮起脚，凑到叔叔耳边说："它们马上就要走了。"

这时，那条长胡子大鱼的嘴巴不断翕动，他们仿佛听到鱼嘴里发出了咕咕的声音。

又一股风顺河而来，把许多看不见的冰凉水沫吹到他俩脸上，他们同时打起寒噤。这就是说，等到地里的庄稼收割以后，麦香从空气中一旦消失，冬天就来到了。

以后接连好几个冬天，夺科都鼓突着那双被寒风吹得泪汪汪的、决心穷究一切的眼睛向每一个人询问：鱼们到哪里去了？这是他问男人们的问题。

问女人们的问题是：鱼们冷还是不冷？那些被问话的女人抚摸着冰凉的手指，心中产生出不祥的预感。

七

这样又过完三个冬天。

三个冬天里发生了很多事情。

与这个故事相关的是：莫多家的两幢房子有一幢已经被没收了。这年春天——1965年——的运动中，他家成为地主。加上最后一代那个名叫夺科的娃娃那双显得怪诞不祥的鱼眼，柯村人都说，这个家族命数已经尽了。一个家族的兴衰并不能在相信天命的人群中引起更多的感慨。

同时，另一个家族又开始它的兴盛过程。那个家族是和夺科同年的索南的家族。他父亲因为在战争中给部队驮运过弹药和给养，成为人民公社的大队会计。其实，读者知道，这个消长过程在三年前已经开始了，秋秋用一杆家传的老秤换取了一块猪脊梁上的肥肉。

那个夜晚和这个夜晚一模一样，火塘里火苗显得快活而轻松。秋秋、夏佳和夺科的肠胃、嘴巴都涂满了猪油。屋里没有点灯，寡嫂、小叔子和侄儿的嘴唇都泛着油光，那是塘火映照成的。他们的脸反而深陷在黑暗中间。寡嫂肥厚的嘴唇吸引住了小叔子的目光。单单就那嘴唇的形状与质感而言，是颇为诱人的。因为滋润的猪油，秋秋没有像往常那样长吁短叹。而今天的塘火也是那样温柔地闪烁着。莫多家和索南家同时宰猪。猪崽是莫多家用一段西藏氆氇换来的。莫多家的猪刮烫得很不干净，是秋秋和小叔子共同劳作的结果。小叔子早在把猪刺死时就受到惊吓，煺毛时，秋秋拿刮子，他用瓢随着刮子浇淋滚水，手不断哆嗦，几次都把水浇到了寡嫂手上，他害怕秋秋斥骂，哆嗦得更厉害了。

而就隔着一道劈柴栅栏，索南家也在他们的新居——人民公社没收的地主财产——院子里杀猪。他们的院子里有许多熟手帮忙，猪烫得白白净净，肚腹已被切开，一大堆热气缭绕的肚肠摊开在一块竹席上。

院子里的薄雪已经被践踏得十分脏污了。还有许多汉族人在那里围观，这些人是这年春天迁到对岸的，是新建的伐木场的工人。因为河上没有桥，半年来，两岸的人都在好奇地互相观望。这天早上，他们被猪临终时嘹亮的叫声所吸引，小心翼翼地从冰封的河面上过来，脸上带着犹疑不定的神情进了村子，又慢慢踱进他们曾隔岸观望许久的，夏天里开着牛蒡、罂粟花，现在却冻得邦硬的院子。他们一律穿着蓝色工装，观看藏族人杀猪像观看祭祀一样，脸上显露出神秘的表情。

村里对这些人知道不多，只知道这些人是来砍伐树木，知道这些人属于吃鱼的民族。

但一个夏天过完，只看见他们开挖菜地，修建房子。现在，他们住进了亲手盖成的一幢幢排列得整整齐齐、矮而且长甚至转弯的木头房子。

现在，农民和工人，这些互相感到稀奇的人彼此默默地打量，并保持着一定的距离，他们在严冬的早上呼出的团团白烟却在空中交织成片，难以分离。

夺科看着这一切，却难以明了这种现象背后有什么意义，他看到随着太阳升高，日光强烈，那些缭绕的雾气就消失了。他看到索南父亲袒露出强健的臂膀，鼓起腮帮，一用力，就把弄干净的猪倒提起来。

他大声吩咐儿子拿秤来。

索南拿来那杆秤。肥猪被卸开，分成头、四肢共五块。称完，他又吩咐索南从篱栅缝里递过秤去。

夺科去接秤。

秤杆的光滑与冰凉又叫他怅惘地想到了他的不知游向何处的鱼。

索南说：他家的猪是一百零八斤。

"你们称称你们家的猪有多重，"索南告诉夺科，"我阿爸叫我告诉你的。"

夏佳担心地看了那秤一眼，就像那不是秤而是别一种东西，别一种险恶的东西。"我们不要。"

"你怕什么？"秋秋问。

"我怕我们的猪没有他家的重。"

"我就不怕，你不知道这个家到我们这里就完了，你没有听过一百年一个家的谚语，我就不怕我家的猪没有人家的重，我只怕自己家的男人比人家男人胆子小，气力也小。"她一边斥骂小叔子，一边把劈成两半的猪挂在秤钩上约了，说："五十六斤零十二两。"

夺科还秤时，说："我妈秋秋说，猪是五十六斤零十二两。"

"知道了，听见你家猪叫声比我家猪叫声响亮就知道了。"

确实，这种挨刀的平时难得出声的畜生临死时是那样高声地号叫。这和羊是不一样的。羊子平常咩咩叫唤，宰杀时哪怕是一大群也会哑然无声。

夺科突然对索南父亲发问："它们到哪里去了？"

"它们？"

"鱼。它们。"

夺科看到他脸上像所有被他询问的人一样，显现出对他、对他的命定衰亡的家族的厌恶神情，对鱼的厌恶的神情。

"哦，我不知道。小家伙，你这双奇怪眼睛背后是个什么样的脑子啊？我真想打开看上一眼，"他用粗大有力的手指钳住夺科小小的脑袋，使劲挤压，"啊，你的眼睛是本来就那样鼓突，还是因为我使劲它们就要爆炸了？"

索南的父亲松开他沾满猪血的手，说："你说谢谢你放了我。"

夺科说："谢谢你放了我。"但他只感到自己掀动嘴唇和舌头，却没有听到声音。他只听到血液涌回头部时掠过耳鼓的嗡嗡的声音，伴随着这涌流声的是眼前飞舞的彩色虹影。他慢慢往自己家院子里走,克服住了头晕和恶心。并且记住了索南父亲最后的吩咐。

他把这吩咐转告母亲和叔叔:"要交二十五斤国家任务,每头猪。"

秋秋带着哭腔说:"啊国家,国家。"在夺科听来,就像她悲愁时念叨死去父亲的名字一样。

叔叔蹲在大锅热水旁清理猪下水:翻剖猪肚,挤掉肠子里的粪便。那些粪便就那样淅淅沥沥地流淌在雪地上,那些散发着热气的稀屎中还夹杂着好多白色的绦虫,起初它们还轻轻蠕动,但很快就被冻僵了身子。

现在,一家人坐在火塘边上。

秋秋和小叔子夏佳在暗中彼此悄悄地互相打量。这种打量中所有急切以及心惊胆战的成分他都感觉到了。

突然,夺科听到自己的话打破了屋里难得的令人舒心的静谧:"索南爸,也不知道鱼藏到哪里去了,冬天。"他伸出舌头舔舔嘴唇,"他叫我问那些汉人。"

"你问了吗?"

"问了,可是他们听不懂我说的话。"

这时,妈妈插了进来:"夺科,你不提这些奇怪念头你叔叔的脑子也够有名堂了,现在你们俩就要分开睡觉了,免得睡觉时还有人糊弄他的脑子。"

这时,从对面楼里传来有人喝多了酒大声哭叫欢笑的声音。人民公社运动时没收了那幢房子,以及房子中不少值钱的东西。小叔子只好和寡嫂住在一起。

那天,他两手空空,失魂落魄地过来时,差点就抑制不住想扑到秋秋怀中痛哭一场。可那时她却蓬松着一头乱发,冲着他又是瞪眼,又是吐唾沫,那种样子,不像是对待平辈的小叔子,倒是一个苛刻的后母对待自己前任的儿子一样。

夺科眨巴几下鱼眼:"那我就是要跟妈妈在一起睡吗?"

秋秋笑了起来。她紧盯着小叔子:"你叔叔会告诉你的,我的儿子。"

夏佳知道,那个最终会发生的,村里人一致以为早已发生的事情就在今天晚上了。这对他终究是一道必须逾越的关口,既然一切事情都在发生,人家的好运道和你莫多家的坏运道,那么就来吧。

夏佳对侄儿发话了:"要是你爸爸在家,也早叫你和大人分开睡觉了。"

八

秋秋把他的铺安在了左厢房里。

在黑暗中,夏佳感到,寡嫂是脱光了衣服才钻到羊毛毯子下面来的。她一躺下来就说:"让我看看你的身子,让我的手看看。"秋秋的头发落到他脸上,这很舒服。同时,她口中的热气又扑到他脸上,这是一种黏稠的热乎乎的东西,有些像母牛半夜里反刍时从腹腔深处带出来的。夏佳想,他又不是夺科他们的年轻女教师,会对这种气味感到恶心。而秋秋的手已经剥去了他的短衬衫和白布裤头。她的手在他胸脯上停留一阵,就慢慢地往下滑动了:"啊,夏佳已经长大了。"

自己十一二岁时,还是堂姐的秋秋就曾这样无数次地说过。那时,堂姐还没有出嫁,自己整天跟着她,嗅着她身上好闻的气味,就像儿子跟着母亲一样。那时,她还时常到河湾里洗澡,总是小夏佳陪伴着她。

夏佳先用石头、树枝赶走小河湾里的鱼，然后望着可能来人的方向。"不准转过身来。"堂姐总是这样吩咐。

然后，就能听到一件件衣服落地的声音，紧张喘息的声音，赤脚走过草地、沙子，然后下到水里的声音。

等到堂姐从水里起来时，他总是看见她的腿，她的腹部，水珠从上面一颗颗滚下去，闪烁着晶莹的光亮。

那时，她是美的，漂亮的，她的有些兴奋也有些羞怯的笑声，她的闪闪发光的眼睛，披散的黑色长发。当然脸和久经劳作的双手除外。她还要他亲她的嘴巴，每一次沐浴都像一次仪式。她爱抚夏佳，每次总是说："瞧，你又长大一些了。"

这种事情到她嫁给哥哥那年夏天就结束了。嫂子说："是我带夏佳弟弟洗澡的时候了。"哥哥笑了，露出一口整齐洁白的牙齿："你以为你还是姑娘，秋秋。"

"我只想去洗个澡。"

哥哥就当着小弟弟的面，一把揪住嫂子的乳房，脸上一副恶作剧的神情，"可是我想睡觉了，这太阳多暖和。婆娘，就像那次那样，在太阳照热了的地板上面。洗澡？他那小鸡巴有什么看头？来吧，像那次那样。"

这情景在小夏佳看来是太恐怖了，差点就要失声尖叫。可秋秋只是有点难堪地转过头来，说："你自己去吧，夏佳，我有点事情。"

哥哥又用嘲弄的口吻说："去吧，我们有点事情，不然，莫多家可就要绝种了。"

秋秋眼里溢满了泪水，但脸上还强作笑颜，这一来那张脸就更加丑陋了。

夏佳刚走到门口，就听到一声尖叫，然后，又是一声，之后，就是满眼亮晃晃的阳光在眼前跳荡了。

这年冬天，哥哥走了，然后死了。

秋秋的手停止抚摸了，停留在了那个地方，她的身子紧贴过来："看看女人吧，用你的手，用你的手。"她把他的双手牵引到自己腰上。夏佳的手就那样慢慢向下滑动，他又看到了自己未出嫁的在河边沐浴的堂姐，他的浑身终于止不住颤抖起来了。

秋秋却在这时哭了起来。

她的头拱在夏佳单薄瘦小的胸前。

"要是你哥哥当初对我这样就好了。"

"我爱你了，我想你。"夏佳急促地说。但等到事情真正开始，到结束，他却都只感到紧张，而不是其他什么。

现在，他离开了寡嫂的身子，并且开始嫌恶这个女人的身子了。

寡嫂只是静默了一小会儿，又开始不停地唠叨了。抱怨命运，诅咒夏佳死去的兄长："他是那么漂亮，看到自己堂弟那么漂亮，我脸上真有光彩，再说那时我们莫多家还是最殷实的人家，可叫我嫁给他我是想象不到的。他是个该死的漂亮的畜生，他那一口白牙露出嘴唇我就想到魔鬼。"

这时，夏佳只感到浑身刺痒难忍，他从未赤身裸体在羊毛毯子下睡过。秋秋替他搔痒，又使他兴奋起来，"男人像马驹一样，像跑累的马驹一样喘气我就知道坏事就要来了。"

夏佳又上去了，像骑着一匹高头大马。他听见自己说："我要把你……我要把你……"

"我要你给我一个漂亮儿子，"母马气咻咻地说，"像你哥哥一样！"

只这一句话，刚才的一切景象都像梦幻一样消失了。夏佳一下就像一个草人一样滚了下来,他只感到身上的汗水一片冰凉,毯子下面是疯狂过后留下的仿佛来自记忆的腐烂的甘甜的气息。是什么在记忆开始的时候就已经腐烂了呢?某些家族在他的某一代人记忆开始时就像一株大树从内里开始腐烂了。秋秋探问一阵,终于明白了是什么事情,就开始蜷缩着身体嘤嘤哭泣了。而对面那幢被没收的楼房——索南家里正传来男人们开怀大笑和女人们尖叫的声音。那边,宴会已经进入高潮。举凡体面的、殷实的人家杀猪宰羊之后,都会举行这样的宴席,以新鲜的猪血灌的肠子,用最肥美的猪脊梁肉,掺蜂蜜的酒招待客人,并接受客人带来的茶叶、酒、烟草、毛巾等礼物。听那声音,酒菜已经一扫而光了,人们大概一边说笑一边品尝经霜冻后又酸又甜的野刺梨儿。

这座屋里却只有寡嫂嘤嘤哭泣的声音。夏佳感到自己肯定是产生了某种变化,因为自己的心变得残忍又惴怯,不然怎么会喜欢这哭声,并且感到安慰呢?哭声像夏天里河边蜻蜓飞翔的声音、蜜蜂在花间的吟唱。

后来,那边宴席散了。

寒夜里响起一个心事重重的男人的歌声:

> 在翻过卡拉尔雪山的时候,
> 我的靴子烂了,
> 靴子烂了有什么嘛,
> 母亲再缝一双就是了。
> 母亲,母亲啊!
> 我的靴子已经烂了。

歌声停息后，传来河面上冰冻的咔咔声响，夏佳感到自己流泪了，泪水像河边柳枝上那些晶莹的冰珠一样。河里的浪花飞溅起来，一黏附到树枝就变成冰珠不能下来了。

早上喝茶的时候，夺科抱怨说他一个人睡觉不暖和。

秋秋说："你以为你叔叔是一个有火气的人吗？"

确实，夏佳感到脊背上一片彻骨的冰凉。他看了看秋秋，这个丑婆娘好歹向他露出一丝笑容，但那笑容是无可奈何的，寒冷的。

"我，"夺科突然又说，"我梦见鱼了。"

"鱼？"

秋秋端着茶碗的手颤抖了一下，有些茶水泼溅出来。

"我梦见它们告诉我它们住在水晶宫殿里面……"

但他的话被秋秋恶狠狠地打断了："去你妈的鱼，你这孽种，吃了上学去吧。"

夺科上楼时骂了一声："地主婆。"但秋秋没有听见。夏佳跟着下了楼，到了院门，夺科回过头来，夏佳看到他眼里满是泪水。

"我说，"发问的时候，夏佳有一种在薄冰上行走的感觉，而冰下面是黑沉沉的深潭，"你是说鱼在冰的下面？"

"它们告诉我它们住在水晶宫里，它们的头领是一条人鱼。"

"人鱼？"

"老师给我们讲的故事里就有女人一样的鱼。女人身子，鱼的尾巴。"

夺科走了。

夏佳突然想到他抚摸到的秋秋的大腿那么光滑细腻，那就是人鱼的尾巴吗？他就那样站在那里：像个年岁很高，没有了新的生活的老人，空洞而迷惘的眼睛后面只有回忆引来的迷雾悄然沉浮。他站在那里:仿佛那一把骨架无法支撑住自己的身子,所以才伸出手,扶住栅栏的横杆。

九

春天已经来了。

阳光下,栅栏的劈柴上散发出一缕微弱的气息。这种气息是因为冰冻而收敛起来的,此时从内部钻出的清香,并带着淡淡清新的晨间露水的味道,这说明劈柴内部已经在悄悄地化开冰冻了。同时,他放在劈柴上的手背又感到了太阳的温暖。原野上一片细密的像是有上万只小鸟走动的声音,那是积雪在化解,在阳光的热力下慢慢往下塌陷。

温暖的阳光使他有了些醉意,他头痛欲裂,差点就要放任自己咧嘴哭泣了。

突然,自己房子的新主人悄没声息地出现在面前,咧开了阔大的嘴巴:"好邻居,你家的夺科吃够猪肉了吧?"

"……"

"你不要不理我。我家索南可是喜欢那种东西啊。"

"夺科也是。我家夺科也是。"

"'我家',"当年的驮脚汉,今天的会计哈哈大笑了,"'我家',那他是你的儿子了?哈哈,哈哈哈……"

"怎么了,我说错了?会计。"

"没有,没有。"会计一只手去擦那阔脸上的泪水,一只手在他胸前捶打。

那捶打是很有力量的,夏佳往后踉跄几下,好不容易才站稳脚跟。

会计的笑声变了,嘎嘎震响,仿佛夏天河上那些威胁水下沉默的鱼群,并互相追逐争斗的野鸭的声音。

同时,他的眼睛变小了,步步紧逼,口气凶狠地说:"老实交代,你这么虚弱,天天跟秋秋睡觉,天天睡是不是?"

"不,没有。我们没有。"

"老实交代!"会计伸出手当胸揪住夏佳的衣襟,一用力夏佳就感到气紧了。

"昨晚,只有昨天晚上。"

"吃了猪肉以后?"

"吃了以后。"

"是吃了以后,我们就是爱吃猪肉,你不吃吗?"秋秋突然横身在两个人中间,"我听到你的笑声了,你这坏蛋!你要不要跟我这地主婆睡,拿你的猪肉来换。"

"秋秋,"会计笑了起来,"我是和他开开玩笑,你们肯定不会睡觉,夏佳是不会的。"

"有一天我会杀了你。"

"再见,"会计眯缝着双眼,举起头顶的帽子,"再见。"这时,秋秋希望那个倒退着行走,眼露阴险凶光的家伙在雪地上跌倒,或者拦腰撞上栅栏。但这个家伙却一弯腰,用屁股顶开院门,把举起的毡帽扣回头顶,转身扬长而去。

秋秋这才听到了小叔子哭泣的声音。

太阳照晒得大地越来越暖和了,阳光里有了炊烟以及从周围山坡的树林中散发出来的芬芳的气息。

远处的大路上,一个陌生的人影在一片熠熠闪光的积雪中出现了。

战事刚刚结束的那年冬天,秋秋常常站在这里注视蜿蜒在雪野中的大路,希望那里出现丈夫熟悉的身影。虽然在前一年冬天她已经明确无误地得到了丈夫的死讯,但她仍然希望侥幸中遇上奇迹。

她还知道丈夫不爱自己,因他不爱自己而拿起刀枪打仗去了。要是小叔子不幸是自己丈夫的话,他是不会那样的。那个冬天,她实际上是一直在盼望有个撑持门户的男子汉归来。

现在,那个人越走越近了,秋秋和夏佳先只是模糊看到那人高大粗壮的身材,渐渐才看清他脸上浓密纠结的胡子,以及从脸颊一直延伸在颈项上的醒目的伤疤,伤疤牵挂着眉毛、眼睛、嘴,甚至整个头颅都微微地有些向右歪斜。但眼神却是镇定的,甚至还隐含着一点凶狠的神情。脚上那双又旧又破的笨重靴子就那样一直往前,咕咕作响,而不肯避开地上的泥泞和水洼。

秋秋急忙申斥小叔子:"别哭了,有人来了!"

这时,来人已经来到栅栏跟前,并稍稍往上抬了抬带有护耳的帽子。

"天哪,昂旺曲柯,你是昂旺曲柯。"

秋秋已经认出他是谁了。他是跟丈夫一起潜逃出村的,现在却带着伤疤和一大把胡子突然出现了,在人们已经将他完全忘记的时候。而他那瞎眼的妈妈已去世多年了。

"你母亲已经死了。"秋秋不假思索地脱口而出。

来人眼里闪出一点奇怪的难以捉摸的神色,终于,从那丛浓密的胡须背后传出含糊不清的话:"很多人都死了。"

"你是昂旺曲柯吗?"

"我从监狱里出来。"说到第二句话时,他的吐字变得清楚多了,虽然答非所问,想来是很久难得说话的缘故。"我找谁报到?他们叫我找新的政府报到。向你这个女人报到吗？"他从怀中掏出几张纸，向秋秋摇晃。

"不，"这时夏佳插话了，"不，我家是地主。"

那人这时才露出了笑容："我想也是。我知道地主是怎么回事，所以我也不提醒主人给经过远足的人一碗热茶。不了，不必了，我去报到去了。"

他后退一步，这次把帽子完全脱了下来，"我知道，你是秋秋。你的死鬼男人叫我回来娶你。"

秋秋惊骇地说："天哪！"

他又一次对着夏佳脱帽："我想，你还没有娶你的寡嫂。"

"你怎么知道。"

"路上已经有人告诉过我了。"他又并拢双脚，碰了碰两只破靴子沾满泥泞的后跟，说："回见，乡亲！"

"天哪！"

秋秋又捂着额头像在躲避什么突如其来的打击一样。

十

当夜，村里召开了斗争会。

主斗刚刑满释放的叛匪昂旺曲柯。陪斗是地主婆兼叛匪家属秋秋、地主兼叛匪家属夏佳。而这个家伙差点就把斗争会变成了一个欢迎英雄的会议。大家被人领着刚刚呼完口号，就听见他隔着火堆对下面坐着的人们说："向乡亲们问好！"

"这里没有叛匪的乡亲!"

"老实交代反革命罪行!"

而他却像出席谁的生日宴会,或者是自己过生日,在家门台阶前迎候客人一样弯腰,不断微笑。并成功地引来了老人和女人们同情的叹息。他说他老实交代和解放军打仗的事情,这又引来了年轻人和学生们的欢呼。当然,一个反革命分子如此猖狂是难以容忍的。

当即几个人冲上来将他打倒在地。夏佳清楚地分辨出棍棒、拳头、脚落在那个家伙身上的声音。他害怕得浑身打战,但同时又感到高兴万分,因为他想起这个家伙初来乍到时对秋秋那些不客气的话语。夏佳已经隐隐感到这个家伙来对他形成威胁。从昨天晚上开始,接连不断几件事情突如其来,已经使他晕头转向了。

接下来,人们退下去,不知又过了多久,开会的人们又散去了。

这是在村中小广场上。

夏佳又听到四周的野地里传来一阵嚓嚓的声响。

夜晚也显得十分晴朗。借着那大堆篝火的余光,他看见昂旺曲柯半边脸上沾满了灰尘和黑色的血浆,但就是这些也未能掩住他脸上那道伤痕。秋秋跪在他身旁,一只手臂伸在脑袋下做成柔软的枕头。

夏佳手足无措,抬头又望见满天闪烁的星斗。而且还感到那些星斗在头顶的天空中缓缓旋转。

昂旺曲柯呻吟了几声,慢慢睁开了眼睛。他看看秋秋和夏佳,忍住疼痛哼哼地笑了。然后就自己撑持着站起身来,说:"回家里,回家去吧!"

就这样,这个人就自自然然地成了这个破落家庭的一员。他说,既然当初是秋秋的丈夫鼓动他参加叛乱,那么,因为这个他坐了监牢,家产也早被悉数没收,他不住在这里又该住在哪里呢?一进屋子,他走到主人位上坐下，口中的话语一直没有停歇。

"有酒吗？"

秋秋摇摇头。

夏佳说："这么多话，好像一回来就没有挨一顿痛打似的。"

昂旺曲柯以颇为不屑的口气说："这么多年，我每挪换一个地方，都要收受这样的见面礼。难道我不是回到了家乡，身边还有朋友的老婆和儿子？难道我不是从冰凉的水泥牢房里出来，身边有了温暖的火塘？"他这几句愤怒中夹带着真情的话语使秋秋热泪盈眶，夏佳也发觉自己被感动了。可是，这个人却是不要人为他感动的，他口气一变神情也变得刁怪了，"只是没有酒，只是这个女人还没说是我的女人。"

然后，就开始专心致志地对付眼前的食物了：一块烤麦面馍，一壶茶，一丁点儿酥油，几瓣大蒜，几块煮熟的土豆，外加一小碟盐。吃完这些东西，他说："不要那样看我，有牲口的气力就有牲口的胃口。庄稼人嘛，有气力就可以好好吃饭了。"他说话时，只要不用戏谑的口气，就有一种动人的沙哑。

沉默了一阵后，他又问："我跟谁睡觉？"

秋秋把夺科推到他跟前："跟他。"

昂旺曲柯的一只大手轻轻捏住孩子瘦小的手臂，一只手拨旺了火，上下打量。望到那双鼓突的鱼眼时，他轻轻叹息了一声。他当然也知道在柯村关于家族兴衰的种种传说。当然也知道这双鱼眼意味着什么。他的嗓音又变得有些沙哑了："他的儿子？"

"是他的儿子，夺科。"

"好了，夺科，去把你的被褥拿来，我在黑洞洞的厢房里可睡不着，"昂旺曲柯说，"我一直盼望有朝一日在火塘边睡觉。"然后，他低垂着头挥挥手，叫秋秋和夏佳走开。

睡下以后，秋秋一直在侧耳静听外面的动静。首先是听到那家伙忍不住发出了轻轻的呻吟，然后，儿子的说话声清晰地传来："你认识我爸爸？"

"认识。"

"我不认识他。"

"因为他已经死了。"

秋秋又听见昂旺曲柯对儿子说："你爸爸是很英俊的，死那天也是那样，他骑在马上，枪一响，他挥了挥手就掉了下去，死了。他真的挥了挥手。"

秋秋放在夏佳腰上的手不自觉地做了一下摆动的姿态。小叔子把嘴贴到她乳房上拱动起来。秋秋把他推开，然后咬着手指哭泣起来。

"叔叔，"夺科又在问了，"冬天鱼藏在哪里？"

"没人告诉过你？难怪，不打仗我也不会知道冬天的鱼在冰盖下面。一次解放军的炮追着我们打，我们跑到河边时，炮弹炸开了冰，碎了的冰块和炸死的鱼就落在我们身上，我们面前。鱼飞在天上，身体笔直，就像一只只银子做成的鸟。"

后来，他们还说些什么秋秋就没有听见了，蒙眬中她又看到多年前那条跟着鹰飞起来又摔死在自己跟前的鱼。现在她看到的是鱼的双眼，而且感到这双眼睛对她来说已变得相当熟悉。

她醒了。

听到百年老屋的梁柱絮语的声音。

就那样一直等待着曙光慢慢爬上窗棂。起床时，夏佳正在熟睡。也只有这个时候，他的神情才变得无忧无虑。他还是一张娃娃脸，在睡梦中像孩子一样吮吸着嘴唇。秋秋已经为勾引了小叔子、自己亲爱的堂弟感到后悔了。你将永远是个娃娃，跟我睡了两个晚上你差一点就成为一个男人了。你是个什么样的娃娃啊,她在自己心里默默念叨。

不知什么时候,昂旺曲柯已经轻轻推开房门,专注地看着秋秋爱抚熟睡中的小叔子。秋秋却是一点儿也没有发觉。等她听到一声怪笑,回过头去,只看到房门轻轻关上了,她这才开始思索这个突然出现的男人对她具有的意义。头脑里刚有点明晰的东西,又被另一个房间里儿子与那个男人说话的声音给弄得模糊了。她只知道,在这晨曦初露的时分,儿子的声音是欢快而又充满好奇的。这使母亲心中备感甜蜜,泪水也慢慢充满了眼眶。

就是在这个早晨,她突然开始考虑将来的生活。虽然像她所撑持的这样的没落家族,是没有什么将来的。当泪水从她眼眶中慢慢退去,她就怀着一种亦喜亦忧的空落落的心情慢慢入睡了。透过窗棂的晨光愈益明亮,照在那张总是带着刻毒怨恨神情的脸上,叫人相信某种奇迹已经发生:那张脸上的皱纹舒展开来,嘴角露出隐约的笑容。

醒来时,她见小叔子也醒了过来,她说:"我做梦了吗?"

小叔子摇摇头:"我不知道,我只是看到你在笑。"

"我做梦了。"

她告诉小叔子她又像以前一样在河里躲着沐浴,赤身裸体。"还有你,给我放哨,可是有一个人还是从林中向我偷看了。"

"谁?"

"是……我不知道是谁,还有好多鱼。"

"鱼?"

小叔子的精神一下子变得不安了:"怎么会梦见鱼呢?梦见鱼可不是好兆头。"

"算了!"

秋秋立即起来,胡乱往身上套上衣服,脸上神情又变得愤愤不平了。直到烧好早茶，也一声不吭。甚至一家人吃开了早茶，也没有谁发出一点声音。夺科睁大一双鱼眼，依次看到三个大人的脸都是紧绷绷的，而且没有一点儿松动的迹象，自己的神情也变得黯淡了。他小心翼翼地端起面前的茶碗，捞出里面的奶渣慢慢咀嚼。昂旺曲柯看他和他的叔叔一样轻轻地错动牙槽，不敢发出声音，就伸出一只大手怜爱地抚摸夺科的脑袋，眼睛却盯着孩子的母亲："奶渣是又硬又脆的东西，怎么能不发出一点儿声音？"他拍拍夺科的脑袋，"牙齿用劲，把嘴里的东西咬得嘣嘣响！"他又转脸对一副低眉顺眼神情的夏佳说："就是嘴里没有东西，也要咬得嘣嘣作响！"

这一说，弄得夏佳和夺科更加手足无措，牙槽错动越来越慢，终于慢慢地停止了。两人都不约而同地在偷看秋秋的脸色。她脸上恨恨不平的神情却渐渐被深受委屈的神情所代替了。

她带着哭声说："我梦到鱼了。"又说了一遍，就伤心地哭出声来。然后，她又倾诉男人离开后，她所经历的一切困苦磨难。就仿佛那个男人曾经对她十分挚爱，只是不得已才从家里离开，现在，这个男人经受了一切男人可以领受的痛苦，又回到自己身边。

这个当过土匪、蹲过监狱的男人说："你梦见鱼是什么时候。"

"我年轻的时候，在河里沐浴的时候。"

"你没梦见别的什么事情？"

"什么事情？"

"没人偷看你洗澡？"

"什么时候？"

"随便什么时候。"

"我梦到了，一个人在偷看……"

"是我。"

"不是你,我有夏佳给我放哨。"

昂旺曲柯哈哈大笑。夏佳和夺科赶紧起身下楼去了。到了门外,仍听到那粗野不羁的笑声。

十一

其实,世事交替中,许多变化都是悄悄开始的,等到人们对这种变化有了发现时,这种变化早已成为事实了。我在这里使用汉语,而在柯村的方言中,这一切都必须用过去时态才能表述。

这年春天,等人们注意到森林开始消失时,有好几面山坡已经变得一片光秃了。而周围山坡上的原始森林正以更快的速度消失,犹如山峰顶巅那些在夏天太阳照射下迅速消融的残雪。由于森林的毁灭,豹子和黑熊在食物丰富的夏天就发出饥饿的吼声,从而招引来猎人的刀刃、枪弹,以及弓弩。

而夏天旺盛丰盈的水流上却昼夜不息地漂满了木头。河水的味道因为掺和了太多的松脂香气,以及迅速腐败的树皮的味道而显得难闻了。村里开始议论寻找新的纯净的饮水。鱼眼夺科常常在去邻村小学上课的中途溜掉,一来是因为索南等小伙伴学说从大人那里听来的故事,说他母亲秋秋同时和自己的小叔子及一个土匪睡觉,一来他总觉得大群产卵的鱼在岸边出现的时候就要到了。他一整天一整天地坐在岸边,沉静地等待那些软弱而又敏感的,肯定是思绪纷纭但又沉默无语的鱼群出现。夺科静坐在那里,只有注视着河面的鼓突的鱼眼更加鼓突,鼻翼也不时翕动,捕捉鱼群到来时那种略微有些腐败的水草的气息,而他那双鱼眼在每一次从河上移开,布满失望神情之前,那双黑中带灰的瞳仁上都只布满了源源不断漂向下游的木头。他不复看见大河往年那种完整的面貌。鱼群没有按时出现,他仿佛感到自己已失去魂魄,不能思想了。

坐在家里,他也是一声不响。

这天是星期天,夺科一早又来到河边守候,不意在往日他经常停留的地方看见一个伐木工人手拿一段竹竿伫立岸边,那竹竿顶端若隐若现有一段细线垂入水中,像琴弦轻轻颤动。这天的河水也像歇了假,水面上没有负载乱窜乱撞的漂木。夺科停足细看,但最终还是难以明白那人手里是什么,又是用来派什么用场的。这时那人收起竹竿,隐入水下的好长一段细线也随之拽出,夺科看到线端还有两只细小墨黑的铁钩。那个人把竹竿揽入怀中,用肩膀支着,腾出双手往铁钩上穿上正蠕动不已的蚯蚓,又重新把穿上饵食的铁钩投入水中。夺科眼光一垂,没有随那铁钩投入水中,倒先被那人腰间的一只竹篓吸引住了,同时鼻腔里也已嗅到鱼垂死挣扎时,身上激出许多涎滑物质时的那股气息。果然有一条鱼正在那狭窄的竹篓中兀自挣扎不已。夺科不由得大吃一惊,脑袋嗡嗡一响,觉得自己全身已变得沁凉光滑,唯一的念头只是想投向水中,充分领受水的轻抚、压迫,以及静卧水底的意蕴。无疑,这时他和笼中之鱼已是同一感觉了。

偏偏这时,鱼群悄然来到了。

夺科喃喃念道:"来了,来了。"

但却根本不觉得眼前的河底下顷刻间已布满了鱼群。直到那人一甩竹竿,把一条鱼甩到他脚前,夺科才惊觉过来。那人迅疾来到他面前,嘿嘿一笑,夺科却只是大张着嘴,看那人把鱼从钩上取下,反手装进背后的竹篓。这下他才明白那人的竹竿作何用途,以及那鱼是怎样进了那人腰间竹篓的。

这是他第一次看见人捕捉鱼类。而用鱼竿钓鱼是他所目睹的人类捕获鱼类的第一种方式。

那人看到水下鱼越来越多，就像猎人碰到成群猎物一样发出了信号。没过多久，那片河面就被几十根鱼竿密密罩住。鱼竿不断起落，鱼被提出水面的声音，鱼腾空而起又被甩落到岸上的声音，啪啪哒哒此起彼落。夺科此时已经忘了置身何处，只是感到了鱼所遭受的全部痛苦，感到仿佛自己也大张开愚不可及的嘴巴去吞食蚯蚓，而蚯蚓被囫囵吞下后还在肠胃中蠕动，散发出那么强烈的土腥与血腥掺和在一起的暖乎乎的气息……

夺科嘴巴合拢的时候，已经渐渐从迷迷糊糊的状态中清醒过来了。

这时，那些人眼看自己的鱼篓已经装满，饵料全部用完，而河底仍然黑压压的尽是鱼群，只能无可奈何地歇手了。

一个人拍拍他的脑袋。

在此之前，夺科早已感到头疼欲裂。这一拍，他倒有些清醒了。钓鱼的人满载而归，嘻嘻哈哈地走远了，而他注视水底下遮没了河底的傻乎乎的鱼群，恍如梦境。

这些东西原来是要吃东西的，他想，不由得心中微微作呕，它们吃了那么难看、那么软弱的蚯蚓，以前大人们却说鱼是可怜的只吃水的东西，是净洁的，也是神秘的。今天，却目睹它们吞吃蚯蚓而枉送性命。

天已渐近黄昏了，水面上有稀稀落落的蚊虫飞舞，鱼也开始蹦跳了。鱼在黄昏时跳跃的姿势是夺科所熟悉的，目睹了千遍万遍，但只是在今天才看见它们腾身最高时张圆了没有牙齿的嘴巴，捕食飞舞的蚊虫。

夺科喃喃说道:"还有蚊子,还有蚊子。"

回到家里,秋秋问:"你怎么了?"

"它们原来吃蚯蚓,还有蚊子。"

"它们?"

"鱼。"

"你疯了。"母亲厉声说,"谁看见过……吃那些东西!"

"它们吃了。"

母亲看见他一副痴痴呆呆的模样,又厉声叫道:"不准说这些疯疯癫癫的话。"

夏佳把脸转向昂旺曲柯,要他阻止秋秋。

昂旺曲柯把夺科揽到自己怀里,对秋秋说:"他已经被什么事情吓坏了,你不准再吓这个娃娃了。"

秋秋背过身去揩擦夺眶而出的泪水。

昂旺曲柯让夺科喝茶暖身子。待到他全身轻轻的颤抖慢慢止住,才叫他说出事情的经过。

昂旺曲柯呵呵一笑:"你是看见人家钓鱼了。孩子,有好多地方都是钓鱼吃鱼的,不钓鱼不吃鱼的地方是很少的。"

"可是那些鱼吃了蚯蚓,还有蚊子。"

夏佳和秋秋这才明白究竟发生了什么事情,这使他们都感到惭愧了。秋秋是因为自己的乖张脾气,夏佳则是因为自己的无能,两个人眼里都流露出对昂旺曲柯感激而又敬佩的神情。

昂旺曲柯抚摸着夺科苍白瘦削的小手,放在唇边亲吻一下,放低了声音说:"夺科真是了不起,你是柯村第一个发现鱼吃东西的人。以前我打仗的时候,还看见过好多鱼把牛马慢慢吃光,就像蚂蚁吃掉那些受伤的画眉鸟一样。我以前打仗的时候……"他突然打住话头,仰起脸来望着黑漆漆的屋顶，那是好多年烟熏火燎的结果，他想说自己还看见鱼蚕食人的尸体，由于饥饿，又吃过那些吃过死人的鱼。这时，一阵轻风从河对岸吹来，透过窗户，带来一种他十分熟悉的香气。

屋里的其他人也嗅到了这股突如其来的香气，脸上露出诧异的神情。

他走到窗前，看到对岸伐木场伙房的烟囱在这夜深人静之时吐出火花和浓烟。他转过身对屋里的人说："是煮熟了的鱼的香味。"

三个人都没有说话。

他又说："鱼肉是很好吃的，我在监狱里吃过，放上猪油、葱、盐，还有一种外地才有的生姜。"

没人答话。几个人的脸在塘火映照下忽明忽暗。

对岸飘过来的鱼香味也随着风力的变化时而轻淡，时而浓烈。

秋秋抬起手来，端详一阵，从食指上取下一枚戒指，交给夏佳，说："去索南家给夺科换两斤糖，再给你们两个男人换壶酒来。"

现在，和夺科同岁的索南的父亲除了担任大队会计外，还为供销社在柯村办起了代销点，出售糖、酒、烟丝和新奇的手电筒、花色漂亮的尼龙袜子、毒性强烈的农药等等。

夏佳遵命走了。

"其实你也不必这样，"昂旺曲柯对秋秋说，"戒指换吃食是不划算的。"

秋秋凄然一笑："我是料定这些东西是无人继承了。"

昂旺曲柯叹息一声，一时也想不出什么劝慰的话语。倒是秋秋反过来说："你来以后，我们家日子好过不少了。这个家纵然完了，可我想来想去也不能总是凄凄惨惨的。有你这么个男人，这个家也算是个家了。"

他根本没有料到这个乖戾的女人会说出这些通情达理，并且符合身份的话来，一时间也找不出合适的话来对答。只好搔着头顶嘿嘿一笑。

秋秋突然说："我去给夏佳收拾一个床铺。你不知道，他是一个没用的可怜人，他是做不成男人了，这一辈子。"说完，她就赶紧转身，消失在火光照耀不到的黑暗里去了。

十二

早晨，夏佳醒来时感到头疼欲裂，口干舌燥。一时竟弄不清楚自己睡在什么地方，寡嫂秋秋也不在身边。慢慢地他才知道自己睡在储藏室里，而所谓储藏室除了他自己以及身子下面的熊皮和褥子，身上盖的被子外，另外就只剩下几件节日和出客必用的衣物，再有就是昂旺曲柯打猎打到的几只野鸡。那几只野鸡他亲手煺了毛，剔去内脏悬挂在那里，现在，肉已经风干，毫无知觉地在空中微微摇晃。

夏佳心中空空荡荡，他觉得心中那空洞变成一个光华灿烂的深渊，自己的身躯，带着身外的整个世界像片临风的羽毛轻轻向下坠落。那深渊没有底，叫坠落的人产生出飞翔的感觉。他想，侄儿夺科是多么喜欢鱼呀，立时那飞翔的感觉变成了鱼顺水漂游的感觉。他仿佛感到自己又沉沉睡去，脸上露出疲乏而又愉快的笑容。

他的嘴唇嚅动，犹如初生婴儿寻找母亲的乳头。而他成年人的脸上没有一点皱纹，细腻光滑，仿佛一张娃娃的脸孔。他梦见自己飞临深渊的底部，清楚地看到水底平整的沙砾，夹杂在沙砾中的洁白的石英石以及云母碎片折射出的银白光芒,他在水底下寻找鱼的踪迹,这时,他被一声尖叫惊醒过来。

夏佳首先断定叫声不是出于自己,便释然地笑了。啊,死原来也是轻易的事情,甚或有些美妙,就像羽毛凌空飞起,鱼向下游漂流。他又听见了叫声,是寡嫂秋秋的叫声。接着是那个男人抚慰的声音。

秋秋开始哭泣,哭声越来越响亮。屋子里也越来越明亮了。新的一天就这样来到了。

夏佳仔细地注视阴影怎样向墙角退缩,然后消失。

他又微微一笑,侧身倾耳听,秋秋的哭声早已终止了。夏佳悄然起身,轻轻出了房门,看见侄儿夺科正站在母亲房门口。夺科看见叔叔出来,那对鱼眼鼓突得更为厉害了,差点就要尖叫起来。夏佳却向他连连摇手,一脸诡秘的神情,光着脚轻轻悄悄地过来,也把耳朵贴上了门缝。秋秋正向睡在身边的昂旺曲柯讲述刚才的噩梦。原来她梦见了父亲死去的前兆——那条拔草时落在她身边的鱼,那条被鹰抓获又失落跌死在她身边的那条大鱼。她说:在梦里,那条大鱼腐烂后的气息变成有重量的东西,紧紧压迫在胸口。

"就在这里,你伸手摸摸,对了,就是这里。"

夏佳又感到头痛,太阳穴那里血脉疯狂跳动,仿佛一只锤子在敲打。

"你要对我好,"他又听见她说,"还要对夏佳和夺科好。"

"我会的。"

"手拿开吧,你。"

昂旺曲柯自得的含着醉意的笑声从门缝里传了出来。低沉中略带沙哑,完全是一个自负自傲的男人的笑声。笑声刚歇,他的说话声又直冲耳鼓:"夏佳真的不能干男人的事情?"

他悚然一惊,离开了那房门。夺科也早已离开了。夏佳稳在自己床铺前浑身哆嗦不止,夺科悄悄进来,碰碰他垂在身侧的手,说:"我们看鱼去吧。"

河里没有鱼。

河面上笼罩着沉沉的雾气。叔侄俩一言不发地坐在被露水湿透的石头上,隐隐约约还可以嗅到鱼群留下的气息。他俩耐心等待,鱼群藏匿到深水里,等到太阳出来,驱散雾气,河底的淤泥变得暖和了,它们才会出来。

叔侄俩谁也不看谁,呆坐了一会儿。仿佛有心灵感应,或者同时被一种神秘的东西支使,他俩一同起身,离开河岸。

伐木场那片木屋清晰地出现在他们面前时,夏佳对侄儿说:"吃鱼的人就住在这里。"

叔侄俩穿过木屋围成的、竖有篮球架子的广场。那些打球的人,洗脸的人,站在一起聊天的人叫他俩老乡,对他们露出友好的笑容。在宽敞的食堂里他们又嗅到昨晚已经闻到的那种香味。叔侄俩坐在那里,享受那诱人的香味。有人给他俩端来一碟白面馒头,又盛来两碗汤,那人说:"肉吃完了,喝点汤吧。"还说要搞好工农团结,民族团结。叔侄俩饱餐一顿,出了食堂还在回味那鲜美无比的汤。迎面看见和夺科同岁的会计的儿子索南带着几个同学在那里投掷篮球。每天上学,他们都要弯到这里来玩一会儿。

一个伙伴招呼夺科也去上学。

夺科摇摇头躲开了。

索南说:"不理那个地主儿子!"

那个炊事员送夏佳和夺科出来,刚好听见这话,问:"他是地主儿子?"得到答复后脸上露出后悔的样子说:"可惜我的鱼汤了。"

279

索南问:"他们吃了鱼?"

"没有鱼肉,是煮鱼的汤。"

索南说:"我要告诉阿爸和老师。"

这些话,夏佳听见了,立即呆呆地愣在那里。学生们和其他人什么时候散开的,他根本不知道。许久,他听到自己心脏咚咚跳动的声音,心脏仿佛就要撞破胸腔了。

他竟自以为是一条鱼被他吃进了肚皮,现在它正要挣扎着出来。立时,浑身感到一片冰凉。还是夺科又回来把他领出了广场。

夺科说:"叔叔你来。"说着就把这个身不由己面如白纸的人领到倾倒垃圾的地方。这时太阳已经升起来了,那堆垃圾中有难闻的气息散发出来,最为浓烈的是鱼腥气。不待侄儿指点,他已认出许多在阳光下闪闪发光的鱼鳍,还有许多扑满了苍蝇的鱼的肚肠。

两个人影移动一下,那些苍蝇就嗡一声散开,飞不多远又扑了回来,它们的翅膀上也闪烁着鱼鳍上那种银光。

夺科捡了两只鼓胀的鱼泡玩弄着,没顾上叔叔夏佳,自行走了。在回家的路上,他看见伐木工人在村子和伐木场之间架桥。早上,叔侄俩就是从这里过来的,现在,那些人正在桥梁上铺设桥板。

那些人大多都看见夏佳是怎样掉进河里的,那姿势介于失足跌落和有意自杀之间。

那些人还看见夺科对大人落水毫无知觉,顾自入神地玩弄手中的鱼泡,过了桥,走进那一大片绿如丝绒的平整麦地中间。

明丽的阳光中飞舞着几只漂亮的野鸽,布谷鸟的叫声悠悠扬扬。

十三

叔叔死后,夺科再也不去上学,整天都是失魂落魄地四处游荡。

他还从那些喜欢钓鱼的伐木工人那里学会了怎样挖掘和侍弄蚯蚓。

他又在阴湿的墙根下挖好火塘大小的一块地,捡净了石头,又四处搜寻腐质垃圾,细心拌匀,放进蚯蚓,再在上面覆以草皮。经过两场夜雨,草皮上的草就长得比别处的翠绿而又齐整。夺科还顶着毒烈的日头用柳枝在草皮四周扎成精致的篱笆,篱笆是袖珍的,高不盈尺。他简直把养蚯蚓的地方变成了童话剧中精致的布景。

而村里人都说,那个夺科,地主家的鱼眼睛娃娃已经疯了。

这时,已是仲夏季节,那座连接伐木场和柯村的木桥已经完工,命名为团结桥。桥面平整,两边还有花式漂亮的栏杆。两岸人们来往频繁,如果不是柯村人普遍对工人们钓鱼、吃鱼难以接受的话,两岸之间的关系定当更为亲密。整个柯村对此不以为意的恐怕只有夺科和他事实上的继父昂旺曲柯。依照旧俗,昂旺曲柯和秋秋的婚姻方式谁都会认可的,整个柯村的人都不知道这不符合共和国的有关婚姻的法律条文。可在上面的指使下,村里连续三次召开了批斗秋秋和昂旺曲柯破坏婚姻法的大会。夺科胆小,晚上不敢独自待在家里,也参加了大会。他鼓突着一双鱼眼,对每个注目于他的人露出羞怯的微笑。和他同岁的索南已经学会一口汉语,还当了少先队小队长,每次批斗之前,都由他出来念一篇报纸上的文章。这又引来人们把两个同岁的孩子的行为、智力对比一番,慨叹一个家族的衰亡。

最后一次批斗会已经找不到什么人说话了。干部们终于动员了一个孤老太婆出来发言。她说，其实以前人们都知道，寡妇们要找男人都是这样找的。要紧的是他们不管住这个儿子，不上学，也不好好地干活，任他去侍弄那些蚯蚓。蚯蚓也是和鱼一样什么也不吃的洁净而又可怜的东西，它们甚或比鱼还要可怜，鱼是有眼睛的，可以看到许多景致与事情，而蚯蚓是和苦命老婆子一样钻在土中一无所见的东西。说到这里，老太婆泣不成声了。

最后，她要昂旺曲柯好好代行养父的职责，管教好这个孩子。这个提议，引来了老人们的一片赞同之声。

在一片叹息声、交谈声和年轻人的嬉笑声中，批斗会结束了。被批斗的人照例留下来，弄灭篝火，清扫地面，然后才能离开。

秋秋一面挥舞扫帚，一面用狠毒的语言诅咒自己那个长了双鱼眼的儿子。并打算就用这把扫帚将他暴打一顿，以泄心头之气。

这天晚上，村子里好多人都听到了秋秋用力扫地的唰唰声和恶毒的诅咒声。她诅咒了世上的一切有生之物与无生之物，诅咒命运，诅咒自己的亲生儿子，甚至死去的丈夫。好多在批斗会上说了话的人都深感后悔：认为这人即便立刻死去，也会成为一个冤魂不散的厉鬼。人们还听见昂旺曲柯狠狠抽她的耳光，一记又一记。这是暖和的春天的夜晚，一记记响亮的耳光的声音犹如冬天河上冰盖炸裂的声音，清脆而又响亮。索南家和另外少数几家还有人爬上楼顶观望，看见昂旺曲柯一记记耳光抽去，秋秋就像一只风车一样在掌风下旋转，她的头发和衣衫都凌空飞扬起来。

昂旺曲柯一声不吭，直到秋秋停止诅咒开始号啕大哭才歇下手来。

秋秋俯伏在村中小广场上尽情痛哭。

昂旺曲柯坐下来，点燃一支烟卷，说："只要你不乱骂，要哭你就哭个够吧，女人家哭够了心里要轻松一点。"

秋秋仍然伏在一地尘土中哭泣。

篝火渐渐熄灭，月亮却慢慢升起来了。那一小弯月亮的轻淡光辉笼罩在村子上，笼罩在村外的麦地、河水上，幢幢山影无声伫立，一切仿佛是梦幻、仿佛是神话剧中神秘的背景。昂旺曲柯仰望天空，看见月亮带着预示风暴的巨大晕圈。而夜晚的空气却没有风雨初来的那种沉闷。

夜露点点。

月亮升得更高了。那些被采伐过的山坡，失去了森林的覆盖，露出一片片山岩，一道道银光闪烁的流沙，仿佛一张张狰狞的鬼脸。

昂旺曲柯低下头，恰好看见秋秋已经止住了哭泣，仰起一张苍白的脸看着自己。

他说，"夜露起来了"

"我们，"秋秋说，"我们回家去吧。"

昂旺曲柯又说："那年我们被追得东躲西藏，好多晚上，就露天过夜，看星星，看月亮，看见露水起来。"他突然低声笑了，"我还看见盐从我胡子上慢慢生长呢。那时，你那死去的男人就咒骂天气。你们一家人怎么总要咒骂什么东西。"

秋秋摇摇头，一脸茫然的神情。

"那样日子就更没法过了。"他又说。

"你打了我。"

"我还会打你的。"

这时已是曙光初露了，天空中瞬息间就布满了絮状的云朵，这些浅灰色的云朵不久将变成了一天绚丽的朝霞。

秋秋突然说："我儿子，我儿子到哪里去了？"

十四

秋秋和昂旺曲柯回到家里，发觉夺科把饲养蚯蚓的地方彻底捣毁了，包括翠绿整齐的草皮和精巧的栅栏。

他们还发现夺科留在火塘边的一只广口玻璃瓶。罐头瓶子是从伐木场的垃圾堆中捡来的。秋秋先是听到一阵极其细微的琤琤的声响，这种声响是那么悦耳，又是那么陌生，加上映进窗户的绯红的霞光，叫秋秋几乎误认为是听到了传说中来自天上的仙乐的前奏。当她寻找声音的来源时才看见了那只盛着蚯蚓的玻璃瓶子，她的脸上立即现出了惊惧的颜色。她看到一只只细小的粉红色的蚯蚓爬到高处寻找出口，遇到瓶盖就立即失望地坠向瓶底。奇妙之处就在于它们软软的身体摔到瓶底时竟发出了那么悦耳的声音。

她一下子捂住自己的眼睛。她更加痛恨这个半痴半呆、对可恶的东西充满强烈兴趣的儿子了。

秋秋清清楚楚地想起去世不久的小叔子夏佳小时候的音容笑貌，那一瞬间，像过去许多时候一样，她把他当成自己的儿子。秋秋透过手指的缝隙，看见储留在墙角的阴影，看见了自己心头难以消弭的悲伤。而她努力不要看见这些，她把脸转向窗口，看见了很多云朵，洁白的云朵。

昂旺曲柯把滚烫的早茶递到她手上，她还对他笑了一笑。

"这样才好。"他说。

她突然说："要是我的儿子不是夺科，而是夏佳就好了。"

昂旺曲柯沉默许久，看着她眼望窗外空中流云出神的样子，说："可是夏佳已经死了。"

"可是怎么他就吃了鱼呢？"

"鱼是可以吃的。世界上大多数人都把鱼当成美味佳肴，我也吃过鱼。"

秋秋又轻声说道："那是怎么回事？"

昂旺曲柯动了动嘴唇，但还是把口边的话咽了回去，没有回答。

这时，楼下的门"咿呀"一声开了。接着楼梯上又响起小心翼翼的脚步声。这种猫一样的脚步声是夺科所特有的。他一上楼，来到火塘边上，昂旺曲柯就注意到他兴奋得浑身颤抖，但故意不去理会他。

夺科那双鱼眼一直熠熠发光，脸颊上泛起阵阵红晕。但他想起母亲的严厉责难，吃早茶时努力克制自己，一声不响。只是一改以往吃东西时也是神不守舍的样子，很快就放下饭碗，又第一次按母亲的指点揩干净嘴巴。然后才急急忙忙说："我看到鱼了。"

本来秋秋看到他兴致勃勃，又看到他完全像正常人一样吃了早饭，就觉得经过昨天一个夜晚，某种变化已在她内心深处悄然发生一样，认为某种可喜的变化也正在儿子身上发生。她提起壶，给眼前这个强壮的男人，给自己、儿子又续上满满一碗热茶。恰恰是这时，夺科又说出了那句话。她差点就要发作了，听老辈人说，坏脾气是居住在左边胸脯下的指头大小的小人。秋秋压住左边胸脯，淡淡地说："你每天不是都去看鱼吗？"

昂旺曲柯笑笑说："要知道现在河里尽是该死的木头，鱼也不是每天都有的。"

夺科悄声说："我看见的鱼不在河里。"

秋秋不禁颤抖了一下，想起鱼从鹰爪下掉到身边的恐怖情景，颤声问道:"在哪里?"

"在一个大水函里。"

昂旺曲柯正想说点什么,召唤人们上工的钟声却当当敲响了。两个大人只好立即起身去拿锄草的工具。出门时,秋秋在门上落了锁,她不要夺科再出门了,她心里难以克制地产生了不祥的感觉。

天气很晴朗,山梁背后的什么地方却传来了隐隐的雷声,低沉而又连续不断。看样子,午后会有大雨下来。

在地里锄草的时候,不断有人来对他俩因为同居而遭受批斗表示慰问。要不是天气渐渐转阴,空气越来越闷的话,秋秋心里肯定会感到舒畅的。

天上的云团开始变黑,逐渐像一座座形貌各异的山峰往天空深处耸立。云山崩塌时往往是雨水降临的时候,但这天却只有轰轰的沉闷的雷声。那些已经变得光秃秃的山坡上的热气直冲云霄,饱含雨意的云团又被重新冲向高空,重新耸立成峭壁危岩的形状,怒狮的形状,恶龙的形状。这种反常天气使人们感到前所未有的恐怖,有人奔回村口敲响一段废钢管,发出了收工的信号。

雷声又开始轰隆,闪电像箭一样扎向山岩和孑遗的孤零零的大树。

空气中充满了辛辣的硝烟味道。

柯村人命定和众多的中国人一样,经历并且回忆并且向下一代讲述不能预料但必然发生的突变的情景。重点之一就是云山从未如此崩塌又复耸立,如是数次。重点之二是空气中从未有过如此浓烈的硝石燃烧的味道。

大人们惊惶地躲进房子的时候,孩子们却拥出房子,聚集在村中的小广场上发出快乐的叫喊。

秋秋进了屋,首先发现那只装蚯蚓的玻璃瓶子不见了。她逐一打开每一个住人和不住人的房间,都没有发现夺科。雷声又从天空深处滚滚而下,秋秋一抬眼,看见一道闪电仿佛一条沉重凌厉的金鞭抽打下来,仿佛一下抽动了自己的心房。

秋秋发出一声尖叫,背贴着粗糙古老的石头墙壁滑坐到地上。她喃喃地说:"儿子,我的儿子。"

昂旺曲柯闻声过来,扶住了女人的肩头,想要安慰这个可冷的女人。他努力使她仰起脸来,自己反而被她双眼中不祥的神色震慑住了。那神色是灿烂的,又是空洞的。他熟悉这种独特的眼神,那是柔弱而又无声的鱼族的眼神,是夺科的眼神,是已经死去的夏佳悲哀或沉溺于某种幻想时的眼神,现在这种眼神又在这个不肯屈服于命运的女人脸上出现了。他仿佛感到正在天空深处翻腾的瀑布般的雨水已经兜头浇了下来。

天空越发阴沉了。

他说:"我去找他回来。"

穿过村前那大片麦地时,泥土的味道是那么强烈。他像此去就是要远离故土一样,心中一片迷茫。

他第一次听见自己发出绝望的声音:"你在哪里?你在哪里?"

十五

又一阵炸雷响过,夺科浑然不觉。

他只听见自己双掌叩击时,空着的掌心里那一声闷响。这个动作是模仿那些钓鱼人的,并且进行过无数次的演练。现在,他瘦削修长、关节处显得特别苍白的艺术家一般的手指慢慢张开。一只被强劲掌风击晕的细嫩蚯蚓的躯体也随之伸直，以最为舒展的方式任人将自己穿上鱼钩，变成险恶的诱饵。

也许是因为许多次的凭空操纵，他挥动鱼竿的姿势也十分自如。鱼钩、坠子都准确地落入了那两米见方的水坑。

水坑在一片柳林中央。这时，虽是正午时分，因为越积越厚的层云，已像是黄昏了。柳树林中就更加阴沉晦暗。夺科手持偷来的钓竿对周围反常的变化浑然不觉。自从他昨天发现伐木场那个为修桥、筑路写写画画的人把钓来的鱼放养在这里留待以后慢慢受用时，他就处于一种高度兴奋的状态了。现在，他垂下了鲜美的鱼饵，要让这些沉在水底的东西在尝过一次蚯蚓味道后再尝一次蚯蚓味道，吞过一次尖利精巧的鱼钩后再吞一次尖利精巧的鱼钩。

那些鱼却充分感受到了沉闷空气的压迫和隆隆雷声的震撼，静伏在淤泥里一动不动。根本不管垂钓者瘦弱的手腕已是怎样的酸软了。

夺科那张神情恬然的脸上，开始交替出现迷惑、愤怒、祈求、绝望的神情，终于，他扔掉鱼竿，张开嘴巴无声地哭了起来。

这时，沉闷的雷声终于撕开了厚重的乌云，一阵惊天动地的炸响后，暴雨突然降临了。

雨水狂暴得像鞭子一样抽打下来。

柳树叶子也纷纷被击落下来。每一滴雨水都能立即穿透衣服，人像被剥下了皮肤一样，感到第一滴雨水的冰凉与重量。夺科突然惊叫起来，一声比一声尖厉。当他停下来倾听自己声音的回响时，只听到哗哗的雨声成为满世界唯一有力的骄横的声音。这时，他的双脚已经被汇流起来的湍急雨水淹没了，浑浊的水面上漂浮着枯朽的树枝，巢穴被毁的昆虫和一些曾经光滑灿烂的羽毛。流水越来越汹涌，连脚底的泥土与细碎的石块也在开始流动了。这时，夺科看见水坑中的鱼一条条漂浮起来，有好些已经出了水坑，在涌流的泥沙中间扑腾了。他终于找到一截木棍，跳起来，挥舞木棍敲打那些扑腾得最为厉害的鱼。木棍击打在鱼身上那种可怕的软绵绵的感觉，使他恐惧万分，也使他更加疯狂。

这场雨又大又急，而且下了很久。

要不是昂旺曲柯这时找到了他，这个鱼眼少年肯定会累死在这里。昂旺曲柯夺下他的木棍，把他揽进自己怀中。他们看着那些死鱼在浑浊的水中一下一下翻滚，仿佛仍然有生命一样，一会儿弓起黝黑的脊背，一会儿又袒露出白色的肚皮。死鱼就这样一条一条从他们眼前消失，和所有被暴雨冲刷下来的东西汇进了大河。

雷声渐渐远去。

雨终于停了。

昂旺曲柯牵着夺科穿出柳林。这时，云层的几道裂缝中投射出金色的阳光，满世界都是汹涌的流水的声响。那些被砍伐过的山坡，经过暴雨冲刷后，一片斑驳的褐黄，仿佛被翻耕过了一样。

"回去吧，你阿妈在等你。"昂旺曲柯对这个被吓坏了的娃娃柔声说。

"我再也不要鱼了。"

"好的，好的。"

"我不要了。"

更多的阳光倾洒下来，有稀落的鸟鸣声从背后传来，显得特别清冽而又悠长。暴涨得已经平齐桥面的浑浊的河水，被阳光照射发出金属光泽和有力的狂暴的声音。

整个山野的气味都从河水中汹涌出来。

十六

昂旺曲柯和鱼眼夺科没有再回到柯村,他们和那道新建不久的桥一起消失不见了。

那个设计这座桥,并且喜欢钓鱼的人被判处了徒刑。因为桥梁使用期限大大低于设计中的使用寿命。

伐木场在两年后就搬迁了,那座桥也始终未能恢复。

今年,我回乡时,遇见死去的夺科当年的邻居索南。那时,柯村没有学校,夺科和他都曾在我们村里上学。我们遇见时,他正带着两个下属在辖区内沿路的电杆、房屋或平整的岩壁上用红漆书写禁止滥砍乱伐林木、禁止滥捕珍稀动物的标语。其中一条是禁止在河里炸鱼。因为现在吃鱼的人越来越多,河里的鱼却越来越少了。

说到鱼就说到了夺科一家。

秋秋在中央宣布给地主摘帽之前不久就死了。

索南说:"家里人死完后,她的脾气一下子就变好了,一直到死。"

1985 年 7 月